No rastro de Enayat

IMAN MERSAL

Copyright © Iman Mersal, 2019
First published in Arabic as في أثر عنايات الزيات
Kotob khan Publishing, Cairo (2019)

This edition is published by arrangement with Sterling Lord Literistic, Inc. and Agência Literária Riff.

A publicação desta tradução foi possível através do apoio financeiro do Sheikh Zayed Book Award no Abu Dhabi Arabic Language Centre, parte do Departamento de Cultura e Turismo — Abu Dhabi.

As fotos deste livro são cortesia da falecida artista Nádia Lutfi e da Sra. Azima Al-Zayyat.

Edição: Felipe Damorim e Leonardo Garzaro
Assistente Editorial: Leticia Rodrigues
Tradução e notas: Nisreene Matar
Arte: Vinicius Oliveira e Silvia Andrade
Revisão: Tamlyn Ghannam
Preparação: Leticia Rodrigues

Conselho Editorial:
Felipe Damorim, Leonardo Garzaro, Lígia Garzaro, Vinicius Oliveira e Ana Helena Oliveira.

Dados Internacionais de Catalogação na Publicação (CIP)
(Câmara Brasileira do Livro, SP, Brasil)

M574n

Mersal, Iman

No rastro de Enayat / Iman Mersal; Tradução de Nisreene Matar. – Santo André-SP: Rua do Sabão, 2023.

312 p.; 14 X 21 cm

ISBN 978-65-81462-50-5

1. Romance. 2. Literatura egípcia. I. Mersal, Iman. II. Matar, Nisreene (Tradução). III. Título.

CDD 893.1

Índice para catálogo sistemático
I. Romance : Literatura egípcia
Elaborada por Bibliotecária Janaina Ramos – CRB-8/9166

[2023] Todos os direitos desta edição reservados à:
Editora Rua do Sabão
Rua da Fonte, 275 sala 62B - 09040-270 - Santo André, SP.

www.editoraruadosabao.com.br
facebook.com/editoraruadosabao
instagram.com/editoraruadosabao
twitter.com/edit_ruadosabao
youtube.com/editoraruadosabao
pinterest.com/editorarua
tiktok.com/@editoraruadosabao

No rastro de
Enayat
IMAN MERSAL

Traduzido do árabe por Nisreene Matar

1

Paula não foi ao enterro e não sabia onde ficava o cemitério. Ela repetiu a história que eu havia ouvido dela antes, na mesma ordem e detalhes: depois daquele telefonema malfadado, ela foi ao Midan Astra, para a casa em Doqqi e subiu as escadas correndo para o apartamento do segundo andar, no qual eles já haviam de fato quebrado a porta do quarto procurando por ela. Viu-a estendida na cama, bonita e em paz como se estivesse dormindo, com a colcha cuidadosamente estendida sobre ela. Ela me disse, "uma decisão definitiva e irreversível. Sua vontade é forte, ela não estava brincando". Paula enlouqueceu e ficou xingando a adormecida e batendo as mãos nas paredes, saiu da casa e não foi ao enterro.

Saí, com a benção de Deus, às oito horas da manhã de quinta-feira, 19 de fevereiro de 2015, e peguei um táxi para Al-Bassatin. Só tinha o endereço escrito no jornal Al-Ahram em janeiro de 1963: "Em memória Enayat Abass Al-Zayyat, com corações cheios de força e fé, a família realiza um serviço memorial para aquela que não será esquecida no cemitério do falecido Rashid Paxá[a] em Al-Afifi". Ainda há algo que me incomoda ao ler essas linhas, eu desejei que pudesse estar lá para reformulá-las assim: "A família celebra a sua inesquecível memória, hoje, no cemitério de Rashid Paxá em Al-Afifi".

Em memória

Enayat Abass Al-Zayyat,

Com corações cheios de força e fé a família realiza um serviço memorial para ela que não será esquecida no cemitério do falecido Rashid Paxá em Al-Afifi.

Quando encontrei essa informação na página de obituários, tive a certeza de que há muitas histórias na memória dos ainda vivos, nas páginas dos livros ou em arquivos antigos, só tenho que ter paciência. E agora, após anos guardando este pedaço de jornal como se fosse a identidade pessoal de Enayat e as minhas con-

---

[a] *Paxá* ou *Pasha*: no Império Otomano, título não-hereditário dos governadores de províncias do Império Otomano e vizires, adotado mais tarde por outros funcionários e dignitários civis ou militares.

tínuas ligações com Paula desde o outono passado, ainda não sei quem é Rashid Paxá, nem seu parentesco com ela. Eu nem sei seu primeiro nome, e se ele era de origem egípcia, turca ou circassiana. É provável que ele seja um dos paxás do século XIX, aqueles homens que foram criados na graça das fortunas, passeando pelos palácios e vastas propriedades, e deixaram cemitérios com seus nomes.

Li sobre quatro homens chamados Rashid Paxá naquele século; numerei-os, segundo o meu palpite, para descobrir quem deles era o dono do cemitério: o primeiro é o diplomata turco Mustafa Rashid Paxá, nascido em Istambul e ali enterrado em 1858. Georgi Zaidan escreveu um capítulo sobre ele em seu livro de biografias *Pessoas Famosas do Oriente no século XIX*.

O segundo é Rashid Paxá Al-Kozlaki, nascido no Quirguistão, que foi recompensado pelo sultão otomano ao nomeá-lo governador de Bagdá em 1853, após liderar uma campanha militar para eliminar a rebelião curda. Ele foi enterrado em 1857 no cemitério do Alkhayzaran, atrás da cúpula do santuário do Imam Abu Hanifa Al-Numan. No entanto, nada impede que o enterrado em Al-Afifi seja um dos seus filhos, os paxás.

O terceiro Rashid Paxá tem uma história interessante: ele era de origem circassiana e falava árabe com sotaque. É mencionado pelo historiador Elias Alayubi em sua descrição da expedição enviada pelo *Quediva*ᵇ Ismail para colonizar a Abissínia. Ele embarcou com os capitães no navio *Dakahlia* e chegou a Massawa, na Abissínia, em 14 de dezembro de 1875. Alayubi descreve o navio como a Babel dos idiomas: o chefe da expedição, Rateb Paxá Alssardar, é turco e o comandante do exército, o general Loring, americano. Quanto aos demais líderes, são turcos, circassianos, americanos, austríacos e alemães, sendo um italiano convertido ao islamismo e outro, sudanês.[1]

Alayubi escreve que os turcos e circassianos, incluindo Rateb Alssardar e este Rashid Paxá, decidiram não obedecer ao general Loring e criaram obstáculos para ele, apesar da ignorância deles na arte da guerra, e o caos continuou, até que o exército Negus alcançou a fortaleza egípcia em uma área chamada Gura, em 7 de março de 1876, e o exército foi derrotado. O número de mortos foi 3.273, os feridos foram 1.416, e apenas 530 sobreviveram. Rashid Paxá caiu mergulhado em seu próprio sangue e os etíopes se lançaram sobre ele, o despiram e dividiram as roupas entre eles, depois o castraram e foram matar outro.[2]

O que significa que este Rashid Paxá está enterrado na Abissínia, isso se foi enterrado, pois, como Alayubi diz, "os mortos enterrados no vale e no córrego da torrente — e seu núme-

---

b *Quediva* é o título utilizado para os sultões no Império Otomano, equivalente a vice-rei, conferido ao paxá do Egito pelos turcos.

ro excedeu os dois mil — não foram enterrados de uma forma adequada, porque as chuvas logo revelaram os seus corpos e os predadores os devoraram".[3] De qualquer forma, eu desejava de coração que Enayat não tivesse nada a ver com esse Rashid.

Parece que o quarto Rashid Paxá era uma pessoa próxima à família de Muhammad Ali; nos anos 50 do século XIX, seu nome figura entre os responsáveis por cavar canais de irrigação, encher pântanos e recuperar terrenos baldios. Em 1868, era governador do Cairo.[4] Ele estava entre os fundadores da Sociedade Geográfica em 1875 e em 1876 foi membro do Conselho Privado, isto é, do Gabinete, onde ocupou o cargo de presidente do Conselho Financeiro no Egito,[5] ou seja, do Ministério das Finanças. Ele chefiou o Conselho de Representantes da Shura (uma espécie de Câmara dos Representantes, Assembleia Popular ou Parlamento) em sua última sessão sob o governo do Quediva Ismail. Não há informações sobre sua origem ou vida, de janeiro de 1878 a abril de 1879,[6] mas seu nome consta entre os membros conhecidos da Associação de Conhecimento fundada em 1868, o que significa que ele é, como diz Al-Rafaei, "das classes altas da sociedade".[7]

O último Rashid Paxá me pareceu — como dizem na linguagem das investigações policiais — a pessoa de interesse. Se ele é o dono da tumba em que Enayat jaz, certamente retornarei a ele, mas devo confirmar isso primeiro, vendo a tumba com meus próprios olhos.

O motorista pegou a rua Salah Salem até a praça Sayida Aisha, virou à direita por alguns minutos, me deixou em uma entrada perto de um muro e me disse, "pergunte e encontrará mil pessoas para guiá-la".

Caminhava por uma rua reta, à minha direita, um muro alto, algumas partes eram de ferro e de cor preta; à minha esquerda as portas das tumbas e suas paredes recém-pintadas de amarelo. Avistei uma garotinha vindo em minha direção, com um vestido roxo de camadas e babados, e na cabeça dela havia pães sobre uma cesta de folhas de palmeira. Sua imagem à distância era tão bonita que desejei ter a coragem de uma turista para tirar uma foto. O som de seus chinelos parou depois que ela passou por mim, então me virei e a encontrei parada, olhando, e nossos olhos se encontraram. Perguntei se ela conhecia Al-Afifi. Ela disse, "isso é um homem ou uma rua?". Percebi que ela era um pouco maior do que eu pensava, dei dois passos em sua direção e perguntei o caminho para a padaria, que ela descreveu com precisão.

Não havia a multidão que eu esperava, senti como se todos os olhos estivessem me encarando. Uma mulher me perguntou o que eu procurava e, enquanto eu conversava com ela, na tentativa de determinar se Al-Afifi era uma rua ou um bairro, um homem, que estava sentado no chão tomando sol e fumando, disse, "ela deve ser desses jornais que vêm para tirar fotos e vazar". Perguntei-lhe educadamente, como se não o tivesse ouvido, se ele conhecia o túmulo de Rashid Paxá em Al-Afifi. Ele disse com confiança e sarcasmo, "não existe nenhuma pessoa Afifi (santa) aqui, mas existe o quintal de Abu Auf, se você quiser, eu te levo lá".

Ignorei.

Vou andar livremente, então, disse a mim mesma, e quando eu perguntar da próxima vez usarei a palavra pátio e não cemitério. Se eu não chegar a Enayat hoje, ela me enviará um sinal quando quiser.

Vaguei sem rumo no grande cemitério, olhando os portões dos mausoléus, lendo os nomes das famílias. Muito se revelava a cada passo, mesmo sem querer bisbilhotar. Meu humor estava ambíguo. Eu estava desanimada, pois Enayat me ensinou anos atrás que nada nela vem fácil. Não tinha nenhuma melancolia evidente pela beleza dos túmulos antigos, nem era uma condenação da desfeita aos restos mortais. Lembro-me de um dos meus amigos ter descrito seu humor como "um estado de dormência". Gostei da analogia.

Ao meu redor, pessoas vivas que dormem e acordam,[c] comem, trabalham e se multiplicam. Uma cena feia e dolorosa, era melhor não ser vista, mas, ao mesmo tempo, era uma prova da vontade de viver. O espanto transforma-se pouco a pouco em intimidade, passando por nomes,

---

[c] No Egito os cemitérios são feitos de vários mausoléus, parecem salas grandes, e dentro deles cada família enterra os seus. Muitos cemitérios têm pessoas pobres como moradoras.

quartos, cozinhas e banheiros abertos para a rua, os fios elétricos esticados sobre uma escrita em letra cúfica, "Toda alma experimenta a morte".[d] Cactos, rosas secas, pilhas de lixo, cheiro de urina e de alho fritando em óleo, tudo misturado. Crianças descalças correndo, uma delas vestindo uma camiseta da Adidas, um fogão de bancada sobre uma tumba, um varal de roupas esticado entre uma árvore e uma pedra de mármore, Mayada El-Hanawy cantando "Eu te adoro...". Apesar do frio, vários homens fumavam debaixo de uma árvore atrás da qual havia um lindo portão verde, requintado em sua decoração, todos de samba-canção branco e sem outras roupas, como se eles estivessem de férias em uma praia imaginária.

Minha mente também começou a vagar sem orientação, lembrei-me de que havia vindo ao cemitério de Al-Bassatin em 1995. Não era um funeral, mas um casamento de gente que eu não conhecia, no qual o Sheikh Yassin Al-Tohamy cantou. À noite, essas tumbas pareciam o lugar mais bonito do mundo, uma brisa do verão, as luzes da colina de Mokattam, estranhos estendendo as mãos com seus cigarros recheados e a rouquidão da voz de Al-Tohamy cantando: "Não há nada de bom no amor se permanecer no trilho...". Naquela noite flutuei no meu lugar por horas, com aquela estranha sensação de que não havia passado e nem realidade presente, de

---

d A escrita cúfica é um estilo de escrita árabe preferida para transcrição do *Alcorão* e decoração arquitetônica.

que não estava em uma viagem ou passeio, mas numa jornada que terminaria no fim da noite.

 No dia seguinte, o táxi me deixou na rua 16. Passei por compradores e vendedores, o chão e as paredes dos recintos cheios de mercadorias, de tudo que vem à mente, desde equipamentos de vídeo e máquinas de lavar até partes de fogão, janelas, camas de madeira e metal, armários, cadeiras quebradas, pneus de carros e garrafas vazias que já foram respeitáveis garrafas de uísque e vodca. Era um mercado para os restos que saem das entranhas da cidade. Virei de uma rua secundária para outra e depois para outra e comecei a ouvir meus passos e ninguém ao meu redor, como se eu tivesse saído para os arredores da cidade dos mortos. Vi uma grande tumba, parecia uma fortaleza, protegida por grandes fechaduras no seu portão. Entre seus ferros podiam ser vistos cactos e flores bem cuidados. Imaginei que os membros desta feliz família saíam de seus túmulos, todas as madrugadas, para papear em conversas descontraídas na soleira da porta do mausoléu.

 Percebi uma briga de crianças ao meu lado, uma das quais usava uma camiseta da Adidas, e imaginei que ela diferia da criança que vi ontem. Eu disse a mim mesma, "Adidas nos cemitérios", e de repente me lembrei de um parente meu que era meu colega de classe no ensino fundamental e acabou trabalhando como pedreiro no Cairo, uma das pessoas mais religiosas que eu conheci, uma pessoa boa para seus pais, rezando as cinco orações diárias e se isolando nos últimos dez dias do Ramadã, sem fazer mal a ninguém, que sempre me pareceu um exemplo do que um verdadeiro muçulmano deve ser. Eu o vi um dia, bem-arrumado e bonito como sempre, vestindo uma camiseta que dizia, em inglês, uma frase que traduzi como "o direito de escolher — o corpo é meu". Deus sabe onde ele a conseguira, mas era uma propaganda de alguma associação de algum país sobre o direito ao aborto. Hesitei, "devo dizer isso a ele, ele tem o direito de saber?". Resolvi essa questão moral em um minuto, e não contei. Me sinto culpada agora.

A perambulação terminou em uma cadeira, no que parecia ser uma taberna na entrada de um quintal, com várias cadeiras vermelhas de plástico embaixo de uma árvore velha. Eu me senti à vontade como se esse pequeno café fosse meu objetivo desde que saí de casa. Pedi uma xícara de chá, mas mudei de ideia e pedi uma garrafa de água mineral. "Não tem água mineral, doutora, posso trazer uma Pepsi?" Respondi, "sim, por favor".

O homem sentado ao meu lado sorriu para mim, cumprimentei-o e perguntei se ele conhecia a área. "Sim, moro aqui há quarenta anos." Conversamos um pouco, tomei coragem, acendi um cigarro para mim e outro para ele. Ele me perguntou por que vim e eu disse que estava procurando uma rua ou bairro chamado Al-Afifi. "Al-Afifi não está aqui", ele me disse, "deve estar definitivamente no Al-Bassatin ou no cemitério dos Mamelucos".

"Mas não estamos no cemitério do Al--Bassatin?"

Devo ter andado muito então. Certa vez li que este deserto foi palco das marchas militares dos Mamelucos, de competições, torneios e cerimônias religiosas, e que eles construíram suas tumbas aqui devido à secura do solo. Um estranho se perde nesses quilômetros de cercas e portões e ruas retas e árvores perenes. Eras históricas se sobrepõem a seus estados, paxás, mesquitas, palácios e santuários daqueles que os conhecem. Não há sinais de demarcação na Cidade dos Mortos.

Pretendia retomar as buscas no dia seguinte e imaginei estar perto da tumba de Enayat. Como eu era ingênua! Não encontraria o cemitério de Rashid Paxá até o verão de 2018, apenas para descobrir que o cemitério não era o fim. Enayat parecia ter uma vontade forte, como disse Paula, como se ela estivesse observando tudo e quisesse que eu a alcançasse de outras maneiras.

2

Na manhã seguinte, o telefone ao lado da minha cama me acordou e, meio inconscientemente, estendi minha mão com a sensação de pavor que pressagia qualquer chamada matinal. Sua voz inconfundível veio até mim, "sei que te dei muito trabalho. Quantos dias você ainda tem no Egito? Desculpe, eu ia dizer para você vir aqui amanhã às nove horas da noite... Humm, nos encontraremos no verão quando você voltar, então... Eu estava resfriada e continuo cansada... A morte de Faten me afetou muito...". Acordei completamente, e disse, "saúde, *ustaza*",[e] e estava prestes a perguntar a ela, "quem é Faten? O que aconteceu?". Percebi, antes de demonstrar a minha negligência, que ela estava falando da atriz Faten Hamama, que morreu no dia 17 do mês passado. Não sei o que foi

---

e *Ustaz* ou *Ustaza*: uma forma de tratamento usada em alguns países árabes, jeito informal de dizer senhora/senhor. Também significa professor(a).

dito no restante da ligação mas, assim que acabou, abri a varanda e olhei para Cairo enquanto gritava "finalmente!".

Vi minhas tias na casa do meu avô nas férias de verão. As estudantes moderninhas sentavam-se na sala em suas camisolas curtas, assistindo ao filme noturno na TV em preto e branco. Com rolos de cabelo, suas cabeças pareciam ter o dobro do tamanho normal. Elas bebiam suco de limão em copos longos, enquanto Faten Hamama chamava o escritor Mustafá (Imad Hamdy).

"Sou Nádia Lutfi e o nome do meu pai é Ahmed Lutfi e moro em Doqqi. Você me viu antes, gostou de mim e ainda me acertou com a bola hoje de manhã. Feliz?"

Ela marca um encontro com ele em frente ao Clube Hípico às 4h30 da tarde do dia seguinte.

Em seguida, uma cena externa, Nádia Lutfi caminhando em frente ao muro do clube, passando por uma enorme árvore, luvas brancas nas mãos e um vestido que parecia ser rosa, sem mangas e com pequenas bolinhas brancas. Minha tia mais nova diz, "que vestido lindo!", e minha tia mais velha responde, "óbvio", enquanto as palavras de Nádia, ditas em árabe clássico, me emocionam ao ponto de chorar:

"Estou confusa, perdida, sinto uma mão oculta me empurrando para um destino desconhecido, e sinto que quero alguém ao meu lado, quero alguém que me aconselhe e me guie em um caminho seguro, mas não terei ninguém. Não posso consultar meu pai ou sua esposa... sinto a mesma solidão de antes, e medo de Mustafá, ele é mais forte, mais velho e mais experiente que eu... Será que eu volto? Devo voltar!"

Antes que Nádia Lutfi tome a sua decisão, o carro conversível de Mustafá aparece e o relacionamento começa.

De pé, na varanda, lembrei-me das minhas primeiras concepções sobre o Cairo, da abóbada da universidade, dos clubes e dos jardins tranquilos dos bairros, dos carros conversíveis, dos telefones e das TVs residenciais, dos vestidos curtos e das festas. Era também o desejo das minhas tias serem grandes atrizes do cinema. Era um sonho antes que os filhos, o trabalho e o véu acabassem com ele.

Os filmes eram uma sugestão de outro espaço geográfico, de outra vida em seus destinos dramáticos: o Cairo dos anos 1950 e 1960, as garotas rebeldes que registram seus diários em cadernos com folhas floridas, que se apaixonam pelos homens errados, mais velhos, mais pobres ou mais ricos. Elas têm segredos que outros irão expor antes do fim.

Homens, destinados a se distanciarem, vão trabalhar no sul do Egito ou estudar na Europa. Eles facilmente acreditam em um caluniador e fazem as amadas sofrerem, e às vezes eles morrem em guerras. Os filmes eram uma janela para o amor, a má sorte e o castigo. Sempre tinha uma punição; se não era da sociedade, era do céu.

Ontem à noite, quando liguei para Paula, como faço desde que cheguei ao Cairo, ela não atendeu. Tive que enfrentar a frustração que consegui ignorar nos dias anteriores: não vinha ao Egito há um ano e meio e aproveitei a oportunidade de estar livre da universidade neste semestre e de um convite à Itália para vir especialmente para encontrá-la.

Permanecia dependente deste retorno e não conseguia sair à noite até perder a esperança de vê-la. Pensei comigo mesma que aquela visita era perda de tempo: precisava de um mediador para conseguir entrar na casa de documentação e procurar Ahmed Rashid Paxá; nos cemitérios, ninguém sabe onde está Al-Afifi; em Doqqi, não existe um lugar chamado Midan Astra e a Paula não responde.

O mais frustrante é que me deparo com as mesmas perguntas adiadas: o que exatamente estou procurando? Nem sei o que faria com as fotos e os documentos que Paula me prometeu, se eu os conseguisse. Estou brincando ou estou fugindo da minha vida, procurando alguma pista sobre a vida de outra mulher que escreveu um romance e morreu na juventude? Já não li seu romance várias vezes? Será que esse romance é tão importante para eu procurar sua dona? Será que a sua decisão precoce de morrer é o que me atrai para ela, ou são as perspectivas de seu futuro como escritora que não se realizaram? A Paula já não me contou o suficiente sobre ela em nossas conversas telefônicas para que eu pudesse imaginar sua vida?

Não me ocorreu ontem à noite, enquanto eu insistia em alimentar minha raiva e saboreá-la, que a partida de Faten Hamama tinha algo a ver com o desaparecimento de Paula. Talvez aquele fosse o mundo que desejei quando criança! Todo mundo já não sabia que o nome artístico que a Paula usa como atriz foi inspirado na personagem Nádia Lutfi, interpretada por Faten Hamama no filme *Não Durmo*? A Paula também não tinha me contado sobre a paixão dela e de Enayat por Faten Hamama, e que ela e o marido assistiram ao filme com Enayat no Cinema Miami em dezembro de 1957?

Fiz café e abri o arquivo de Nádia Lutfi no computador para anotar minha conversa com ela antes de esquecer... encontrei na minha frente uma história que ela me contou, conforme havia contado, de diferentes maneiras, em entrevistas publicadas. Ela disse que houve tensão familiar quando ela decidiu trabalhar no cinema, e seus pais exigiram que ela não usasse, como atriz, o seu sobrenome real. Havia também a necessidade de escolher um nome artístico, porque "Paula" era estranho ao ouvido árabe.

O produtor Ramses Naguib propôs o nome Samiha Hussein para ela, mas não lhe agradou. Após uma noite tensa, ela sentiu que sua indecisão era semelhante à da protagonista de *Não Durmo* quando ela diz, "estou passando por dias difíceis, minha esperança desaparece e definha, até que só vejo dela ilusões distantes". Paula então decidiu que o estado de espírito de "Nádia

Lutfi" e seu nome se adequavam a ela. Sem hesitar, ligou para Enayat:

"Alô... Como você está, Nino? Você tem o romance *Não Durmo*, de Ihsan Abdel Quddous?"

"Tem que ser de Ihsan? Tenho outros bons."

"Não... Eu preciso desse romance em particular."

"Eu não tenho esse."

"Bem, se encontrar no caminho... compre e venha logo."

"Mas o que está acontecendo, Paula?"

"Não há nada... A mesma tensão."

"Por causa da rejeição da família à ambição da nossa futura estrela?"

"Oh, como você é engraçadinha! Quando você chegar a gente conversa."

"*Don't worry*, Paula."

"Vou te esperar... Não se atrase."

Nádia Lutfi tem uma habilidade incrível de evocar a voz de Enayat Al-Zayyat após décadas de seu silêncio.

Iria à casa de Paula quando voltasse no verão, e não só conheceria a Paula, amiga de Enayat que se tornou a famosa atriz Nádia Lutfi, mas também Ahlam em *As Sete Garotas*, Madi em *Óculos Escuros*, Suhair em *Pecados*, e Elham/Mustafa em *Somente para Homens*. Ryri em *O Pássaro e o Outono*, Louisa em *Salah al-Din*, Zubat al-Alamah em *Palácio dos Desejos*, Zina em *A Múmia* e Firdaus em *Meu Pai em Cima da*

Árvore. Iria até encontrar essas mulheres cujas vidas foram reencarnadas na sua meia-idade, mulheres de cujos nomes não me lembro, nem dos filmes em que aparecem, mas que usavam perucas e erguiam as sobrancelhas até quase desaparecerem.

Era meu último dia no Cairo. Decidi não ir ao cemitério.

3

O *Amor e o Silêncio.*
Caiu nas minhas mãos o romance *O Amor e o Silêncio* enquanto eu procurava uma cópia barata do livro *Karamat Al-Awliaa*, de Al--Nabhani. O vendedor de Al-Azbekiya disse "por uma libra". Comprei na hora, embora nunca tivesse ouvido falar dela antes, e, pela semelhança dos nomes, pensei que a autora devia ser a irmã mais nova de Latifa Al-Zayyat.

República Árabe Unida – Ministério da Cultura
O Amor e o Silêncio – um romance egípcio
Enayat Al-Zayyat
Editora: Dar Al-Kateb Al-Arabi para impressão e publicação (1967)
Apresentado por: Mustafa Mahmoud.

Os acontecimentos de *O Amor e o Silêncio* começam no Cairo com a descrição da narradora do que ela vive após a morte de seu irmão, Hisham, em novembro de 1950: "De novo invade a minha alma um sentimento intenso de perda de algo precioso na minha vida, a morte do meu irmão" (p. 11).

"Hisham caiu enquanto praticava seu esporte favorito. Um acidente nas barras paralelas, um esporte sobre o qual ele dizia: 'Me permite controlar o meu corpo'" (p. 12). A ausência de Hisham é o ponto focal a partir do qual a narrativa diverge em muitas reflexões internas, incluindo a depressão da narradora e suas questões sobre o sentido da vida diante da morte: "olhei para o rosto dele e não acreditei que Hisham pudesse morrer... ele parecia dormindo... só que sem a respiração ecoando no seu peito... parecia-me que respirar era irrelevante para Hisham... e que agora ele poderia se levantar, correr, e rir, ele é mais forte que qualquer outro ser humano, não precisa de uma medíocre respiração para viver... Estendi minha mão para sentir seu rosto, talvez ele pudesse sentir meu toque e abrir seus olhos para mim... eu, sua irmã Najla... Mas seu rosto permaneceu imóvel e gelado... tive a impressão de que algo azul-arroxeado estava tomando os seus lábios e gradualmente se infiltrando em todo o seu rosto... pela primeira vez, tive medo dele e fiquei envergonhada de mim mesma... por ter medo do meu irmão... agora que a alma foi tirada dele. Senti como se estivesse observando o corpo de uma pessoa desconhecida, e imaginei que ele desviou o seu rosto para longe de mim... Não pude suportar esse pensamento, e aceitei a sua morte pela primeira vez" (p. 13-14).

O leitor conhece o luto da narradora, sua depressão e a morte do irmão antes de saber o nome dela. Najla, quem nos conta, não nos revela seu nome em uma cena em que interage com as pessoas ao seu redor, mas sim durante o seu diálogo interno diante do cadáver do irmão. A morte de Hisham parece ser o primeiro caminho para o conhecimento. "O nome do meu irmão tornou-se, na minha mente, sinônimo da minha constante indagação sobre a morte... imaginei-a como uma terra de praias desconhecidas e envoltas em mistério, quem as descobre nunca mais volta..." (p. 15).

Já nas primeiras páginas, eu esperava uma narração elegíaca da morte do irmão, ou das fases da narradora — sua irmã — saindo do luto por ele. A narrativa vai um pouco nessa direção, mas gradualmente vai criando muitas camadas complexas e sobrepostas, como se cada saída do luto fosse um entrelaçamento com uma nova prova de vida, que logo cria um retorno ao casulo interior, um novo casulo a cada vez. Por exemplo, Najla decide sair para trabalhar contra a vontade de sua família, e logo fica entediada com isso e duvida da importância do que está fazendo. Se questiona sobre a frieza da família burguesa a que pertence, ao ponto de encontrar nas coisas do seu quarto mais laços de amor e amizade do que tem com os pais (p. 71).

Além disso, Najla começa a se conscientizar da situação política geral após conhecer o escritor revolucionário Ahmed, e, gradualmente, adota seus pontos de vista sobre o colonialismo, a pobreza e a corrupção do rei, e até mesmo sobre a ganância e a responsabilidade de sua própria classe social por tudo isso. Talvez a forma mais violenta de se desviar da morte de Hisham seja a descoberta de Najla de quão egoísta e insignificante esse irmão morto — o estudante universitário burguês mimado — era! "Eu realmente amava o meu irmão? Ou será que eu estava sendo levada ao amor por ele como todos na casa? Como perdi esse fato simples e óbvio? Só agora sinto que não passava de uma aduladora de Hisham. Todas as minhas pequenas felicidades eram as sobras da felicidade dele... todas as alegrias da casa eram por ele e para ele..." (p. 92).

O romance, então, transcende a lamentação e a tragédia da morte de um irmão, e a recuperação após a perda, para a crônica das formas de êxodo para a liberdade (trabalho, amor, consciência política), mas cada saída é ameaçada pelo retorno ao ciclo de depressão e isolamento. Como se houvesse algo errado com Najla, e ela o carregasse consigo, independentemente de onde fosse, envenenando tudo o que ela vive neste mundo.

O Amor e o Silêncio termina com uma grande confusão. De fato, parece que o romance tem quatro finais contíguos em um número limitado de páginas.

O primeiro: adoece o amado da narradora, Ahmed, o escritor esquerdista que a ajudou a adotar consciência política. Ele faz a sua primeira viagem ao exterior para tratamento enquanto Najla se torna capaz de fazer as pazes com o mundo, de suportar a si mesma, e, também, de dar apoio ao amado na sua doença.

O segundo: o retorno de Ahmed da sua viagem para tratamento no exterior e o esfriamento da relação entre eles. Najla aprende a aproveitar seus dias e a sua própria companhia. Ela percorre os lugares onde se encontravam e descobre que um homem deve ser uma parte da vida de uma mulher, e não a sua vida toda. Inscreve-se na Faculdade de Belas Artes e compra novas cortinas.

O terceiro: Ahmed viaja novamente para tratamento e morre, o que nos faz encarar a possibilidade de uma nova fase de luto. Mas Najla entra na universidade, quer desenhar e tornar sua existência significativa.

O quarto: em menos de uma página, a revolução de julho de 1952 começa e parece ser o final feliz que a narradora merece após sua jornada de dor.

Cada um desses finais pode marcar a jornada da narradora com suas características.

No entanto, os três primeiros finais compartilham a mesma extensão da busca de Najla por sua identidade. Ela consegue, em todos os casos, criar possibilidades para o seu futuro com finais felizes, mesmo que incluam a doença de Ahmed, a mudança no relacionamento ou até a morte dele. Quanto ao quarto final, ele é realmente problemático, não apenas por ser uma solução que vem de fora, ou porque é semelhante aos finais de inúmeros romances escritos depois de 1952, mas pela sua linguagem indelineável. Como se a escritora, que começou a jornada com uma voz solitária e sussurrante, contemplando uma rua vazia e desolada por trás da janela de seu quarto, e manteve seu tom mesmo quando mudou gradualmente por meio das experiências, da consciência e dos diálogos com os outros, de repente a perdesse e a substituísse por uma voz coletiva, eloquente e da massa, nas últimas dez linhas de seu romance.

O romance termina com sua pior frase: "O tilintar dos trilhos dos tanques fazia o chão tremer... e eu parada no meu lugar sorrindo... e o amanhecer começou a minguar..." (p. 204). Esse distúrbio questionável permanece; será que a proximidade dos finais é uma ironia da ideia de que a jornada está terminando, ou será que a jovem escritora hesitou entre mais de um final e pensou, com sua pouca experiência, que a questão do fim seria decidida pelo leitor?

Não me apaixonei pelo romance devido aos acontecimentos nele relatados; já em 1993 eu sabia que um bom romance não é apenas acontecimentos, e não relia um romance pela sua "consciência" em relação às mulheres ou à sociedade, mesmo que tivesse sido escrito por uma mulher nos anos sessenta. Aliás, sempre zombei com meus amigos da época de quem descreve um romance como "consciente", ou elogia uma obra literária simplesmente porque reflete a realidade, ou defende uma classe, causa, ou país, e o que mais zombávamos era a defesa de valores nobres em livros literários ruins.

Naquela época, eu, como outros amigos meus, lia os romances de "alta literatura" (os definidos pelo senso comum), mas também líamos ao acaso o que caçávamos e nos agradava, à margem desse consenso. Minha paixão literária incluía Kaváfis, Wadie Saadeh, Yehyia Haqqi, Régis Debray, Samir Amin, Tzvetan Todorov, Eduardo Galeano, Milan Kundera, Louis Awad e outros.

Eu defendia as minhas preferências fervorosamente, "como eles colocam Al-Aqqad com o grandioso Taha Hussein? Os críticos literários deveriam ler o que foi traduzido por Abdalfattah Kilito. O livro de Luis Sepúlveda, *O Velho que Lia Romances de Amor*, é bem melhor do que *Cem Anos de Solidão*. O Ministério da Cultura Egípcio convida Mahmoud Darwish e Adonis e não se importa com Sargão Boulus?". Assim, a jovem escritora teve que celebrar pessoalmente os livros que "a tocaram", como se quisesse se definir acrescentando as suas descobertas literárias às que eram acordadas como grande literatura pelo senso comum. Adicionei *O Amor e o Silêncio* a este grupo.

Em *O Amor e o Silêncio* há uma linguagem fresca e revigorante, às vezes fria, em outras sentimental, às vezes estranha como se fosse uma tradução de outro idioma.

Eventualmente influenciada pela atmosfera de uma novela romântica comum ao seu tempo, e às vezes moderna, exótica, transparente e singular. É uma primeira obra de excelência, os tons convergem, mas se misturam sob a marca de uma talentosa escritora. Em um parágrafo, o leitor pode se deparar com diferentes níveis de escolhas linguísticas da autora: "Eu me extraí da imobilidade do sono para o movimento... levantei-me para andar no quarto e parei na janela, sacudindo minha angústia para a rua... e sentei-me ao lado dela folheando o livro da vida exposto na minha frente... com o coração pesado... Tudo é velho aos meus olhos... As pessoas são folhas amarelas, molhadas, nem seus traços e nem as suas roupas me movem... sinto-me prisioneira deste modo de vida... procuro novos horizontes. Queria libertar o meu eu colado com a seiva do ambiente e levá-lo para um mundo mais amplo. Cansei dos céus límpidos do meu país. Quero outros céus escuros e misteriosos e promessas que despertam o medo e o espanto. Quero que meus pés conheçam uma terra diferente" (p. 50).

Reli *O Amor e o Silêncio* logo após a primeira vez, e anotei parágrafos dele no meu caderno como se fossem textos curtos e independentes, como se fossem um esclarecimento para o que eu sentia na época: "Estou exilada de mim mesma, ninguém consegue declarar perdão à minha alma para voltar a sentir que este corpo é a sua pequena pátria". "Se eu pudesse me anular e nascer de novo em outro lugar e em outra época? Outra época... outra época... talvez eu tenha nascido na época errada..." (p. 133).

Às vezes uma obra literária mexe com o seu ser, e isso não quer dizer que seja uma obra inédita na história da literatura, ou que seja a melhor coisa que você leu na vida. São coincidências cegas que te mandam uma mensagem para te ajudar a entender o que você está passando, exatamente no momento que você precisa, sem você nem saber que precisa. A gratidão não é apenas às grandes obras, mas para as obras que desempenharam um grande papel em nossa compreensão de nós mesmos em um momento específico, para que, quando nos voltarmos para nossas vidas, possamos identificá-las nessas obras.

É um romance sobre a morte, não a morte do irmão Hisham ou do amado Ahmed, mas sim a morte diária com que Najla luta dentro dela; quanto a vida a entedia! Todos os acontecimentos se tornam monótonos e tediosos, inclusive sair para trabalhar contra a vontade de sua rica família, que ela pensava ser a sua porta para o mundo. Até mesmo o amor e a liberdade a fazem não saber o que fazer de si mesma. Najla é uma pessoa deprimida, insone e alienada. Ela sente que nasceu na época errada e que não se move como deveria; ela inicia coisas e não termina, tem uma toalha de mesa com um último ponto faltando e uma pintura inacabada em um cavalete. Ahmed ajuda Najla a enfrentar sua ociosidade, misturando ironia com ternura, ao dedicar-lhe seu livro: "À leitora que não lê, e à pintora que não desenha" (p. 65).

Najla não sabe viver sem se observar, o cativante de sua história é a ambição da autora em escrever essa jornada interior, e a linguagem com que a escreve. É uma jornada solitária em busca de sentidos; acontecimentos como o trabalho, o amor, a consciência de classes, a causa nacional, o colonialismo e depois a alegria ingênua da revolução de 23 de julho no último parágrafo do romance são apenas limiares externos que ela teve que cruzar. Essa voz brilha mais forte quando fala da escuridão interior.

Um pensamento não me largava, uma convicção de que Enayat era a irmã mais nova de Latifa Al-Zayyat. Comecei a imaginar a influência da mais velha sobre a mais nova: Latifa nasceu em 1923 e Enayat, cuja data de nascimento desconheço, deve ser dez anos mais nova que ela. Enquanto Latifa era a líder do Movimento dos Trabalhadores e Estudantes em 1946, os mais velhos da família sentavam-se sussurrando com preocupação sobre seu comportamento e o seu futuro. A adolescente Enayat estava dividida entre seu amor pelo clube, músicas e cinema, e o seu desejo de ser uma líder política em perigo como sua irmã mais velha.

Latifa se casou com o escritor Rashad Rushdi em 1952 e ficou longe da luta por mais de uma década, então Enayat ousou anunciar que estava escrevendo poesia. Seus poemas não passavam de pensamentos sem métrica nem rima, e Latifa não se entusiasmava com eles. Mas Rushdi a encorajou e até deu a ela uma cópia de *Você é Minha*, de Nizar Qabbani. Quando *Porta Aberta* foi lançado em 1960, e o filme em 1963, Enayat decidiu ter algo diferente a dizer sobre tédio, depressão e morte, e ela não poderia dizer isso em seu primeiro trabalho, a menos que juntasse com o que se esperava de uma boa escritora na época e relacionasse a sua história com o contexto geral. Na verdade, por décadas seria difícil para qualquer boa escritora egípcia contar sua história sem tratar das questões sociais após o domínio do paradigma da *Porta Aberta*.

Em suas memórias, *Campanha de Inspeção, Papéis Pessoais* (1992), Latifa fala muito sobre seus dois irmãos e os homens de sua vida, e fala apenas de passagem sobre sua irmã chamada Safiya. Assim, em minha imaginação, Enayat tornou-se sua prima mais nova.

Durante a defesa do meu mestrado sobre Adônis em janeiro de 1998, ao ler a minha dissertação, como parte da banca, Radwa Ashour me pediu para levar a ela as minhas referências ao Sufismo incluídas na minha pesquisa. Carreguei uma caixa de livros e tomei chá com ela e o seu marido, o poeta Mourid Al Barghouti. Fui tirando os livros da caixa, a maioria amarelos e velhos, e depois a *Karamat Al-Awlia* de Al-Nabhani em sua capa verde brilhante. Perguntei-lhe se ela ouvira falar de uma escritora chamada Enayat Al-Zayyat, e se ela era uma parente de Latifa. Ela disse, "não acho que haja um parentesco, caso contrário, eu saberia disso", e acrescentou que ouviu dizer que o pai de Enayat era da família Al-Zayyat, conhecida na Mansoura, e que sua mãe, possivelmente, era alemã.

4

O dr. Mustafa Mahmoud escreveu o prefácio de *O Amor e o Silêncio*. Não é realmente uma introdução ao romance ou à sua autora. Quatro páginas e meia, começando com "Eu estava folheando o livro estranho. Li suas linhas sonhadoras e imaginei a autora que as escreveu. Ela transbordava ternura e doçura". Em seguida, apresenta uma antologia das frases mais ternas do romance sob seu ponto de vista, concluindo-a com quatro linhas de sua autoria: "Este delicado livro, *O Amor e o Silêncio*, é o primeiro e o último livro escrito pela inspiradora autora, Enayat Al-Zayyat. A mais pura misericórdia de sua alma e a sua bela arte".

Bem, é melhor não se demorar muito diante da descrição da escritora como terna e doce feita por Mustafa Mahmoud, já que sua linguagem ainda expõe as convicções da maioria dos escritores árabes, até hoje, de que uma boa escrita de uma mulher só pode ser gentil e doce como ela. Porém, o prefácio levanta outras questões:

como morreu a escritora? Quando? E por que seu romance ficou de fora das listas da historiografia árabe de romances e de escritoras mulheres? É porque foi publicado sete anos depois de *Porta Aberta* e o leitor não ficou impressionado com sua distinção? Ou porque foi publicado em 1967, ano da derrota, e não encontrou leitor algum? Enayat não se envolveu com a esquerda egípcia como Latifa. Será que negou a ela, com sua autoridade simbólica, o reconhecimento? Então por que Mustafa Mahmoud, entre todos os livros, escreveu o prefácio deste? Será que a autora, antes de morrer, pediu-lhe que o fizesse ou a editora encontrou nele a estrela mais adequada para compreender e apresentar a obra?

Embora Mustafa Mahmoud (1921-2009) tenha sido uma estrela literária nos anos 1960, ele nunca foi incluído na relação da boa literatura árabe. Eu, por exemplo, nunca li nada de seus escritos e o meu conhecimento sobre ele se limita ao seu programa de TV, *Conhecimento e Fé*, e à mesquita que leva seu nome na rua da Liga Árabe.

Quanto às obras escritas por Enayat, li o que pude de suas produções antes de 1967: seus contos, como "Comer o pão" e "O cheiro de sangue", me pareceram resumos de longos romances que tinham boas exortações, como se nunca houvesse lido Yehyia Haqqi, Youssef Idris ou Naguib Mahfouz. Li seus livros leves, que sem dúvida são a razão de sua fama, sobre Deus, o homem, Satanás e o mistério da morte. E ainda fui longe demais ao ler um romance seu chamado *O Impossível*, de 1960, em busca de qualquer interseção entre seu mundo fictício e o de Enayat. Helmy, o herói de *O Impossível*, sofre com o autoritarismo de seu pai. Quando o pai morre, ele joga na bolsa de valores e começa frequentar boates, é seduzido pela amiga de sua esposa, Fátima, a advogada, se relaciona com ela e depois se cansa dela. Então se apaixona por Nani, a esposa de seu vizinho, e fica na dúvida entre vender as terras de seu pai no sul de Egito e investir no cultivo de cebolas. Embora Helmy seja um personagem feito de papel, como todos os personagens de *O Impossível*, a narrativa é tecida com fragmentos de leituras filosóficas e existenciais que dão uma ilusão de profundidade. Seja qual for o caso, Mustafa Mahmoud parecia distante do mundo de *O Amor e o Silêncio* e sua linguagem.

Há uma curiosidade que se apodera de nós quando o escritor é desconhecido, sem raízes, quando não há informação sobre sua data de nascimento ou morte, sua geração, seus amigos, a que grupos pertencia, ou sobre os influenciadores de sua escrita. Os escritores são indivíduos independentes, isso sim, mas trabalham com uma língua com que outros também trabalham. É impossível imaginar a escrita isolada da confabulação dos textos entre si. Quem Enayat estava lendo? Mustafa Mahmoud era um de seus escritores favoritos? E quem entre seus pares leu seus rascunhos, ou com quem ela trocou opiniões sobre a escrita? Ela conheceu algum dos escritores contemporâneos, ou estava à margem do momento literário que a moldou? Antes que o fantasma de Enayat me assombrasse e eu me permitisse seguir seus passos, eu era apenas uma leitora curiosa por traçar uma árvore genealógica literária de uma escritora desconhecida. Com base em minhas leituras da concepção de "arquivo" de Michel Foucault, pensei que a compreensão de *O Amor e o Silêncio* exigia uma análise dos múltiplos processos discursivos dentro dele e o monitoramento das formas de substituição e deslocamento por trás da formação, produção, recepção, e exclusão desse romance na cultura árabe. Presumi que a comunidade de textos produzidos por escritoras árabes antes da publicação de *O Amor e o Silêncio* em 1967 — a esfera privada geralmente descrita como "a escrita feminina" — contivesse muitos discursos que se cruzam e contribuem para o momento histórico que o romance acompanha. Dezenas de contos e romances desde meados do século XIX, alguns dos quais encerraram seu valor literário com o fim da função social ou política para a qual foram produzidos, mencionam sua importância em listas que registram o que as mulheres escreveram desde o início da Al-Nahda, o renascimento árabe. Embora não sejam mais lidos, exceto por acadêmicos enquanto preparam seus estudos, esses livros ficaram tímidos nas margens do corpo literário, e poucos ainda são lidos com força e influência.

Presumi que o romance *Porta Aberta* (1960), de Latifa Al-Zayyat, cumpre o papel daquilo que Edward Said descreveu como o *impacto decisivo* que alguns autores deixam no arquivo coletivo, arquivo que de outra forma permanece anônimo, cujos textos são uma formação estrutural e referem-se uns aos outros.[8] Mas a voz sussurrante de Enayat, que nunca fala com a multidão, a voz misteriosa, deprimida, hesitante e sem autoconfiança, que parece um lamento se esgueirando por trás de uma parede, essa voz que se perdeu do caminho da poesia, e que talvez a poesia pudesse tê-la salvo da morte, parece-me estranha dentro dessa sociedade de textos, incluindo *Porta Aberta*. Mais do que isso, essa voz parecia desconhecida e sem efeito sobre o que foi escrito depois dela, como se ninguém a tivesse ouvido.

Em 18 de março de 1967, Anis Mansour escreveu um artigo no jornal *Al-Akhbar* do Cairo intitulado *Ainda assim, o seu livro foi publicado anos após sua morte* e inicia-se da seguinte maneira: "Ela costumava nos mostrar sua modesta produção literária, um rascunho de artigos, projetos de contos... e reflexões. Esperava minha opinião sobre o que escrevia e o que lia. Pedia ao seu pai para comprar-lhe centenas de livros, fechava a porta para pensar em silêncio, de repente decidiu escrever um romance longo, o seu único romance, publicado ontem sob o título *O Amor e o Silêncio*... Eu não imaginava que iria incentivá-la a se apressar para a morte com o melhor de seus sentimentos e talentos. Quando ela escreveu seu primeiro romance, ela me mostrou ainda escrito a lápis... E eu pedi para ela terminar sem se importar com a gramática e a morfologia... São pequenas coisas que podem ser corrigidas... Escreve... Escreve... E ela terminou o seu romance no final de 1961... Ela levou o seu único romance para a Editora Nacional...[f] Na editora, o romance colidiu com as mesas pesadas e as madeiras dos escritórios e precedeu a sua autora para ser enterrado na poeira dos arquivos... Depois retiraram-no da poeira para ser lido por lábios azedos que decidiram que não era adequado para publicação... Após isso, cabeças vazias e injustas balançaram-se para decidir, no final, devolvê-lo a ela... e volta-lhe a sua narração".

Mansour dedica a maior parte do artigo à apresentação dos eventos do romance e trechos dele, mas, com isso, fornece informações dispersas sobre o que sabe sobre Enayat, como: ele deu a ela suas anotações sobre o rascunho do romance e ela se recusou a aceitá-las. E prometeu apresentar a autora e seu trabalho literário às pessoas, mas não a viu depois disso; ele ouviu de sua amiga, a atriz Nádia Lutfi, que ela havia terminado o romance, estava trabalhando no Instituto Alemão e estava feliz com seu novo emprego. Embora não soubesse há quanto tempo falou com Nádia, ele diz que Enayat terminou o romance no final de 1961; ela tinha dificuldade com a língua árabe... já que todos os seus estu-

---

[f] Editora Nacional de Impressão e Publicação/Al Qawmiyya.

dos eram em alemão; ele esteve no Iêmen com uma delegação de escritores em 1963; dividiu um quarto, que era muito quente, com Youssef Al-Sebaie, e então se lembrou de uma frase da narrativa dela como a melhor expressão para descrever a atmosfera sufocante. E disse a ele, "tudo parou... todo significado congelou, um minuto se transformou em uma cela eterna". Aí descobriu que Al-Sebaie também conhecia Enayat, leu sua produção e prometeu publicá-la, e foi ele quem contou a Mansour sobre a morte dela; seu pai, Abbas Al-Zayyat, disse a ele que Enayat se recusou a publicar o romance por conta própria, e que seu choque foi violento quando a Editora Nacional rejeitou o seu romance. Ela parou completamente de falar, de ler e de escrever. A sua família sentiu que ela estava acertando suas contas com o mundo; ela tomou vinte pílulas para dormir e sua família a descobriu em 5 de janeiro de 1963, 24 horas após a sua morte; ela deixou três folhas de papel ao lado de sua cama... uma delas dizia: "Meu amado filho Abbas, me despeço de você... e digo-lhe que te amo... mas a vida é insuportável".

  Este artigo era um tesouro, eu o li várias vezes, como se fosse descobrir um segredo que Mansour escondia nas entrelinhas. A ideia de uma jovem se matar — uma jovem com um filho, um pai e uma amiga — por causa de um livro parecia uma verdadeira tragédia, porém mágica. Imaginei-a aprendendo gramática e morfologia e colocando tudo o que queria dizer em um romance, e recusando-se a publicá-lo por conta própria. Ela se parece com sua heroína Najla; no entanto, a jornada de Najla em busca de sua identidade, por meio do trabalho, do amor e da consciência, terminou com esperança, com a revolução de julho e os tanques nas ruas, onde "revela-se a aurora". A jornada de Enayat com a escrita terminou sem esperança, rejeitada pela Editora Nacional, que era um dos frutos da Revolução Cultural de julho. Imaginei Enayat uma heroína em seu próprio teatro, a escrita como sua identidade, sua única forma de buscar um sentido. A rejeição do romance significa questionar a identidade e findar o sentido.

Eu me perguntei se Mansour sentia alguma culpa, e logo pensei que ela não deu a ele seu romance após concluí-lo, e não pediu a ele ajuda para publicá-lo, nem sequer voltou a ele quando a Editora Nacional a rejeitou. Foi decisão dela, então, não retornar a ele.

De fato, Mansour apresentou Enayat, várias vezes, para os seus leitores após a morte dela e repetiu as informações acima em muitos artigos, às vezes com alguns acréscimos e melhorias. Por exemplo, em 2006 ele escreveu um artigo no jornal *Al-Sharq Al-Awsat*, intitulado "O Amor e o Silêncio: ó, lamento", no qual ele conta que viu Enayat pela primeira vez com a nova estrela Nádia Lutfi na casa da Sra. Wigdan Al-Barbary, proprietária da maior fazenda de cavalos do Egito, e elas falavam secretamente em alemão. Quando elas perceberam que ele também falava alemão, a conversa tornou-se coletiva. Mansour diz que Enayat deu a ele alguns contos e ele os publicou, mas não gostou da sensação de perda e de que a vida é em vão que havia neles. Ele confirma que propôs a ela algumas modificações no romance, mas ela as rejeitou: "Propus a ela uma mudança para tornar a abertura [do romance] a sua conclusão, e sugeri que desse uma oportunidade para seus heróis falarem e não se colocar em suas línguas e em seus ouvidos ou permanecer em seus caminhos até o fim. Mas parece que ela achou que a liberdade era demais aos seus heróis, já que ela não a encontra. Disse à Enayat: se fosse eu quem escrevesse esta história, teria dito isso e apagado aquilo e acrescentado isso, mas não faça nada do que digo, porque eu não sou você, nem você sou eu, e seu vestido não será terno, e o meu terno não será um maiô". Aí ele diz que ela deixou projetos de histórias e contos com ele, e voltou a eles e não achou nenhum sentido em publicar!

Em 2010, ele acrescentou duas novas informações à sua coluna "Posições" no jornal *Al--Ahram*: que havia publicado histórias dela na revista *Al-Jeel* em 1960, enquanto a segunda informação explica por qual razão Mustafa Mahmoud escreveu o prefácio. "Soube que ela apresentou [o romance] ao dr. Mustafa Mahmoud. Ele deu uma opinião e parece que avaliou não do ponto de vista artístico e filosófico, mas do ponto de vista de um cirurgião. Será que ele foi duro com ela quando a aconselhou? Será que ela precisava de mais ansiedade e insônia... enquanto esperava que ele escrevesse sua opinião sobre o romance ou o seu prefácio?"

Enayat continua a frequentar as conversas de Mansour em diferentes contextos, uma vez quando falava sobre o surgimento de jovens escritoras nos anos cinquenta, quando ele vê a escrita das mulheres se transformando da delicadeza à literatura de *colocar as unhas para fora*: "janelas abertas para uma brisa fresca e uma nova fragrância para gritos e revoluções, e para a literatura que tem unhas compridas que rasgam o amor, o mal e a vida, e arranham o homem que dá e retira a liberdade da mulher". Ele se lembra dela, outra vez, ao falar do assassinato da poetisa afegã Nádia Anjuman pelo seu marido.[9] "[...] Minha amizade com Enayat Al-Zayyat foi longa e profunda. Li tudo o que ela escreveu. Publiquei seu único romance, o seu último grito de tristeza. Ainda o tenho com a sua caligrafia..." Assim, Enayat Al-Zayyat tornou-se um exemplo ao alcance de Mansour, que se refere a ela quando escreve sobre a escrita feminina, o suicídio, o assassinato ou as estranhezas pelas quais passou em sua longa vida. Mansour tinha aquela desenvoltura de um jornalista prolífico que escrevia artigos sobre uma escritora morta que seus leitores não conheciam. Ao longo dos anos, sem mudar sua opinião, ele sempre encontrava algo a dizer sobre ela e amava a sua história. Além disso, seu relacionamento com Enayat se desenvolveu após sua morte, de apenas uma jovem escritora em busca da opinião de uma estrela literária para uma profunda amizade.

Entendemos pelas palavras de Mansour que ele leu *O Amor e o Silêncio* por volta do ano de 1960 e que a autora não concordou com as suas sugestões. Ele não tentou publicar o romance após o suicídio dela, ainda que tivesse uma cópia escrita a lápis. Embora nos informe de seu conhecimento sobre o pai da autora, que era secretário-geral da Universidade do Cairo, nunca lhe perguntou se havia outra cópia modificada. Ele também tem contos dela, mas não vê sentido em publicá-los porque a autora silenciou a própria voz. Entendemos que Yusuf Al-Sebaie também leu o romance e prometeu a ela que ajudaria a publicá-lo. Quanto a Mustafa Mahmoud, de acordo com Mansour, ele leu o romance e Enayat esperou que ele escrevesse um prefácio, mas ele não o fez.

Parece que o uso do pronome plural por Mansour em "ela estava nos apresentando sua modesta produção literária" refere-se a ele, a Youssef Al-Sebaie e também a Mustafa Mahmoud. Eu me pergunto por que Enayat mostrou seu romance a três dos escritores mais amplamente distribuídos e lidos daquele período e os mais afastados de seu mundo ficcional literário. E se era questão de fama, por que ela não levou o seu livro para Ihsan Abdel Quddous também? Ela foi atraída por esses três especificamente por sua admiração pelos seus escritos ou percepção de sua importância na apresentação dos jovens escritores? Ou sua relação com a cultura árabe era tão fraca que ela só via a eles?

Mansour e Mahmoud costumavam trabalhar com jornalismo e compartilhavam o interesse pela filosofia. Seus trabalhos são publicados pela Dar Al-Maaref. Mustafa Mahmoud não gostou do romance e não se importou com ele ou com sua escritora durante a vida dela, mas escreveu o prefácio após o suicídio. Talvez Mahmoud tenha se tornado menos cruel ou a morte tenha suavizado o bisturi dos cirurgiões. Al-Sebaie, o militar e escritor, ocupou um de seus cargos como secretário-geral do Conselho Supremo para o Cuidado das Artes, Literatura e Ciências Sociais em 1956. Seus romances foram serializados na imprensa antes que ele os concluísse e depois publicados rapidamente pelas editoras Al-Khanji ou Dar Al--Fikr Al-Arabi, tornando-se filmes.

Qual foi o infortúnio que fez Enayat cair entre essas estrelas? Tentei me imaginar no lugar dela, exatamente 30 anos depois de 1960, "mostrando minha produção" para três que não se diferem desses e esperando por "incentivo". Mas na década de 1990 não havia estrelas como eles, não havia leitores como o que eles tiveram!

Não encontrei nenhum conto de Enayat al-Zayyat na revista *Al-Jeel*, nem em 1960, nem antes ou depois. E notei que Mansour segue cada menção de Enayat com uma frase que carrega o mesmo significado. Em 2006 ele diz: "Coloquei um ponto no fim da linha, um zero no fim de uma vida não é igual a zero. Infelizmente, ela se foi sem saber!". E em 2010, ele termina seu artigo com: "uma artista que mal apareceu até esconder a si mesma para sempre! Ela morreu sem deixar rastro!". Certamente fiquei com raiva, não porque Mansour responsabiliza Enayat por sua ausência e falta de rastro como um fato, mas pela facilidade com que ele repete isto. De qualquer forma, gostei do fato de Enayat nunca ter retornado a ele depois que prometeu apresentar a autora e suas obras literárias às pessoas.

5

Em *O Amor e o Silêncio*, a melhor amiga de Najla se chama Nádia. As duas são amigas desde os tempos de escola. Nádia apoia Najla durante sua depressão, pois ela a visita em casa e a incentiva a sair e trabalhar. Nádia às vezes parece ser a única conexão de Najla com a vida, daí a ansiedade constante dela com a indisponibilidade de Nádia, que "não tem mais tempo a perder comigo... O trabalho tomava todo o seu tempo e toda a sua energia, mesmo quando tinha tempo livre ela usa para descansar, ou, se ela vier, fala do trabalho..." (p. 23).

Isso se tornou para mim uma evidência da credibilidade do que Anis Mansour escreveu sobre a amizade de Enayat e Nádia Lutfi! Eu realmente imaginei Nádia Lutfi enquanto ela estava ocupada gravando um filme, digamos *Meu Único Amor* (1960), ou *Não Apague o Sol* (1961), ou *Pecados* (1962), enquanto Enayat, que morava na casa de seu pai em Doqqi, com o seu filho, ia trabalhar no Instituto Alemão durante o dia e esperava uma ligação de Nádia, ou mudava uma palavra ou frase em seu romance à noite, ou passava noites em claro esperando que Mustafa Mahmoud escrevesse a introdução ou receber notícias da Editora Nacional.

Nádia a visita às vezes, com suas histórias emocionantes e engraçadas o tempo todo, contando sobre estar na frente de Omar Sharif no filme *Meu Único Amor*, ou como deixou o produtor Ramses Naguib, que a apresentou no filme *Sultan*, para trabalhar na empresa Dollar Film administrada por Jamal Al-Laithi, ou como voará para Alexandria no dia seguinte para ver seu filho Ahmed, que mora com sua mãe.

Percebi que Enayat, na minha imaginação, é apenas um fantasma que aparece à luz de Nádia, que conheço sem perceber — há muitos artigos sobre ela e entrevistas com ela. Nádia não só estava ocupada, mas também em um ciclo de transformação e fusão desde que entrou no mundo do cinema. Ela tinha um projeto de filme baseado no romance de Ihsan Abdel Quddous, *Óculos Escuros*, e por causa dele fazia aulas de dança e ia todas as semanas à fazenda Wigdan Al-Barbary em Mansourieh para aulas de equitação. Youssef Chahine supervisionava pessoalmente seu treinamento, enquanto se preparava para um grande filme histórico sobre Nasser Saladin.

O nome não é acidental; Najla, assim como Enayat, enfrentou o monstro da depressão, e Nádia Lutfi estava ao seu lado apesar de sua vida cheia e plena como nova estrela do cinema. Há

até um diálogo entre Najla e Nádia no livro, que posso imaginar na realidade em algum momento, que seja na década de 1960:
"Nádia... você sabe que eu te invejo?"
Nádia riu alegremente.
"Isso é lindo... Significa que você está a caminho da recuperação... Se você puder invejar hoje, amanhã poderá amar" (p. 24).

Primeiro entrei em contato com o administrador de uma página do Facebook chamada "Wejdan Hanim[g] Al-Barbary: A Jóquei Árabe Internacionalmente Conhecida", e sua resposta foi: "falei com ela e me disse que não se lembra de nada sobre isso. Ela não lembra nada sobre este assunto".

Passei horas vagando entre fotos de Wejdan Hanim com os cavalos, desde os seus dezessete anos, os prêmios internacionais que ganhou e o que ela disse em suas entrevistas sobre a amizade única que vivia com seu cavalo. Liguei para a secretária dela e contei a história. Ela retornou dizendo que a Sra. Wejdan se lembra do treinamento equestre de Nádia Lutfi e de suas visitas a ela com Youssef Chahine, Anis Mansour e Ahmed Ragab, porém só encontrou Enayat duas vezes, mas tinha uma foto dela e ia procurar, seria melhor perguntar à Nádia Lutfi.

Consegui o telefone de Nádia Lutfi com a ajuda do meu amigo, jornalista e escritor Mohamed Shoair, mas demorei um ano até ter coragem de ligar para ela, do Canadá, em 14 de se-

---

g Hanim: título feminino real e aristocrático de origem turca.

tembro de 2014. Fui encorajada após encontrar uma entrevista intitulada "Nádia Lutfi conta o segredo do suicídio de Enayat Al-Zayyat", publicada na revista *Al-Musawwar* em 16 de maio de 1967,[10] ou seja, menos de dois meses após a publicação do livro de Enayat. Na introdução do diálogo, Foumil Labib escreve: "Nádia era a guardiã dos segredos da autora de *O Amor e o Silêncio* e por isso conhece toda a tragédia da caneta que se estilhaçou antes de escrever tudo o que poderia ser dito no papel...". Nádia conta como elas se conheceram: "A imagem de Enayat Al-Zayyat não sai da minha imaginação, se em um momento sumir, posso recordar em segundos. Enayat era minha colega desde a infância, eu a conheci na escola. À primeira vista, houve um estranhamento! Ela parecia presunçosa, carregava livros de literatura e desprezava as garotas que gritavam e brigavam, e eu era a chefe delas. Quando passamos para o ano seguinte, sentei-me ao lado dela e descobri que ela adorava desenhar, o que eu amava, e encontrei na sua superioridade na língua alemã a minha oportunidade de colar. Eu era filha única na minha família... e ela tornou-se uma irmã para completar meu vazio. Ela era a do meio entre duas irmãs... A mais velha a perseguia, naturalmente, então ela perseguia a irmã mais nova, muito natural também, e a mais velha fez uma aliança com a mais nova, elas se juntaram contra a do meio, Enayat... então ela fez alianças de amizade comigo ao invés das duas".

Nádia disse que elas estudavam juntas e iam ao cinema juntas, e que ela persuadiu Abbas Al-Zayyat para as duas famílias irem juntas para as férias de verão, e ele concordou. Ela deixou o colégio alemão em 1953 e foi para uma escola árabe, mas Enayat continuou lá, e elas se encontravam todos os dias depois da escola. Nádia se casou em 1954 e foi morar em Alexandria, enquanto Enayat, farta da escola, largou os estudos e se casou em 1956. E quando Nádia teve a oportunidade de trabalhar no cinema, ela foi contar a Enayat e ao marido, e ficou feliz com a aprovação dele porque temia que as afastasse. Então ela se refere ao fato de Enayat deixar a pintura, "esse hobby não absorvia mais todos os seus sentimentos", e começar a se dedicar somente à escrita. Contou também que Enayat começou a enfrentar problemas no casamento, se arrependeu de ter interrompido os estudos e se casado e tentou correr para pegar o último trem.

Nádia confirma que Enayat tentou recuperar o que havia perdido por meio do retorno aos estudos da língua alemã e depois conseguiu um emprego no Instituto Alemão em Zamalek, mas, após o divórcio, ela enfrentou uma dura realidade que não havia experimentado antes. "Senti que uma rachadura invadiu sua vida! Enayat se apegava a ideais ilimitados. Sua consciência não permitia qualquer violação de princípios que lhe ocorresse ou acontecesse diante de seus olhos. Ela saiu para a vida e a vida a chocou. Ela viu que os homens são bem diferentes da imagem que ela conhecia do seu bom pai, então ficou chocada que o mundo fosse uma selva, e viu que algumas mulheres faziam qualquer coisa para alcançar os seus objetivos. Ficou surpresa com as filhas de seu gênero, desdenhosas da consciência e da alma. A questão ficou mais complicada porque seu filho era dividido entre ela e o pai dele."

Nádia não cita os nomes dos escritores que leram o rascunho de *O Amor e o Silêncio*, mas indica que vários deles admiraram o trabalho e a incentivaram. Enayat submeteu o manuscrito aos editores, que demoraram muito a responder, e a ansiedade tomou conta dela. Assim, quando Nádia estava comemorando seu aniversário no dia 3 de janeiro de 1964, em Alexandria, Enayat ligou para dizer que não iria, e que os editores devolveram o romance dizendo que não era adequado para publicação. Nádia passou a noite amargurada porque era a primeira vez que Enayat não vinha ao seu aniversário desde que se conheceram, então ela voou para o Cairo bem cedo, assim que soube do ocorrido, e Nádia teve um colapso nervoso.

A entrevista termina com algo parecido com uma lista dos motivos do suicídio de Enayat, segundo Nádia: "Publicaram o livro dela, somos gratos... Não há dúvida de que sua alma nos olha e lê conosco a certidão de nascimento literário expedida depois que a sepultura a levou. Ela havia deixado uma carta para o filho se desculpando pelo que havia feito, porque não suportava essa vida dura e sombria. Fiquei sabendo que,

dias antes de seu suicídio, ela havia recebido a confirmação de que seu filho atingira a idade em que seria retirado de sua custódia para ficar com o pai... Assim a escuridão se acumulou ao seu redor, o navio matrimonial afundou e ali estavam levando o seu único filho, a esperança e alegria da sua vida. O respiro que deu através do seu livro foi sufocado, e o mundo seguiu sem consciência".
Onde está o filho de Enayat agora?, eu me perguntei. Existe uma maneira de falar com ele? Desejei ouvir Nádia sobre o que Enayat estava lendo, como e onde ela escreveu seu romance. E quando acabou? E como foi sua experiência de vida após o divórcio e a saída para o trabalho? Além disso, me chamou atenção que a data do suicídio de Enayat na entrevista de Nádia fosse 1964, enquanto a de Anis Mansour era 1963. Eu disse que ia checar quando falasse com ela. Na verdade, o mais emocionante da entrevista de Nádia foram dois textos curtos de Enayat, como se fossem parágrafos de seu diário. Depois de um deles, Foumil Labib escreveu: "Nádia retoma sua conversa depois de devolver à maleta de memórias os papéis de Enayat que estavam espalhados, coletando todas as suas fotos e pinturas". Então, eu disse a mim mesma, havia uma maleta contendo fotos e pinturas de Enayat com a Nádia Lutfi em 1967!

Preparei várias frases para dizer a quem atendesse o telefone... Por algum motivo imaginei que seria alguém específico que atenderia, mas esqueci o que havia preparado quando a própria Nádia Lutfi atendeu!

Assim que me apresentei, disse que era egípcia, minha posição acadêmica, e que estava pesquisando Enayat Al-Zayyat. Nádia Lutfi começou a história com muita generosidade, como se estivesse realmente falando sobre Enayat com outra pessoa e eu viesse no meio da conversa... Chamou minha atenção ela começar a história desde o momento do fim, desde seu aniversário em Alexandria no dia 3 de janeiro e a ligação de Enayat para ela, e depois vendo o corpo de Enayat na manhã de 5 de janeiro de 1963. Deve ser isso que acontece quando se perde um amigo. O momento da perda permanece presente em todos os seus detalhes, como se fosse o momento fixo a partir do qual se lembre de tudo o que o precedeu, repetidamente.

"Ela é minha querida amiga e irmã. Você não tem ideia do que a morte dela fez comigo! Passei anos escrevendo cartas para ela, contando o que está acontecendo na minha vida. Até agora, ela é minha única amiga, e ninguém tomou o seu lugar."

"Ela era minha colega de classe na Escola Alemã em Bab El Louq. Eu tinha dez ou onze anos e ela era um ano mais velha que eu. No começo, eu não gostava dela. Ela costumava se sentar no pátio para ler e não socializava. Eu era travessa e adorava esportes, música, academia e era a líder. No segundo ano eu a conheci, fazíamos parte da mesma turma, já que ela não realizou o exame. Ela foi a primeira pessoa que me fez amar leitura, ela lia apenas em alemão.

No ano de 1949 ou 1950, lemos juntas o romance de Yusuf Al-Sebaie, *Estou indo embora*. Foi o primeiro livro que ela leu em árabe e choramos juntas... Depois disso, ela começou a ler mais em árabe e era muito fã de Yehyia Haqqi. Costumávamos comprar livros no Madbouly quando ainda era um quiosque, e costumávamos nos sentar no Groppi e fingir sermos mais velhas. Tínhamos apenas quatorze anos."

"Eu era filha única na minha família, papai e mamãe eram muito conservadores e tinham um cuidado exagerado comigo. Eu estava sufocada. O pai de Enayat, o Sr. Abbas Al-Zayyat, nunca havia visto um pai igual ao dela. Ele era diferente de todos os pais, amigo das filhas, principalmente de Enayat. Levava ela ao cinema e ao teatro e tinha uma grande biblioteca em casa. Eram três filhas: a mais velha, Aida, depois Enayat e a mais nova, Azimah. Todas estudavam na mesma escola, em Bab El Louq. Eu me tornei a irmã de Enayat. Toda vez que havia um filme de Faten Hamama, *ustaz* Abbas nos levava para ver juntas."

"Não, ela não era nada próxima da mãe. A mãe dela era turca, estressada e não era amiga das filhas. A mãe dela era muito bonita, aliás, foi criada como se fosse uma princesa, então era mimada e não era próxima de Enayat."

"Costumávamos ir veranear em Alexandria. A família de Enayat costumava ir a Ras Al-Barr. Quando nos tornamos amigas, também começamos a ir a Ras Al-Barr para estarmos juntas, e às vezes tentávamos convencer o tio Abbas a passar o verão em Alexandria. Ras Al-Barr era muito bonito, com o bambu, os quiosques de praia e as competições de natação. Começávamos nossa jornada com os quadriciclos, eu e ela, em frente ao Hotel Savoy, em direção ao farol. Eu adorava competições e Enayat as odiava. A única competição de que participava era a de memorizar os números de telefone: Casino Cortail 4, Hotel Savoy 7, Locanda Al Fanar 8, Hotel Aslan 9, até chegar à pastelaria e confeitaria de Abu Tabel cujo número de telefone era 166. Assistimos a um concerto de Najat Al-Saghira juntas, ela era da nossa idade e cantou as canções de Umm Kulthum. Então começamos a ouvir Umm Kulthum, antes só ouvíamos Leila Mourad. Tenho muitas fotos nossas nessas viagens. Quando você vier vou te mostrar essas fotos, tenho uma caixa de Enayat ao lado da cama no quarto de hóspedes."

"Em Alexandria, descobri que Enayat adorava sapatos e gostava de desenhar. Uma vez, ela gastou tudo o que tinha e comprou um sapato com laço de Georges Sara."

"Enayat era calma, mas seu humor mudava rapidamente. Às vezes ela brigava com suas irmãs, vinha para estudar comigo, dormia em casa e brigava comigo... E então a guerra era declarada, e ela só falava com minha tia Nana. Minha tia Nana era apenas alguns anos mais velha do que nós, e ela entendia Enayat, mais do que todos, quando seu humor estava ruim. Depois disso, minha tia viajou para a América e morou lá porque o marido trabalhava no Royal Bank."

"Declarei uma revolução contra a escola alemã em 1953. Essa escola era uma coisa assustadora, com leis e controles. Mudei para uma escola árabe. Nos reuníamos diariamente depois da escola e, nesse período, Enayat começou a largar a pintura e o piano, começou a escrever perfis de pessoas que ela conhecia, sem os nomes."

"Casei muito nova. Estava andando em Heliópolis, próximo à Midan Ismailia, quando um luxuoso carro preto parou ao meu lado... Um oficial bonito saiu dele e perguntou o meu nome. Uma coisa assim muito estranha, me assustei. Ele pediu o endereço da minha casa e falei para ele. Contei o acontecido o mais rápido possível para minha tia Nana e Enayat. O oficial Adel Al--Beshari veio a nossa casa, era um marinheiro, e com ele estava seu pai, o major-general Abdel Fattah Al-Beshari, comandante das forças egípcias no Sudão e amigo de Mohamed Naguib. No meu casamento veio Mohamed Naguib e Enayat. Eu morava entre o Cairo e Alexandria. No ano de 1956 Adel estava na Marinha, o marido de uma de suas irmãs era militar e o outro, da mesma forma que seu irmão, era piloto. Todos os homens estavam relacionados com a guerra, então todos nós sentamos juntos na casa do meu sogro em Heliópolis, assistindo ao noticiário. Nesse período, eu e Enayat nos víamos todos os dias."

"Ela largou a escola em 1955, antes dos exames do ensino médio, e se casou no mesmo ano ou em 1956. Tive filho e ela também, um ano depois. Trabalhei no cinema e ela se concentrou na escrita. Quer dizer, cinema e literatura, nós estávamos sempre caminhando juntas."

Ouvi a voz de uma mulher alertando a *ustaza* Nádia sobre uma ligação no celular, e ouvi Nádia rebater que estava em uma ligação importante do Canadá. Mesmo assim, ela me pediu licença para atender a outra ligação que durou cinco minutos. Enquanto ela estava distraída de mim, notei que já fazia cerca de uma hora desde o início da nossa conversa e que eu estava ofegante, escrevendo e ouvindo meu pulso todo esse tempo. Meu pescoço doía com o peso do telefone, liguei o viva-voz e tentei encontrar uma caneta melhor para continuar escrevendo. Sublinhei sua frase *"no segundo ano eu a conheci, fazíamos parte da mesma turma, já que ela não realizou o exame"* para perguntar por que ela não fez o exame apesar de sua excelência acadêmica. Percebi que as histórias de Nádia e Enayat estavam interligadas. E era difícil separar uma história da outra. A Sra. Nádia respondeu, "o que estávamos dizendo?".

"Quando Enayat se casou com Kamal Shaheen, da família Shaheen, dona da fábrica de sabão. Ele era piloto e rico, mas não igual a nós, não se formou em escola alemã, não gostava de ler e nem de cinema. Ela era ingênua e indefesa e ele era violento. Um dia ela falou comigo à noite, estávamos no Ramadã, Adel e eu fomos até a casa dela, o marido estava viajando. Passamos àquela noite com ela, dormimos lá e, naquele momento, ela nos disse que queria o divórcio. Se recusou a ouvir qualquer fala nossa. Ela tinha resistência, era revolucionária. Éramos todas revolucionárias, era um período de transição, Enayat e eu éramos donas de nós mesmas. Sabíamos que a mudança social ocorrida não era brincadeira e que nossa geração podia fazer o que quisesse."

Lembrei que a palavra "transição" foi usada por Nádia na sua entrevista ao Foumil Labib. Quis perguntar o que ela queria dizer com isso, mas preferi não interromper sua fluidez.

"Nós duas parimos, mas quando comecei a trabalhar no cinema dei o meu filho à minha mamãe para o criar, e quando tinha tempo eu viajava para Alexandria para visitá-los. Costumava ficar no Cairo com a Susso, irmã do meu marido, em Garden City, e comprei meu apartamento ao lado dela depois disso. Naquela época, *ustaz* Abbas deixou Al-Mounira e construiu uma bela casa de dois andares em Doqqi, e ainda me lembro do endereço exato: Midan Astra, Rua Abdel Fattah Al-Zeini, número 16."

"O sofrimento de Enayat com o marido aumentou e então pediu o divórcio. Foi morar na casa do pai, ela insistia em ficar sozinha em um apartamento. O tio Abbas era um homem compreensivo. Ele não tentou convencê-la a tentar novamente quando viu que estava decidida a terminar o casamento, sendo assim, cedeu a ela o apartamento acima do dele para que ela pudesse ser independente. Havia muitos processos entre Enayat e o marido devido ao divórcio e depois pela custódia. Ela estava com medo de que ele pudesse tirar a criança dela quando atingisse sete anos."

"Veja, a depressão é uma predisposição pessoal, uma doença, ela tinha essa predisposição. Sua luta com o marido pelo seu único filho desempenhou um papel na sua depressão, mas escrever também, havia uma frustração devido à escrita."

"Penso muito, qual a diferença entre mim e ela? Somos uma laranja dividida em duas metades... mas quando a laranja foi dividida, a parte dela era fechada, regurgitando pensamentos e dores... Eu falo, gargalho, grito... ela não fazia isso. Tenho uma coisa quando tenho medo, um problema vira comédia comigo, eu rio quando estou em apuros. Acho que é essa a diferença. Quando Enayat estava em sofrimento, ela não sabia dizer... demorava muito até ela falar."

Achei que havia chegado o momento certo para perguntar à Nádia sobre as leituras de Enayat, sobre o processo de aprender a escrever em árabe, quando exatamente o romance terminou e por que ela recorreu apenas a escritores como Mustafa Mahmoud, Anis Mansour e Youssef Al-Sebaie. Como acontece com Sherazade, a manhã a pega quando seu ouvinte não consegue mais ter paciência. Ouvi vozes de pessoas e de Nádia dando-lhes as boas-vindas. Agradeci a ela de coração, e ela disse baixinho, "você pode me ligar a qualquer hora da noite...". E acrescentou uma frase que realmente me afetou: "Enayat é quem trouxe você até mim, então ela quer que eu fale com você sobre ela".

Minhas ligações com Nádia Lutfi continuaram durante o outono de 2014. Ela nem sempre estava com o mesmo bom humor da primeira chamada; às vezes eu sentia que ela não queria falar, então me contentava com cumprimentos, e, às vezes, sua vontade de falar me surpreendia, e ela dizia assim que ouvia minha voz, "me lembrei de uma coisa, que bom que você ligou". Às vezes ela acolhia bem minhas perguntas, e em outras ocasiões ela estremecia se eu questionasse algo de que ela não gostasse. Por exemplo, quando perguntei a ela se Enayat havia lido *Porta Aberta* e se foi influenciada por Latifa Al--Zayyat quando escreveu *O Amor e o Silêncio*. Ela respondeu decisivamente, "você está totalmente errada nisso... Latifa Al-Zayyat, que nada! Latifa é uma coisa e a Enayat é outra. Ela terminou seu romance antes que o romance de Latifa fosse lançado. Enayat e eu somos de outra geração, revolucionária, certamente, mas o revolucionário desta difere da geração de Latifa. Você coloca a Latifa com os políticos, mas não coloque a Enayat com eles. A cultura de Enayat era alemã e ela aprendeu árabe para escrever. Ela estava angustiada o tempo todo, não acreditava em uma única coisa e pronto... Somos a geração da transição... sedenta e com muita energia".

 Comecei a aguardar ansiosamente minhas ligações com Nádia, ouvir sua voz causava a impressão de realmente estar muito próxima de Enayat. Às vezes acho difícil imaginar amizade como a delas, pois não tive a sorte de viver esse tipo de proximidade com outra mulher em minha vida. Seu temperamento volátil me fazia respeitá-la mais, não acredito em pessoas inalteráveis. Eu me perguntava muito, por que essa artista, com todo o seu brilho mental, memória forte e vida bem vivida, não escreveu suas memórias? Eu gostaria de ter outra vida para seguir a história dela também, mas imaginei que para mim a história dela fazia parte da história de Enayat.

Na quadragésima segunda página do romance, observei o que a Najla diz sobre sua amizade com Nádia e interpretei como um recado dela para mim:

"Comecei a ouvir Nádia explicando nossa amizade em palavras... e ela parecia distante de mim naquele momento... Não são essas qualidades que formam a estrutura da nossa amizade... mas quando sempre queremos traduzir emoções em palavras, perdemos muito de suas profundezas. Sim, o que há entre mim e Nádia é algo que não pode ser descrito assim facilmente."

Reli *O Amor e o Silêncio*. Não sei o que havia de diferente nessa leitura, mas, de qualquer forma, não foi inocente. Eu estava tentando imaginar a Enayat de 22 ou 23 anos, mãe de uma criança, que temia perder sua custódia. Voltava do trabalho no Instituto Alemão em Zamalek para a casa de seu pai em Doqqi. À noite, ela sobe para seu apartamento e trabalha no romance depois que o bebê dorme. Tentei imaginar sua insônia e estar dividida entre acompanhar os processos de divórcio e a custódia, entre escrever e depois aguardar a tão esperada resposta da Editora Nacional sobre a publicação.

6

A Lei n.º 270, de 10 de novembro de 1952, estabelecia a criação de um Ministério de Orientação Nacional, cuja finalidade seria:

1) orientar os membros da Nação e guiá-los àquilo que eleva o seu nível material e moral, fortalecer a sua autoconfiança e o seu sentido de responsabilidade, motivá-los a cooperar, sacrificar-se e redobrar os seus esforços no serviço da Pátria, e orientá-los no que é necessário para combater epidemias, pragas agrícolas e hábitos nocivos e, em geral, no que ajuda a torná-los bons cidadãos;

2) facilitar os meios de cultura popular para o povo, diversificando-os e dotando-os do que ajude a ampliar seu alcance e beneficiar o maior número possível de pessoas;

3) apresentar os resultados da atividade civil e governamental à opinião pública local e internacional, e mostrar o que foi feito de trabalho ou o que foi desenvolvido em projetos técnicos, científicos e urbanísticos.

Na década de 1950, floresceu o Projeto Mil Livros, que pretendia utilizar os recursos destinados às bibliotecas escolares para imprimir livros em todas as áreas do conhecimento, incluindo ciências, artes e literatura, sob a supervisão do Ministério da Educação. As editoras privadas seriam financiadas para imprimir e distribuir livros para bibliotecas escolares. Era normal que as bibliotecas escolares contivessem traduções dos clássicos da literatura ocidental e árabe, livros sobre a história copta e antiguidades egípcias.

Ao mesmo tempo, o Ministério da Orientação Nacional imprimia livros de caráter de mobilização geral; por exemplo, um livro intitulado *Nossa Luta Contra os Invasores*, publicado após a agressão tripartite contra o Egito em 1956. Um grupo de professores de História colaborou e cada um deles teve que escrever um capítulo sobre a invasão estrangeira ao Egito e o conceito de resistência no período histórico em que se especializou. Assim, o livro lista eras separadas e contíguas, desde os faraós e os hicsos, passando pelos árabes e as Cruzadas, e terminando em Israel. Houve também séries transmitidas pela rádio, documentando as entrevistas de escritores experientes, além das séries Tribunal Popular, Tribunal da Revolução e Discursos do Presidente, que continuaram até 1959.

Em 1956, foi tomada a decisão de criar o Conselho Supremo para o Mecenato das Artes e das Letras, como um órgão independente ligado ao Conselho de Ministros, visando coordenar os esforços governamentais e privados nos campos da literatura e das artes. Apesar da multiplicidade, das instituições culturais e da forte entrada do estado no processo de produção cultural efetiva, um importante desenvolvimento ocorreu em 25 de junho de 1958, pois foi emitido um decreto federal para organizar o Ministério da Orientação Nacional, chefiado por Fathy Radwan como ministro. No dia seguinte, outra decisão foi tomada para mudar o nome para Ministério da Cultura e Orientação Nacional, e Radwan continuou a chefiá-lo por vários meses. Em outubro do mesmo ano, Tharwat Okasha foi convocado da Itália para substituir Radwan; ele ocupou esse cargo até setembro de 1962, época na qual Enayat apresentou seu romance à Editora Nacional; logo depois ele deixou o cargo para retornar a ele de setembro de 1966 a novembro de 1970, período em que o romance foi publicado.

Okasha organizou uma conferência geral na Casa da Ópera, em março de 1959, para descobrir as preocupações dos intelectuais por meio de reuniões, discussões e comitês qualitativos com um número limitado de pessoas;[11] logo a industrialização da cultura pesada começa. Ele imediatamente planejou o estabelecimento de museus e teatros, e também uma gráfica e uma editora com financiamento de 250.000 libras,[12] o que significa que o departamento editorial se tornou, em 1960, uma instituição independente que incluía várias gráficas, uma editora e uma casa de tradução, Al Taleef Wal Targama.

É difícil imaginar Enayat acompanhando os noticiários da cultura ou das editoras, enquanto ainda era aluna da Escola Alemã, até 1955, ou se casando em 1956 e depois saindo do lar conjugal e lutando pelo divórcio. Mas o que é certo é que ela começou a procurar uma editora após terminar de escrever seu romance em maio de 1960, já que seu destino se cruzaria com o da máquina cultural do movimento Nasserita, mesmo após a sua morte.

Aos vinte e quatro anos; ou seja, no verão de 1960, Enayat estava morando na casa de seu pai, o Sr. Abbas Al-Zayyat, em Doqqi, e acompanhando seu processo de divórcio nos tribunais. Ela entrega cópias de seu romance, escrito a lápis, para aqueles escritores que a atriz Nádia Lutfi conhece, na esperança de que um deles o publique ou apresente a ela alguém que o faça. Seu pai sugeriu que ela publicasse por conta própria, mas ela recusou. Sonhava em lançar *O Amor e o Silêncio* em uma editora reconhecida.

Enayat escreveu em um papel os nomes das editoras de que ouviu falar. Ela começou com os escritores cujos livros ela conhecia sem nunca os ter encontrado pessoalmente. Yehyia Haqqi, seu escritor favorito, publicava em várias editoras, incluindo o Ministério da Cultura e Orientação, a Instituição Pública Egípcia para Publicações, Dar Al-Maaref e Nova Revista. Já Naguib Mahfouz publicava somente na Maktaba Misr, enquanto Ihsan Abdel Quddous trabalhava com as editoras Al-Khanji e Dar Al-Fikr Al-Arabi.

Escritores que já conhecia por intermédio de Nádia Lutfi, Mustafa Mahmoud e Anis Mansour publicavam em Dar Al-Maaref, Youssef Al-Sibaie, Al-Khanji e Maktaba Misr. Quanto à nova escritora, o romance *Porta Aberta* foi publicado um mês antes pela Dar Al-Anglo. Seu pai a alertou que Mahmoud Taymour, primo da sua mãe, a quem ela só via em ocasiões familiares, estava publicando em uma livraria chamada Al-Adab, Bdarb Al-Gamameez. No final, parece que Enayat acreditou que o Ministério da Cultura incentivaria a escrita da nova geração, e que a Editora Nacional estava trabalhando para concretizar a revolução cultural preconizada por Gamal Abdel Nasser.[h]

Certa manhã, em janeiro de 1961, pai e filha chegaram à Editora Nacional com uma cópia que Enayat havia datilografado em uma máquina de escrever Optima. Enayat assinou o livro de recibos de manuscritos com o número de telefone de sua casa ao lado. Ela também levou um pequeno recibo com seu nome, o título do romance e a data de entrega. No verso do recibo, ela escreveu de próprio punho o número de telefone da secretária da editora, Lola Saad, que era 40850, com uma nota de que receberia uma resposta em duas semanas.

Não recebeu nenhuma ligação da Editora Nacional. Então Enayat ligou para dona Lola e ela disse que só haveria resposta depois do mês

---

[h] Gamal Abdel Nasser foi um militar e político egípcio, presidente de seu país de 1954 até sua morte.

do Ramadã e do Eid. O Eid al-Fitr[i] aconteceu em 19 de março, depois veio Eid al-Adha,[j] em 26 de maio, depois a comemoração da data da Revolução de Julho, e ela esperou até que todos os feriados terminassem, portanto, ela tinha uma pergunta diária assim que voltava para casa: "Alguém ligou para mim?".

Em agosto de 1961, Enayat escreveu em seu diário:

"Ó, ansiedade... envolva-me e expulsa a inércia que me sufoca. Venha esfregar a tua amargura na minha boca, e tingir todo o meu mundo de amargura, mas não me deixes na inércia. Venha, sou uma perdida à procura de cor para a sua vida. O universo corre para mim. Sou a estática... sou a perdida. A minha existência é como o meu niilismo. As casas à minha frente, de cortinas fechadas e luzes acesas, lá dentro há pessoas que se sentem aquecidas e seguras, e eu, sem casa, sem teto e nem paredes".[13]

No outono de 1962, Enayat foi à Editora Nacional indagar sobre o destino de seu romance, que estava entregue à Casa há mais de um ano. A Sra. Lola Saad não estava lá. Tharwat Okasha havia deixado o Ministério da Cultura e foi substituído por Abdul Qader Hatem, cuja pasta incluía Turismo, Mídia e Antiguidades juntas. Não há

---
i Eid al-Fitr: a celebração muçulmana que marca o fim do jejum do Ramadã.
j Eid al-Adha: também é uma celebração muçulmana que sucede a realização do Hage, a peregrinação à Meca.

confirmação de que Enayat sabia dessas mudanças estruturais, mas um dos funcionários disse que ela teve que esperar vários meses porque a editora estava em processo de implementação de um plano para desenvolver sua política editorial.

Parece que Enayat acompanhava as publicações da editora com interesse, como se a qualidade dos livros indicasse que seu romance seria publicado em breve. Seu coração se apertava ao ver a lista dos novos títulos, quase indistinguíveis um do outro, por exemplo, *O Socialismo do Islã* (1960), de Mustafa al-Sibaie, *A Mãe do Socialismo* (1960), de Khadija Bint Khuwaylid e Ibrahim Zaki Al-Saei e *O Islã, Religião e Socialismo* (1961), de Ahmed Faraag. Naquela visita, segurou um livro nas mãos e ficou incrédula com o tamanho do título: *Filosofia Socialista Democrática Cooperativa: Estudando-a em Termos de Nacionalismo Árabe, da Sociedade Árabe e do Sistema de Governo* (1961), e sorriu pelo tamanho do nome do autor também: Ahmed Ezz Al Din Abdallah Khalfallah.

Naquele dia, Enayat comprou dois livros, intitulados *Sacrifícios Humanos Talmúdicos* e *A Jornada*, de Ibn Battuta, porque havia visto uma cópia antiga na biblioteca do Instituto Arqueológico Alemão. Ela também comprou um livro que já havia lido em alemão, *Werther: Uma Tragédia Amorosa*, traduzido por Omar Abdul Aziz Amin, o único livro de que Enayat destacara os muitos erros, começando pelo título. No início parecia que ela estava se divertindo comparando a tradução árabe com o original em alemão, mas ficou entediada cerca de trinta páginas depois.

Felizmente, Enayat registrou, na primeira página de cada livro que possuía, quando e onde o conseguiu. Após a sua morte, *Werther: Uma Tragédia Amorosa* e alguns outros livros foram levados do seu apartamento em Doqqi para o apartamento de sua irmã Aida em Zamalek, depois para um parente dela em Heliópolis e, posteriormente, em uma noite no verão de 2015, me permitiram contemplar as anotações dela nas margens das páginas.

7

Na minha primeira ligação com Nádia Lutfi, não tive a chance de perguntar a ela quem restava da família de Enayat. Na ligação seguinte, ela disse que o único familiar com quem manteve contato foi o pai de Enayat, e que a última vez que o viu foi em 1967, quando ele a visitou em seu apartamento em Garden City carregando o recém-lançado *O Amor e o Silêncio*. Relatou que ele chorou de emoção e a agradeceu por desempenhar um papel importante na publicação do romance. A relação dela com as irmãs de Enayat não era forte, mas ela acreditava que a mais velha, Aida, morrera anos atrás, e não sabia o paradeiro da irmã mais nova, Azima, já que ela "estava morando fora do Egito com seu marido diplomata".

Nádia acrescentou, aletoriamente, "o pai delas, Abbas, adorava o conjunto de letras 'Ain'". Eu ri, ela riu, e aí mudou de assunto, "olha, na verdade, eu era a única irmã dela e ela era a minha única irmã. Quando você vier, verá o autógrafo em que ela me escreveu: 'Para Nádia, minha irmã de criação'. Está em uma caixa ao lado da cama no quarto de hóspedes. Durante toda a minha vida ninguém conseguiu entrar na área de Enayat no meu coração. Passei a minha vida procurando algo chamado amizade. Fui criada sozinha e os meus pais exageravam nos cuidados comigo. Eu estava sufocada e procurando pelas duas coisas, amizade e liberdade. Consegui superar todas as restrições e nunca me quebrei, nem em meus relacionamentos, nem em meu trabalho, mas a morte de Enayat me quebrou. E você está buscando informações sobre ela... explicaria como o suicídio dela? Diga-me e eu a ouvirei".

Eu tinha certeza de que Nádia era a mais próxima de Enayat, os amigos são os mais próximos. Mas queria ver Enayat pelos olhos de sua família também. Coloquei uma linha vermelha sob o nome de Azima Al-Zayyat para procurá-la.

Na noite de 8 de março de 2015, enquanto eu estava em minha casa no Canadá, passou pela minha cabeça que não havia como entrar em contato com o resto dessa família, exceto pesquisando nas páginas de obituários. Com o nome de Aida Al-Zayyat, apareceu o de seu marido, Anwar Abdelkarim Hab Al-Roman, ex-diretor do Colégio Militar e "pai de Mohammed Anwar e Ibrahim Anwar". O obituário era datado de 16 de maio de 2002 e não incluía informações sobre o trabalho de seus dois filhos para que eu pudesse descobri-los.

Lembro-me de ter lido esse nome antes. "Hab Al-Roman", que nome estranho e lindo!

Escrevi na página do Google: Coronel Hab Al--Roman. Na verdade, ele apareceu em um livro sobre os heróis da Guerra de Outubro. Ele era o comandante da 16ª Divisão do Segundo Exército de Campo depois que seu comandante, o major--general Abd Rab al-Nabi Hafez, foi ferido por estilhaços de artilharia israelense em 18 de outubro de 1973 durante a batalha conhecida como Fazenda Chinesa. Horas se passaram enquanto eu lia sobre Abd Rab al-Nabi Hafez, e outra sobre a Batalha da Fazenda Chinesa, e me peguei esquecendo o que estava procurando, como sempre.

Quando pesquisei o nome "Azima Al--Zayyat" no Google, encontrei outro obituário no jornal Al-Ahram:

"Pertencemos a Deus e a Ele retornaremos, faleceu Sua Excelência o Embaixador Mohammad Hussein Saeed Al-Sadr, filho do falecido artista Saeed Al-Sadr, ex-reitor da Faculdade de Artes Aplicadas, e da falecida Sra. Doriya Al-Sadr. Marido da Sra. Azima Abbas Al--Zayyat, pai do engenheiro Hossam Al-Inbaby e da Sra. Iman Al-Sadr, professora da Escola de *La Mere de Dieu*."

Após os nomes de parentes da família Al--Sadr, encontrei o que procurava: "[...] e cunhado da falecida Sra. Aida Al-Zayyat e da escritora, a falecida Sra. Enayat Al-Zayyat".

Eu estava prestes a gritar na frente da informação "cunhado da escritora, Enayat Al--Zayyat". A única informação na qual eu poderia me apegar era o nome de Iman Al-Sadr, então procurei seu e-mail em *La Mere de Dieu* e seu nome no Facebook, e enviei a ela uma mensagem me apresentando e falando da minha pesquisa, implorando que me respondesse.

Lembrei-me de ter lido um livro duas décadas atrás, intitulado *O Mágico dos Utensílios: Said Al-Sadr*, que me foi dado por seu autor, Mokhtar al-Attar, por volta de 1995. Eu havia ido à sua casa no centro da cidade com o Sr. Abdel Moneim Saoudi, ou "o último comunista", como costumávamos chamá-lo, que passou dez anos nas prisões de Abdel Nasser. Saoudi, com quem minha amizade começou em 1990, trabalhava em Dar Al-Ghad, a editora que lançou o meu primeiro livro de poesia. Ele me deu, assim que comprei um apartamento no bairro Faisal, em 1993, o que ele possuía dos arquivos do movimento HADITU.[k] Ele me disse: "eu me mudei com esses papéis entre muitas casas e não tenho uma casa, e quero que você os guarde".

Comecei a conhecer alguns dos velhos amigos de Saoudi; em sessões nas quais se lembravam dos acontecimentos sobre os quais lemos somente nos livros, riam muito e às vezes choravam. Eu estava animada para entrevistá-los e sonhava em escrever um livro sobre eles. Certamente, o arquivo do movimento HADITU, essas entrevistas e até mesmo o livro *O Mágico dos Utensílios: Said Al-Sadr* e tudo relacionado a essa fase da minha vida deve estar nas caixas co-

---

k Movimento Democrático de Libertação Nacional, era uma organização no Egito, de 1947 a 1955.

midas pela poeira no sótão da casa de meu pai. Algum dia alguém vai se livrar de tudo isso.

Recebi a resposta de Iman Al-Sadr às 6h00 do dia 10 de março: "Cara Iman Mersal, desculpa pelo meu árabe, porque sou leiga. Estou muito feliz em conhecê-la, Enayat Al-Zayyat era minha tia e tenho fotos dela, caso queira, posso enviá--las. Agradeço o seu interesse. Queria ter conhecido minha tia". Nos correspondemos em inglês por uma hora, durante a qual Iman me disse que eu deveria falar com Nádia Lutfi, então eu disse a ela que já estávamos em contato desde o outono passado e que havia ido ao Cairo especificamente por ela em fevereiro passado, mas não tive sucesso em conhecê-la.

Contei a ela que não consegui acessar o arquivo de seu pai, Abbas Al-Zayyat, na Universidade do Cairo, e que não encontrei a rua Enayat em Doqqi. Iman me enviou várias fotos do rosto de Enayat e outras dela com familiares que não consegui reconhecer, é claro. Então ela mandou o telefone da casa e disse que eu podia falar com a mãe dela, sra. Azima Al-Zayyat, naquele momento. Eu disse que falaria em uma hora quando meu filho fosse para a escola, porque estava sozinha com ele e meu marido estava viajando. Deixei Murad caminhar até a escola, apesar dos alertas sobre gelo nas ruas e chão escorregadio.

A princípio, senti a ânsia da senhora Azima em falar comigo, mas também havia uma amargura por ninguém se lembrar de Enayat. Ela me perguntou se eu republicaria o romance, e eu disse desejar aquilo. Expliquei a ela que não tinha autoridade para publicar, mas que escrever sobre ela poderia encorajar um editor a fazê-lo. Ela me disse que existe um filme antigo baseado no romance e que é um filme muito ruim.[14] Eu disse a ela que já tinha visto e que era um filme bobo, e que não tinha nada do romance *O Amor e o Silêncio*, a não ser o título, e que só me lembro da cena da atriz Nelly chorando a morte de seu irmão Hisham, enquanto usava cílios postiços que pesavam um quarto de quilo. A senhora Azima não riu muito.

Meu foco era como a senhora Azima falava, e eu só escrevia o que Nádia não tinha me contado, ou o que ela falava com detalhes diferentes ou em outra linguagem. Soube pela Sra. Azima que seu pai, o Sr. Abbas, era da conhecida família Al-Zayyat de Mansoura, mas suas filhas nunca foram para Mansoura, seu relacionamento se limitava aos parentes do pai que moravam no Cairo, como a tia dela, a mãe do poeta e jornalista Mustafa Bahgat Badawi e outra tia que se casou com um membro da família El-Baz. Quanto à mãe, ela é Fahima Ali Abbas, filha de Zeinab, neta de Rashid Paxá, que foi ministro mais de uma vez durante o reinado de Quediva Ismail. O pai de Fahima era turco e nasceu no Egito. Nos anos quarenta, muitos dos filhos e netos de Rashid Paxá viviam em Al-Munira, Abdin e no Mausoléu de Saad Zaghloul. Mas a área começou a ficar lotada depois da Revolução de Julho, então eles se dispersaram entre Al-Maadi e Heliópolis, e Abbas comprou um pedaço de Terreno em Doqqi, construiu uma casa e mudou-se para ela por volta de 1957.

    Perguntei à Sra. Azima sobre o endereço da casa em Doqqi e a localização da tumba de Rashid Paxá. Esse foi o primeiro momento tenso da ligação. Ela me indagou, "por que você quer esses endereços? Não é necessário". Tentei amenizar o clima, e mencionei o amor do Sr. Abbas pelo conjunto de letras "Ain"[1] e perguntei a ela sobre as datas de nascimento das três filhas. Ela disse, "Aida nasceu em 1934, Enayat, em 1936, e eu nasci em 1938. Meu pai ficou impressionado com a educação alemã, então ele nos mandou para a Escola Alemã em Bab El Louq, uma escola rígida, de freiras. Casamo-nos uma após a outra, com dois anos de diferença. Aida trabalhava como secretária no Instituto Suíço de Antiguidades em Zamalek, e morava perto do instituto. Ela faleceu em 2012 e seu marido, Anwar Abdul Karim Hab Al-Roman, era como nosso irmão mais velho. Ele morreu antes dela, que Deus o tenha na sua misericórdia".

    Quando perguntei a ela em que momento Enayat começou a escrever, ela disse que desde muito jovem escrevia histórias em alemão, ganhava prêmios escolares de redação e desenho e "costumava perguntar muito sobre a vida e a morte desde quando era pequena. Papai come-

---

1 O conjunto de letras "Ain" em árabe é transcrita em português como "A" ou "E" e o nome das três irmãs em árabe começa com as letras "Ain": Aida, Enayat e Azima.

çou a ler o que ela escrevia em árabe, quando ela tinha 13 ou 14 anos. A Escola Alemã tinha um grande pátio, o qual eles construíram depois disso, então mesmo na escola ela costumava sentar-se e ler nesse pátio. Na escola era tudo em alemão, exceto as matérias menos importantes para eles, como árabe e francês. A única coisa que Enayat queria fazer em sua vida era ser uma escritora". O nome de Nádia Lutfi apareceu várias vezes na conversa; de acordo com Azima, "Nádia e o papai eram as pessoas mais próximas de Enayat". Portanto, ela me aconselhou a perguntar a Nádia sobre qualquer coisa que ela não soubesse responder.

Não sei quando percebi que a tensão provocada pelo meu pedido de endereços da casa e do cemitério começou a crescer à medida que a conversa prosseguia. Senti que ela estava na defensiva mesmo nas respostas para as perguntas não acusatórias. Por exemplo, perguntei a ela sobre o ano em que Enayat se casou e ela respondeu, "ela não foi para a universidade, tinha menos de 19 anos quando se casou. Por exemplo, eu fiz a Universidade American por dois anos, mas não terminei, era normal uma menina se casar cedo". E quando perguntei sobre o nome do marido de Enayat, e se ele era realmente um piloto e filho de Mohammad Shaheen, o dono da fábrica de sabão Shaheen al-Nabulsi, como Nádia havia dito, a Sra. Azima educadamente se recusou a me responder, "é um assunto antigo, e ele mesmo já morreu, e não preciso dizer o nome dele. Ele era um oficial piloto do exército e não era como a gente. Ela se separou dele após cerca de dois ou três anos do casamento. O divórcio demorou muito. Ele era de uma família grande, e agora está morto e falar dele não é necessário. Você escreverá sobre a vida de Enayat ou o marido dela?".

    A Sra. Azima passou a falar sobre Abbas, o único filho de Enayat, "seu filho estava andando, mas era pequeno quando o marido o tirou dela. Foi um assunto muito triste, muitos problemas, não lembro se ela podia ver o menino ou não. Quando o menino visitava o pai antes, ele voltava contra ela, e às vezes ele dizia 'você não é minha mãe'. Eu o vi chamando ela uma vez de tia, e ele estava chamando sua madrasta de mama. Seu pai e sua esposa costumavam fazê-lo dizer isso".

    Percebi que a Sra. Azima mencionava "a morte de Enayat", mas nunca usava a palavra suicídio. Eu estava prestes a perguntar sobre isso, mas decidi que poderia ser muito doloroso. Porém, com boa-fé, fiz a pergunta que estava em minha mente desde o início, se era possível me colocar em contato com o único filho de Enayat, Abbas, para conversar com ele sobre o assunto e pedir sua opinião sobre me encontrar quando eu fosse ao Egito no verão. Estendeu-se um momento de silêncio entre nós que durou quase um minuto. A Sra. Azima disse, "Abbas morreu em 1983, no auge de sua juventude".

    Minhas mãos literalmente começaram a tremer, perdi a vontade de saber mais sobre o assunto. Sempre há algo que vale o silêncio; mas eu tinha que terminar a ligação suavemente após mover aquele ar pesado. Certamente a Sra. Azima deve ter sentido muita dor. Quem sabe como ela passou pela difícil jornada de recuperação da dor e da culpa após a morte de Enayat.

Li em um livro que, a cada suicídio, pelo menos seis pessoas experimentam o trauma de aceitar e entender o que aconteceu. Elas geralmente são membros da família ou amigos do suicida e, às vezes, o círculo se expande para incluir colegas de trabalho e vizinhos. O suicídio difere da morte, seu luto é marcado pela vergonha, pela culpa e pela confusão de provar a responsabilidade por sua ocorrência ou minimizá-la. Quantas vezes Nádia me disse, "talvez se eu estivesse presente em 3 de janeiro de 1963 e a tivesse acalmado, isso não teria acontecido!".

Eu saio de casa. Não há uma única criatura na rua. A temperatura é um abaixo de zero, e isso é considerado um clima quente após um longo inverno, mas a neve não derrete completamente enquanto a temperatura estiver abaixo de zero, então seus restos se transformam em algo como espelhos escorregadios capazes de balançar o equilíbrio daqueles que os atravessam. Caminhei pensando no que havia acontecido com Abbas, o filho, enquanto evitava escorregar. Enayat morreu quando ele tinha menos de sete anos. Será que entregaram a mensagem que ela destinou a ele? *"Eu te amo... a vida é insuportável... me perdoe."* Não posso fazer uma pergunta dessas para Azima. Eu gostaria que ele nunca se lembrasse de que costumava se recusar a chamá-la de "mamãe"! Caso se lembrasse disso, ele odiaria tanto seu pai, e se odiaria muito — é assim que uma pessoa é verdadeiramente órfã.

1983! Ele morreu, então, com a mesma idade de Enayat. Teria herdado a depressão, o azar e a vida curta, ou seriam linhas de destinos semelhantes?

Quando cheguei em casa, encontrei mais de uma ligação da escola de Murad. Falei com a escola e eles me disseram que ele havia caído na neve e machucado o pé. Informaram que a enfermeira da escola o tratou, mas a ferida precisava de suturas no hospital. Depois que o cirurgião terminou os oito pontos no joelho de Murad, fiquei com muita raiva de mim mesma.

Passei o período após minha primeira ligação para Azima Al-Zayyat até 24 de maio de 2015 trabalhando em um artigo intitulado "Sobre maternidade e violência", para uma revista chamada *Makhzen*. A princípio, pensei que fosse um pequeno artigo acadêmico sobre a situação da maternidade em alguns discursos feministas ocidentais. No entanto, as questões teóricas me levaram de volta à minha experiência pessoal com a maternidade, que vem junto de culpa, medo, egoísmo e conflito. Não tirava Enayat da minha mente, apesar da minha dedicação a outro projeto, como se ela me acompanhasse sob uma nova luz. Reli o romance e os pequenos trechos publicados de seu diário.

No romance, Najla vai visitar sua prima Sharifa para parabenizá-la após o nascimento do seu novo bebê. Najla pensa: "Como a mulher, em toda a humanidade, permaneceu parte dos pertences do homem e dependente dele, embora ela seja a geradora da vida e a mãe de toda a humanidade? E como as dores abismais do parto que varriam seu corpo quando prestes a dar um novo filho à humanidade... não intercedem para o homem ser solidário com ela?" (p. 148).

Enayat, sendo mãe, deve ter se preocupado com essas questões. Quando ela voltou para a casa de seu pai em Doqqi, deixou a casa conjugal com seu filho, Abbas, que mal conseguia andar. Consigo imaginá-lo dormindo ao lado dela enquanto ela escrevia: "A mulher está satisfeita com seu papel de mãe... que concebe a vida... e não se importa em perder anos gerando filhos... ou desperdiçar sua vida sem emprego... No momento em que ela vê um recém-nascido, qualquer trabalho perde a importância... menos eu. Será que sou igual a Sharifa... uma mãe que engravida e dá à luz e fica satisfeita em dar filhos às gerações? Não, impossível... quero trabalhar" (p. 149-150). Najla quer um trabalho criativo para adicionar algo novo a este mundo. Ela decide voltar a pintar e envia seus trabalhos para a Faculdade de Belas Artes. Como se a tensão de Najla, que não se tornou mãe, fizesse parte da luta de Enayat entre o amor pelo filho e a vontade de pegar aquele último vagão do trem dos seus sonhos, trabalhando no Instituto Alemão de Zamalek e escrevendo seu romance.

O relacionamento de Enayat com o pequeno Abbas não estava isolado da complexidade de sua vida. Aos 23 ou 24 anos, ela era mãe, escritora e divorciada, e seu filho estava dividido entre ela e a casa do pai. Ele volta para ela carregado de amor e mágoa. Ela deve ter ficado muito triste quando ele se recusou a chamá-la de mamãe.

Em seu diário, ela escreveu:

"Nós não possuímos ninguém e ninguém nos possui.

A vida muda, as pessoas mudam e nada permanece igual.

Até os filhos...

Mesmo aqueles gerados em nós e que se alimentaram do nosso sangue.

Seu preço pagamos nas terríveis dores do parto.

Mesmo aquela criança que herdou um pouco das minhas qualidades;

cujas feições são minhas.

Até ele, cujo sorriso é o meu sorriso;

cujo dedinho é torto, como o meu.

Até ele, que mamou o meu leite, meu amor.

Até ele, por quem fiquei acordada para que pudesse dormir.

Até ele muda.

Até ele me esquece.

Nada viu da vida ainda...

Ainda está no início da praia...

O que ele fará quando tiver até os joelhos no seu mar...

Estará perdido de mim para sempre?..."

Essa raiva em comum. Os corações dos deprimidos são facilmente partidos por aqueles que os amam, mesmo que sejam crianças, mesmo que tenham se alimentado de seu sangue, como diz Enayat. Ela amava tanto o filho que travou uma guerra contra o ex-marido, o piloto do exército, filho de família impetuosa, para não perder a guarda dele. Ela vivia os ensaios para perdê-lo toda vez que ele se afastava dela para visitar o pai.

Em uma dessas noites, ela escreveu:

"E o brinquedo vermelho com sino... parou seu barulho, pois o pequeno Nounou, que o balança do seu berço, foi embora. Todos foram embora, e o riso morreu, e a casa ficou como meu peito, sem coração batendo nele...
Sua alma se foi."[15]

Fui ao Cairo três meses depois da minha conversa com a Sra. Azima Al-Zayyat, munida de leituras que me orientaram sobre como lidar com o arquivo pessoal que devia estar ali. Eu disse a mim mesma que havia uma caixa ao lado da cama no quarto de hóspedes no apartamento de Nádia Lufti, uma caixa que a Sra. Azima vai me deixar abrir.

Imaginei um quarto bem-arrumado, sem janela, onde ninguém entra há cinquenta anos. Era bem pequeno, como se fosse o quarto da babá quando havia crianças, ou da empregada nos velhos tempos, ou talvez só um espaço para a bagunça. O importante é que as caixas estão lá: rascunhos de *O Amor e o Silêncio*, folhas de ideias ambíguas que terei dificuldade em decifrar, fotografias, negativos de filmes, alguns desenhos a lápis de Enayat, especialmente aqueles rostos aterrorizantes que Nádia me descreveu. Cartas que ela lia e depois colocava de volta nos envelopes; um selo postal do oitavo aniversário da Revolução de Julho e outro da República Árabe Unida. Claro, em uma das caixas estão os papéis de seu processo, pelo qual ela correu anos perante os tribunais, seus diários como estudante na Escola Alemã com seus cadernos decorados com flores, depois os cadernos de Romney com capa dura verde, depois, dois ou três de seus últimos anos, quando ela descobriu uma livraria na rua Kamel Sedqi em Faggala, gravado, em cada um deles, o ano em números dourados: 1961, 1962, 1963. No diário do ano de 1963 havia sobrado apenas três páginas, mas, quem sabe, talvez ela não tenha passado as suas últimas horas escrevendo o tempo todo; algumas listas de compras esquecidas entre os livros, pelo menos uma nota de sapatos Georges Sara de Alexandria dos anos cinquenta, com a famosa logomarca em inglês (G.S. desde 1905). Nádia me disse estar com ela em 1956, quando comprou seus sapatos de noiva de cetim por oito libras, mas não lembra se eram da Georges Sara ou da Lumbroso.

    Não sei como esse quarto lendário habitou minha imaginação! Continuei sonhando com o arquivo pessoal de Enayat, como se ela mesma o arrumasse, como se continuasse no escuro, esperando que alguém o procurasse. Aliás, não há uma definição clara do que seja um arquivo pessoal a não ser comparando-o com um arquivo institucional, coletivo: ele não fornece a documentação de um sujeito, mas um relato dele. Não é tomado como fatos, mas sim com o que o indivíduo vivenciou em termos de necessidades, desejos, ilusões e incompreensões do mundo.

Talvez eu imaginasse que encontraria o que Sue Mckemmish descreve em seu artigo *Evidence of me*[16] como "o arquivo pessoal completo", que geralmente é apenas de um escritor que viveu o suficiente para acumular um arquivo ao longo do tempo, para eventos da sua vida cruzarem caminho com os de outros escritores, para ter acontecimentos que podem ser monitorados e, por fim, camadas que podem ser reveladas após a poeira ser removida. É de costume que o arquivo pessoal adquira a importância da conquista de seu dono, ou da presença social e cultural dele, e às vezes até dos conflitos que surgem entre aqueles que querem impor sua autoridade sobre o que aparece e o que deve ser removido dos arquivos de uma pessoa morta. Ignorei tudo isso e sonhei com um tesouro que pertencia à Enayat.

8

Minha camisa branca não era adequada para procurar nas caixas de Enayat. Hesitei em trocá-la por uma de cor mais escura. Geralmente, quando hesito entre duas escolhas, acabo optando por ambas; coloquei outra camisa branca na mochila. Antes de sair pela porta, peguei uma pequena garrafa de água na geladeira. Parei e tirei o gravador da bolsa, apertei o botão, "Oi, oi... Bem-vindos ao meu encontro com a Sra. Azima Al-Zayyat na noite de 15 de julho de 2015, no Cairo".

Eu ouvi minha voz e parecia fraca para mim, então queria ter certeza mais uma vez de que a gravação estava funcionando. "Oi... oi e bem-vindos, este é meu primeiro encontro com a Sra. Azima na sua casa que fica em Maadi, mas será o terceiro diálogo com ela após duas ligações telefônicas feitas do Canadá." O calor e a multidão na rua Al-Rawda me surpreenderam, pois já eram oito e vinte da noite, todo mundo estava nas ruas, se preparando para o Eid. Atravessei a rua de carros em alta velocidade, aproveitando a travessia de duas mulheres, já que uma delas carregava uma menina nos ombros... No táxi, senti sede e percebi ter deixado a garrafa de água em cima da mesa.

Na casa do Embaixador Hussein Al-Sadr em Maadi, Eman Al-Sadr me recebeu com seu cachorro maltês, Vanilla. Como já havíamos trocado muitas mensagens, me senti em casa, como se eu fizesse parte da família. Assim que entrei no salão da casa, fui surpreendida pela classe social de Enayat, a qual não me preocupava antes. Havia uma riqueza antiga envolta não só pelo gosto refinado, mas pela atmosfera rica e pesada, talvez vinda de uma justaposição histórica de xícaras de chá azuis, que me pareceram ser da realeza, e móveis herdados por gerações e lares. Lembranças trazidas pela família dos países onde moraram, que se estendem desde a América Latina e África até a Europa.

Nas paredes, vi duas aquarelas do artista Saeed Al-Sadr, que me pareceram ser das suas obras do início dos anos setenta, após regressar da cerâmica à pintura. Lá também havia uma grande pintura a óleo da própria Iman.

Lembrei-me da confusão que Najla, a protagonista do romance, sentia em relação à classe social. Uma vez ela saiu com o namorado Ahmed de uma exposição de artes plásticas e, quando ele viu um carro de luxo com um motorista, disse algo sobre os otários ricos ociosos sanguessugas, então ela desejou não ser a dona desse carro. Por vezes o revolucionário Ahmed a fez sentir envergonhada de sua riqueza, e embora soubesse que ele estava certo, ela tentou aceitar a sua classe social e se reconciliar com ela: "Não possuo a minha riqueza... só me é permitido usá-la... possuo somente a minha alma" (p. 109).

 A senhora Azima veio... Falamos no início sobre o calor, o Ramadã e o Eid. Iman estava me apoiando com ternura, lembrou a sua mãe de trazer os papéis e fotos que encontrou. Meu coração quase parou. Sim, pensei que eu mesma abriria as caixas de Enayat e passaria horas com elas, mas tudo bem. A Sra. Azima tirou de uma caixa limpa e moderna muitas fotos de família e alguns papéis. Decidi que tirar o gravador da bolsa naquele momento poderia estragar tudo. Comecei a ouvir as histórias sobre os habitantes daquelas fotos e a fazer anotações. Tomei a precaução de não perguntar sobre o marido de Enayat, seu relacionamento com sua mãe, seu processo de divórcio, seu suicídio ou a morte de seu filho, nem sobre os endereços da casa ou do cemitério. Então, o que restava? Decidi relaxar na minha poltrona, apreciar a hospitalidade e conhecer a própria sra. Azima. Ela não é irmã de Enayat? Então isso é suficiente.

 Surpreendentemente, a senhora Azima também começou a relaxar e conversar. Ela contou sobre os tempos na Escola Alemã, sobre a servente que preparava o almoço para as três irmãs em sequências de três pratos, sobre a introversão de Enayat desde a infância e de algumas das meninas com quem ela tinha amizade na escola. Eu me perguntei como não havia me ocorrido ir até a escola e procurar os nomes daqueles que estavam lá na época.

Foto com a família

Iman trouxe fitas com a série *O Amor e o Silêncio* gravada nelas e disse que ela mesma gravou das rádios nos anos noventa, mas que a série foi ao ar pela primeira vez em meados dos anos setenta. Após procurar um gravador e fazê-lo funcionar, encontramos um problema simples, mas terrível. Não havia a parte introdutória da série, nem no início, nem no final, para sabermos o nome do diretor ou roteirista... etc. Tudo o que sabíamos era a voz distinta de Mahmoud Morsi, no papel do escritor revolucionário Ahmed.[17]

Pensei na estranheza da existência de um filme e uma série baseados no romance, apesar da ausência do próprio romance de todas as histórias do romance árabe no século XX. Nádia Lutfi e suas relações com o mundo da produção dramática tiveram algum papel na indicação do romance para os produtores? E se isso é verdade, por que ela não usou seu poder simbólico em 1973 para que o filme não saísse tão levianamente? Talvez toda a questão fosse aleatória nos anos setenta; a produção dramatúrgica egípcia viveu de histórias escritas e as remodelou de acordo com suas medidas, mas só prestamos atenção em filmes e séries importantes.

Então a Sra. Azima me contou pela primeira vez sobre o "suicídio" de Enayat, usando a palavra. Ela disse que Enayat deixou o filho com a sua mãe na noite de 3 de janeiro de 1963, disse que ia sair e, quando ela não apareceu pela manhã, imaginaram que ela havia ido cedo visitar Nádia, que havia retornado de sua festa de aniversário em Alexandria. Eles esperaram por ela até a noite, então ligaram para Nádia e disseram, "Feliz aniversário! Por que Enayat demorou tanto?". Ela respondeu que havia voltado de Alexandria pela manhã e que estava esperando por Enayat, mas ela não apareceu. Subiram ao apartamento dela, a porta do quarto estava trancada com a chave, olharam pela vidraça. Viram a cama feita. Na manhã seguinte, a irmã mais velha, Aida, veio de sua casa em Zamalek e arrombou a porta do quarto. Viu a caixa de comprimidos cor-de-rosa vazia. Encontrou-a.

Ela lamentou, "éramos jovens e não sabíamos o que significava depressão. Agora as novas gerações sabem mais e pedem ajuda. Infelizmente, não tínhamos consciência". Senti-me encorajada e perguntei a ela por que Enayat não fez os exames na escola, apesar de sua excelência nos estudos quando ela tinha doze anos. Ela estava recebendo tratamento naquele momento? Ela disse que não sabia.

A Sra. Azima mencionou de passagem o nome do advogado que defendia os processos de Enayat nos tribunais. Minha mente saltou na velocidade da luz para conhecer ele ou o filho dele, comunista, que também era advogado. Eu o vi pela última vez cerca de duas décadas atrás, no escritório de seu pai, que estava abarrotado de armários e papéis. Onde era o escritório?

Quando chegou o assunto de Abbas, filho único de Enayat, a senhora Azima disse que ele se formou na Faculdade de Arqueologia, casou-se e morreu jovem. Não pude conter minha pergunta, como? Ela disse, "não sabemos. Estávamos no Egito em uma visita, e fui com minha irmã Aida para o hospital. Ele morava em um apartamento no terceiro andar acima do apartamento de seu pai em Mohandiseen. Ele ficou na varanda e esperou até que seu pai entrasse na rua com seu carro, então ele caiu na rua". Iman prosseguiu, hesitante, "eu o vi várias vezes na casa de Tia Aida. Ele tinha depressão severa, não sabemos se foi acidente ou suicídio".

No táxi, depois que saí da casa da família Al-Sadr, fui dominada por uma tensão e fortes náuseas, com o coração acelerado. Tentei me acalmar. Trocar o ar-condicionado pela janela aberta não funcionou, nem a delicadeza do motorista que desligou o rádio e, portanto, fez sumir a voz irritante que falava do presidente e da importância do novo Canal de Suez para a renda nacional. Era um súbito ataque de pânico. Pedi ao motorista para me deixar em qualquer lugar no Nilo Maadi. "Em qualquer lugar?" Eu confirmei, "Em qualquer lugar".

Enayat Al-Zayyat no Al Qanatir Al Khairiya

Acabei no que parecia ser um restaurante no Nilo, um enorme complexo de restaurantes e cafés lotados de famílias. Havia jejuadores pedindo Suhur e shisha, e crianças que, naquele momento, a meu ver, pareciam muito irritantes e desagradáveis. Eu estava quase gritando sem fôlego quando o garçom recomendou macarrão com lula e bife com cogumelos porque havia um pedido mínimo.

Sentei-me bebendo suco de hortelã e contemplando a superfície do Nilo, perturbada pelo barulho. Minha mente começou a variar entre coisas que não tinham conexões entre si. Pensei na herança da depressão e no aluno que faltou à minha aula por duas semanas, e depois eu soube que o encontraram pendurado em uma árvore. E me lembrei do advogado comunista e seu intenso entusiasmo durante as primeiras manifestações da Guerra do Golfo, onde será que ele estava? Passei por outros rostos com quem rompi relações desde 1993. Então, de repente, lembrei-me de todas as caixas cheias de poeira erodidas no telhado da casa de meu pai. Minha vida antes de deixar o Egito em 1998 estava sendo devorada pela poeira! Por que nunca considerei separá-las e guardar as importantes no meu apartamento em Manial? Devia evitar a dor que isso causaria. Então me perguntei qual era a diferença entre mim e aqueles que se desfazem dos baús de um morto.

Uma criança me bateu enquanto corria atrás de outras. A Sra. Azima tem direito de não querer sair de casa, senti a miséria do meu incentivo para tal. Muitas vezes senti esse sofrimento depois de qualquer visita social em que desempenhei o papel de convidada cortês e gentil. Por que contei a ela sobre minha viagem com meu filho Murad a Paris antes de vir para o Egito? Disse, quando me perguntou sobre a duração de minha estada no Egito, que seria por apenas três semanas, já que é verão em agosto em Cape Cod! Se Michael, meu marido, estivesse comigo, teríamos rido juntos da cena do confronto de classes no salão da casa do Al-Sadr. Pensei em pessoas com quem eu tinha muito em comum, mas nossa amizade acabou cedo. Acho que uma das razões para o rompimento dessas amizades é essa máscara com que a burguesia egípcia protege alguns de seus membros; o indivíduo permanece ansioso e frágil, e talvez íntimo, até se sentir ameaçado, momento em que inconscientemente escolhe exibir sua classe, sua avó turca ou a biblioteca da casa de seu pai com livros da literatura francesa. Talvez, se Enayat fosse como tais personalidades, ela ainda estaria viva entre nós até hoje. Eu mesma uso uma máscara sempre que minha vulnerabilidade diante dessa camada me surpreende. Queria mostrar à Sra. Azima meus méritos, que também viajo pelo mundo, trabalho na universidade e meu tempo é precioso.

A família no Al Qanatir Al Khairiya

A brisa me fez sentir um pouco melhor. O fio da vida que procuro foi limpo de impurezas. Existe uma imagem perfeita de uma família feliz: o pai é um intelectual que trabalha na Universidade do Cairo, a mãe é neta de um paxá, três filhas que estudam na Escola Alemã e se casaram cedo, uma após a outra, mas Enayat "teve o azar". Tudo é segredo sob a tutela burguesa, o nome do marido é uma questão particular, assim como o endereço da casa em que viveu e se suicidou, ou do cemitério que a abriga. "Você quer a casa e o cemitério para quê? Vai escrever sobre ela ou sobre a casa e o cemitério?"

Nada resta da vida pessoal de Enayat, exceto o que resta de uma família respeitável após a morte de um de seus membros amados: fotos de família. O diário foi destruído no mesmo ano da morte de sua dona, ou seja, em 1963, exceto alguns papéis autorizados a permanecerem e serem publicados. "É um diário pessoal e não há necessidade de folhear a dor, há muitas notas escritas como esta que está em suas mãos." E as cartas? "Não sabíamos que podia interessar alguém." E os contos não publicados? "Eu sempre viajava com meu marido, e Aida ficou com os papéis depois que meu pai morreu, em 30 de janeiro de 1971. Perguntei aos filhos de Aida e eles disseram que tiraram as bagunças e velharias quando pintaram as paredes do apartamento em Zamalek." Eu ri das minhas expectativas fantasiosas.

No dia seguinte, vou à casa de meu pai em Mansoura devido ao Eid. Chego de noitinha, procuro as chaves, não me lembro de tê-las usado antes, pois meu pai ou sua esposa costumam estar aqui. Eles devem estar se abençoando na visita do túmulo do Profeta agora.

Quando cheguei em minha casa no Cairo há uma semana, minha irmã Sanaa me disse que eles estavam indo de Mansoura para o aeroporto, e que deveríamos ir até lá para nos despedirmos. No aeroporto, soube que eles ficariam na Arábia Saudita até o Hajj. Meu pai pegou as chaves em um movimento teatral, "Iman, sua irmã Sanaa vai passar o Eid em Fayoum com a família de seu marido. Nossa casa deve estar aberta, preparamos tudo com todas as necessidades do Eid, incluindo biscoitos, ghorayeba, doces, tremoço, alfarroba e outras coisas. Toda a comida que você ama está pronta no freezer. Abra a casa e convide sua tia e seus filhos". Sobrou pra mim!, como dizem. Minha irmã Sanaa estava ao lado dele, apoiando suas palavras, balançando a cabeça e piscando para mim. Eis que abro a casa de meu pai e busco o interruptor na luz do celular. Estranhamente, senti-me em paz por estar sozinha ali. Após um banho e uma xícara de chá, atravessei a rua até a mercearia de Muhammad Shams al-Din. Eu pedi caixas de papelão fortes a Muhammad, que cresceu perto da casa do meu avô, e sua irmã mais velha, Sharbat, que foi minha colega de classe antes de deixar a escola na quarta série do ensino fundamental. "Não se preocupe, doutora, volte para casa e as caixas irão até você."

Subi no telhado onde há o sótão e nada encontrei além de varais. Liguei para o papai na Arábia Saudita. Ele disse, "Que telhado, guardamos todas as suas coisas há muito tempo no armazém ao lado da casa, abra-o com a chave quadrada". Peguei as caixas e passei a noite inteira acordada jogando fora alguns papéis e guardando outros nas caixas de papelão de Novo Ariel. Quando as invocações da oração do Eid começaram a vir da mesquita do Haj Rajab, anunciando a manhã, certifiquei-me de que a porta da casa estava bem fechada e dormi.

9

Nos mapas de Doqqi, não há nenhuma praça ou quadra chamada Astra, muito menos uma rua chamada Abdel Fattah al-Zeini. Implorei novamente à Nádia para lembrar o nome. "A casa de Enayat era minha casa. Fica em uma praça onde há uma loja de laticínios, Astra. Basta perguntar. É a melhor loja de laticínios do Egito."

Bem, a loja Astra era provavelmente a melhor loja de laticínios do Egito até a última visita de Nádia à casa de Enayat, no dia em que descobriram seu corpo, ou seja, mais de cinquenta anos atrás.

Decidi fazer rondas livres para procurá-la eu mesma. Na minha primeira visita, parti do Midan Al-Messaha até o final do quarteirão residencial em Orman. As ruas pareciam familiares, apesar de ter passado mais de um quarto de século desde que morei ali para estudar. Comecei a vasculhar as ruas procurando o mais velho dos porteiros, para cumprimentá-lo educadamente com a saudação dos muçulmanos e depois perguntar-lhe sobre a loja de Laticínios Astra ou a Rua Abdel Fattah Al-Zeini. Por vezes alguém conta uma história sobre o antigo nome da rua onde estamos, sobre uma moradia que foi demolida, sobre uma família que ali esteve e se foi, sobre uma loja que mudou de atividade ou mesmo sobre uma árvore que cortaram para um edifício. Ninguém se lembra da loja Astra.

 No dia seguinte, parti do Midan Fini, na rua Al-Hindawi. Haj Abdel Hamid me convidou para sentar-me com ele no banco. Ele me disse que veio com dezesseis anos da vila de Shaturma em Aswan para trabalhar em um palácio que ficava ali. Agora ele está aposentado e mora com o neto, que se tornou o porteiro de um dos dois prédios erguidos no terreno do antigo palácio. Ele contou a história da morte de seu único filho, eletrocutado enquanto consertava a luz da escada do prédio, e que seu neto não é apenas porteiro, mas o corretor mais importante da região. Ele disse, "as lojas Astra são há muito tempo as lojas Misr Dairy (Laticínios do Egito). Se você for para a praça onde está localizada a loja Misr Dairy, encontrará o endereço que está procurando".

 Os porteiros são os guardiões da geografia, eles vêm de pequenos vilarejos, e seu sustento não depende só de vigiar um prédio, limpar suas escadas e atender aos pedidos de seus moradores, mas também de registrar cada detalhe no mapa em que se movimentam. Seus quartos apertados, geralmente abaixo do nível da rua, são como uma câmera escondida, registrando tudo o que passa.

"No ano de 1956, Gamal Abdel Nasser levantou a ideia de 'um copo de leite para cada criança'. Para tornar isso possível, ele fundou a Companhia Misr Dairy, que começou com uma fábrica em Amiriyah, depois várias outras fábricas em Mansoura, Alexandria, Tanta, Kom Ombo e Sakha. Quando Abdel Nasser morreu, a Misr Dairy tinha uma frota de caminhões equipados para distribuir leite e iogurte para todas as partes do Egito e se tornou a maior empresa de laticínios do Oriente Médio. A empresa possuía muitos pontos de distribuição no Cairo e em Alexandria através da nacionalização, e também comprou outros pontos de venda para o mesmo propósito."[18] Quando eu estava lendo essa investigação sobre a Companha Misr Dairy, lembrei-me de ter ouvido que o diretor Atef El-Tayeb trabalhava como distribuidor de laticínios na pequena loja de seu pai, que também estava em Doqqi, e que a loja faliu em 1963.

Eu queria ter retornado a Haj Abdul Hamid para agradecê-lo, por causa dele li a investigação sobre a Companha Misr Dairy. Diria a ele que o governo de Mubarak começou a privatizar a empresa; quando suas fábricas foram vendidas em licitações secretas, seus trabalhadores foram demitidos, seu equipamento foi vendido em leilões ou foi armazenado e depois vendido secretamente para empresas privadas de laticínios. Embora a empresa tenha voltado aos holofotes em 2008, quando os trabalhadores da fábrica de Amiriyah exigiram que ela fosse reaberta, uma comissão do Ministério da Saúde aconselhou seu fechamento devido a defeitos estruturais, queda de azulejos e vazamento de torneiras. Depois de tudo isso, há apenas Astra Turismo no Midan Messaha e Laticínios do Egito na rua Doqqi, e ambas não têm nada a ver com uma rua chamada Abdel Fattah Al-Zeini, portanto, nada feito, meu senhor Haj Abdel Hamid.

Após a terceira viagem de exploração ao bairro Doqqi, notei que existem inúmeros quarteirões chamados Midan; cada ponto de interseção entre várias ruas laterais é chamado de "Midan algo", o que torna a teoria de andar e vasculhar a pé de forma aleatória um fracasso.

Encontrei um site na Internet para uma organização chamada "A Autoridade Geral Egípcia para Territorialização", que continha uma visão geral da história da Autoridade desde a sua criação:

"Uma decisão foi emitida por Quediva Tawfiq para estabelecer um subsídio público para a pesquisa de áreas para a Territorialização (*Ta'ree*, em árabe) em 9 de fevereiro de 1879, sendo afiliada ao Departamento de Finanças e, em 23 de fevereiro de 1887, a participação subordinada foi transferida do Departamento de Finanças para o Departamento de Obras e o interesse em trabalhos de levantamento topográfico continuou, até que uma reunião do Conselho de Diretores ocorreu, e instalou-se a Agência

Pública de Topografia, determinada por decisão de 16 de junho de 1898 e afiliada à Agência de Obras. Sua principal tarefa era calcular a área detalhada de terras agrícolas no Egito de uma maneira científica precisa, que permitisse ao estado cobrar impostos. Permaneceu filiada à Autoridade de Obras Públicas até que sua filiação foi separada em 1905, sendo transferida para o Ministério de Finança." Em seguida, a definição segue a transição da autoridade entre diferentes ministérios após a revolução de 1952.

Gostei da palavra *"ta'ree"* usada no início da definição, então a procurei no dicionário, mas não encontrei seu significado. Existe uma explicação para palavras do mesmo radical, "uma terra perecida: desprovida de plantação", ou "quadra vazia: sem gente passando ou visitando". É uma daquelas palavras que foram inventadas, usadas e ancoradas em documentos antigos a favor de um equivalente moderno, talvez usada pelo escrivão que registrava a cobrança de impostos após a conquista islâmica, ou emprestada e alterada do turco durante o califado otomano. Repeti a palavra para saborear a sua estranheza. Lembrei que no material que colhi de alguns livros do século XIX, sob a autoridade de Ahmed Paxá Rashid, havia algo sobre a criação do Departamento de Pesquisa durante o reinado de Quediva Ismail, e antes de retornar ao meu material, notei que a informação que o site apresentava carecia de precisão em todos os sentidos, pois Tawfiq ainda não era o Quediva em 9 de fevereiro de 1879, mas sim o príncipe herdeiro, e sucedeu seu pai, o Quediva Ismail, em julho de 1879. Voltando ao historiador Elias Alayubi, este órgão, na verdade, chamava-se Departamento de Topografia, e não de Territorialização, por haver menção à Escola de Topografia que Ali Mubarak transferiu, com outras escolas de Abbasiya, para o palácio do Príncipe Mustafa Fadel em Darb Al--Gamameez, em 1868.[19]

Em outro contexto, Alayubi menciona que, quando os delegados francês e inglês se opuseram à formação do Ministério de Sharif Paxá de egípcios, apenas em 10 de abril de 1879, eles renunciaram, e Auckland Kelvin, chefe da Pesquisa Geral, juntou-se a eles.[20]

O prédio da Autoridade está localizado na Rua Abdel Salam Aref, n.º 01, em Orman. Devo ter passado por ele centenas de vezes entre 1988 e 1991 sem perceber. Estava no caminho da minha casa na Rua Messaha para a Universidade do Cairo, e nunca pensei antes por que foi nomeada de Messaha (área) esta parte em que morei.

— Por favor, quero comprar um mapa do bairro Doqqi como era em 1960 ou 1961. Quero que tenha nomes claros de ruas e dos Midans (as quadras).

— Aqui é o Gabinete do Departamento de Documentação, documentos de avaliação de terras, expropriações e grandes projetos.

— ...

— O escritório de pesquisa territorial fica na rua Haroun, muito próximo, e você pode comprar um mapa de Doqqi lá antes de uma da tarde.

Eram onze e meia do primeiro dia útil após o feriado de Eid al-Fitr e, em vez de correr para a rua Haroun, fiquei impressionada com a dedicação da jovem funcionária e me senti no estado de uma boa cidadã, então tirei meu telefone, abri minha galeria de fotos e disse a ela que eu gostaria que verificassem o que estava escrito sobre a Autoridade em seu site, "aqui estão as páginas do livro de Elias Alayubi, que diz que...". A jovem olhou para mim espantada, parecia que minhas palavras foram dispersas e engraçadas, ou que ela não esperava que um cidadão corrigisse algo do governo. Ela me questionou, "você é professora de História?". Eu respondi, "não". Ela gentilmente me aconselhou a enviar minhas informações para a Autoridade através do e-mail fornecido no site. Agradeci e, antes de chegar à porta de seu escritório, ela disse, "vá até o início do Midan Al-Messaha, porque na Haroun as forças de segurança fecharam a rua deste lado, vire à direita e, quando chegar à rua Haroun, vire à direita e pergunte pelo salão de cabeleireiro Saeed, fica no prédio em frente ao cabeleireiro. Pergunte pelo Sr. Muhammad Mahmoud".

 Em cinco minutos andando, avistei o salão de cabeleireiro Saeed à minha direita. Havia um muro alto à minha esquerda e dois portões de ferro grandes e decorados, mas fechados com cadeados, e entre eles, uma barraca que vendia cigarro. Depois, um pequeno portão feito de chapas de metal, como se tivessem cavado sua abertura em uma montanha. Uma pessoa alta não podia entrar por ele sem se curvar, nem uma pessoa mais gorda sem ficar presa antes de deslizar por ela. Um metro depois, passei por uma catraca de inspeção não funcional deixada sozinha em um jardim abandonado, com grandes árvores bloqueando o prédio da rua. Várias escadas, depois o hall do prédio, onde havia mapas na parede à direita do interior, e à esquerda, uma mesa retangular com uma caixa de bolos, biscoitos e xícaras de chá, com três funcionárias ao redor dela. Interrompi a conversa perguntando sobre o Sr. Muhammad Mahmoud. Uma delas apontou para uma sala na frente e disse, "não existe o Sr. Muhammad Mahmoud, mas existe o *ustaz* Mahmoud Muhammad, e serve". Elas riam e ri também, fiquei otimista com a leveza e o bom humor.

O *ustaz* Mahmoud Muhammed estava sentado sozinho atrás de pilhas de arquivos à sua frente e ao seu redor, usando óculos de lentes grossas e, se não fosse por seu cabelo abundante, ele seria a imagem perfeita de um burocrata dos filmes dos anos oitenta. Mas ele foi muito solícito, disse-me que o mapa não ia ajudar, que eu preenchesse um formulário "mudança de nome de ruas" com o nome da rua que estava procurando. Eu decidi pedir dois. Escrevi no formulário meu nome, número de identidade, endereço, telefone e nome da rua "Abdul Fattah al-Zeini". Ele olhou para o formulário com aprovação e disse, "vá ao tesouro e pague trinta libras e setenta e cinco piastras, depois deixe o formulário no departamento dos Títulos".

Desci para o andar de baixo, um longo corredor meio escuro, paredes cheias de papéis e anúncios, nem se via as portas dos escritórios até chegar nelas. A funcionária, que estava comendo os biscoitos do Eid, havia pouco me dissera para voltar no dia seguinte após uma hora da tarde para receber o "nome", então ela me perguntou com curiosidade, "herança ou um processo contra fundo de doações?". Eu disse, "não, nada disso, estou somente procurando informações da história da família". Eu senti que isso não estava longe da verdade.

Quando saí do prédio, estava exultante; queria poder esperar lá até a manhã seguinte. Grata ao Sr. Mahmoud Muhammed e às mulheres de humor leve e moços que inventaram a topografia, a pesquisa de área e o formulário de mudança de nome das ruas.

Sentei-me no café ao lado do salão de cabeleireiro Saeed. O café estava localizado à direita de um enorme edifício moderno com janelões de vidro com vista para as escadas e a entrada. Meus olhos caíram na placa "Béla Studio" e não pude acreditar. Diz-se que este estúdio foi fundado por um senhor húngaro chamado Béla, na Rua Qasr Al-Nil, numa área de 600 metros no ano de 1890, e, após uma série de proprietários fruírem do salão, passou pelas mãos do fotógrafo conhecido como Mohieddin Béla nos anos cinquenta. Foi esse mesmo fotógrafo que tirou as fotos do meu casamento no estúdio, com uma antiga câmera Linhof, e uma das fotos ficou exposta na vitrine do estúdio na rua Qasr al-Nil durante anos. Na minha última visita ao Egito, fui até ele com a foto do meu casamento na moldura, pois queria pedir para consertar uma rachadura no quadro, e encontrei uma sapataria no lugar do estúdio. Perguntei ao vendedor de jornais na frente do prédio e ele disse que o Haj Mohieddin morreu há muito tempo, e os proprietários originais do prédio ganharam o caso e expulsaram seu filho, Ashraf Béla, e que não sabia o seu paradeiro, mas tinha o número do celular dele. Salvei o número no meu telefone, mas não liguei para ele. Terminei de beber o chá, fui até o estúdio. Estava fechado e tinha uma vitrine pequena e empoeirada com uma câmera velha e uma foto de Hind Rustom e outra do Sheikh Metawalli al-Shaarawi.

Caminhei pela rua Haroun, já que não tinha compromissos antes do meio-dia seguinte, contemplando cada árvore, cada prédio, cada varanda. E quantas vezes na minha vida já andei pelas ruas sem perceber o que estava ao meu redor, como se estivesse andando com os olhos voltados para dentro. Que eram todas aquelas placas? N.º 5: Graduados da Escola Modelo Al-Nokrashy. N.º 12: Fundação Bismillah para Serviços Culturais e Desenvolvimento e Rotary Clube do Cairo, Wadi Digla. N.º 12a: Conselho Empresarial do Egito e Sudão do Sul. N.º 13: Associação Científica para o Ensino da Economia. N.º 14: Clube de Membros do Corpo Docente da Universidade do Cairo e Sociedade Egípcia para

Ciência e Produtos Halal. N.º 15: Fundação Al-Haggan para o Ensino do Pensamento.

O nome da Rua Abdel-Fattah El-Zeini foi mudado para Rua El-Sherbiny em 1964, quando o bairro Doqqi entrou oficialmente na área urbana do Cairo. Quando se vem na rua Tahrir no sentido do Prédio da Ópera, em direção ao Midan Doqqi, a rua Al-Mahlawi é a última rua à direita antes de cruzar a quadra. Se você caminhar nessa rua por cerca de quatro minutos, entre a multidão de vendedores de Suleiman Jawhar que ocuparam a região, você chegará a um pequeno cruzamento da rua Al-Mahlawi, por onde se caminha para a rua Al-Sherbiny. A Rua Al-Sherbiny começa na Rua Doqqi e encontra as ruas Al-Mahlawi e Suleiman Johar neste pequeno cruzamento que Nádia chamou de Midan Astra, e depois se estende por cerca de cem metros e termina no que parece ser uma vila sem saída.

Em janeiro de 1963, apenas algumas famílias moravam aqui: no lado direito da rua Doqqi, ficava a casa de dois andares de Taha Fawzi com jardim, e ele morava sozinho. Ao lado dela estava a Escola Árabe Particular Al-Majediyah. Era uma escola de jardim de infância, fundamental e médio. Foi fundada pelo professor Ziyad Ghannam Al-Majedi em 1947, depois fechada pela Justiça do Trabalho em 1963 devido ao atraso no pagamento dos salários dos professores. Em frente à casa de dois andares e à escola, havia um terreno baldio alugado pela escola como arena de jogos.

Quando foi fechada, um comerciante de produtos chineses de Damietta, chamado Al-Helwani, comprou a escola com a casa de dois andares e a arena e construiu dois prédios enormes à direita e à esquerda. Seu filho ainda é dono dos prédios e mora em um deles. Muitos edifícios adjacentes foram construídos no lugar das antigas casas, mas ainda existe a casa n.º 9. Depois de sua nacionalização, tornou-se residência de oficiais sudaneses treinados no Egito. Mais tarde, nos anos 80, foi um lar para estudantes palestinos e agora transformou-se na sede de algo chamado "Fundação das Mulheres Árabes e Africanas para o Desenvolvimento".

A casa de Abbas Hilmi Al-Zayyat, que ele construiu em 1957, tinha na época o número 16. Tinha apenas dois andares: ele morava no primeiro andar, enquanto Enayat morava no segundo andar. Após sua morte, em 1971, a casa foi vendida, tendo seis andares, e parte do primeiro andar foi transformada na loja de material de pintura de Abdulmoneim Al-Sharif Al-Nawwal. A loja ainda existe. No mapa antigo, em frente à casa de Al-Zayyat ficava a casa do Sheikh al--Mahlawi, um dos xeques de Al-Azhar nos anos trinta, e assim que ele morreu, seu filho Saad al-Mahlawi a demoliu e construiu um prédio. Quanto aos Laticínios Astra, permaneceu até o início de 1965 no cruzamento da rua Abdel Fattah El-Zeini com a rua Suleiman Johar — Suleiman Johar ainda não havia se tornado um mercado e no seu local agora há um prédio.

Atrás do Laticínios Astra havia um terreno baldio com árvores pertencentes à família Maqar que foi dividido em quarteirões, e em todos eles edifícios foram construídos, exceto um quarteirão ainda em ruínas, murado e cheio de tralha, com um escrito "Bibo" (apelido de um jogador de futebol) na parede. À esquerda, em frente ao terreno que era vazio, existiam quatro casas. A primeira era a casa Maqar, de frente para o cruzamento, e no seu lugar agora é um prédio em fase de acabamento. As outras moradias continuam lá, mas cada uma delas foi elevada em dois ou três andares. Entrei em uma delas para encontrar Madame Al-Nahhas, amiga de Enayat, a moradora mais antiga e mais velha, que me contou que os velhos da rua a conhecem por esse nome porque Al-Nahhas Paxá era amigo de seu pai, um estudioso do Partido Wafd, e que seu marido também era do Wafd, criado com os ensinamentos de Al-Nahhas, que costumava visitá-los quando ela ainda não era da família.

Nas minhas muitas outras visitas, sentei-me com o professor Ghannam, filho do proprietário da Escola Al-Majidiya, em frente à loja de Al-Sharif Al-Nawwal, e desenhamos juntos um mapa da rua e os vestígios daqueles que viveram nela. Ele me contou que o projeto Al-Majediyah matou seu pai, e reclamou do tribunal dos trabalhadores. A escola faliu porque seu pai costumava aceitar os filhos dos pobres sem nenhum pagamento. Entretanto, formou pessoas importantes como o ator Saeed Saleh e Hassan Al-Abdeen, que se tornou embaixador, e um engenheiro famoso cujo nome ele não lembra e era o chefe da "Autoridade Geral para Territorialização" em Doqqi. Quando ele disse "Autoridade Territorialização", ergui meus olhos para a varanda de Enayat no segundo andar e imaginei que ela ainda estava ali, desde 3 de janeiro de 1963, atrás das persianas fechadas.

10

Assim que Reda abriu a porta, fui recebida por quatro cachorros pequenos da raça *pug*, com os seus focinhos enrugados e achatados. Sentei-me na sala para aguardar, enquanto os cachorros me analisavam. Tentei lembrar como eles chamam os *pugs* em árabe. Ao meu redor muitas fotos de Nádia, de seus filmes, em diferentes fases de sua vida. No centro havia duas fotos chamativas, em uma ela está sentada num sofá, sorrindo, e atrás dela está Yasser Arafat, usando seu *keffiyeh*[m] palestino enquanto coloca um *keffiyeh* semelhante sobre os ombros dela. Na segunda, ela está com Arafat em seu uniforme militar, cercada por um grupo de homens. Adivinhei que essas duas fotos fossem da sua conhecida visita aos guerreiros resistentes durante o cerco israelense de Beirute em 1982.

---

[m] *Keffiyeh* palestina é um lenço xadrez preto e branco, geralmente utilizado no pescoço ou na cabeça. O *keffiyeh* tornou-se um símbolo do nacionalismo palestino e da revolução Palestina contra a ocupação israelense.

Os cachorros me pareciam muito semelhantes, e era difícil para um visitante diferenciá-los... Lembrei que se chamam *salsal* em árabe. Reda trouxe um copo d'água e eu disse a ela "sinto muito, incomodei você com meus telefonemas nas últimas duas semanas". Ela sorriu cautelosamente e disse que a Madame viria imediatamente. Reda não falava com os convidados.

Nádia veio com um vestido indiano branco, calça larga e uma blusa leve, bordada, a cabeça envolta em um lenço bordado do mesmo pano. Ela parecia relaxada e descontraída na sua casa, enquanto, ironicamente, eu havia feito o possível para parecer elegante. Arrumei meu cabelo no Halim's, cujas fotos com atrizes famosas cobriam as paredes do seu salão em Mohandessin, e esperava que a umidade não estragasse o penteado antes que ela o visse. Eu estava com um vestido curto, sem mangas, cor de cobre e sandálias combinando, e como nunca havia usado nem o vestido e nem as sandálias, senti o nervosismo do pessoal do interior em uma cidade grande. Ela me deu as boas-vindas, colocando um grande saco de fotos e papéis sobre a mesa, depois me abraçou e se sentou.

Experimentei aquele arrepio que nos abala quando vemos alguém que conhecemos desde sempre, e de repente nos encontramos com ele no mesmo espaço e tempo. É o arrepio da presença avassaladora do conhecimento unilateral, seu desejo de se equilibrar, não ser tolo e não esgotar sua energia na descrença do que está acontecendo.

Pela primeira vez, Nádia me perguntou sobre a minha vida. Quando ela soube que eu era de Mansoura, me contou uma história incrível, que em 1986 visitou o escritor Fouad Higazy na sua casa e gravou com ele um depoimento sobre a experiência de seu cativeiro nas mãos dos israelenses durante a derrota de 1967. Não contei a ela que ele era meu mentor naquele período, e que eu também costumava visitá-lo em seu apartamento em Sheikh Hassanein. Acontece que ela gravou materiais com muitos prisioneiros para um documentário, mas ela já não sabe o destino dessas fitas.

"O que é essa Town House onde estava ontem à noite?", me perguntou. "Você estava falando sobre Enayat?" Fiquei maravilhada com a sua memória, pois quando liguei para ela ontem de manhã para dizer que o tempo voa e tenho poucos dias no Cairo, ela disse, "venha à noite", então pedi desculpas veementemente por ter um compromisso em uma palestra. Ela parecia chateada e não interessada nas minhas desculpas. Então respondi, "não, eu estava em uma discussão aberta sobre a leitura e a escrita". Foi a primeira vez que ela soube que eu também era escritora. Inesperadamente, essa informação funcionou como mágica a noite toda. Ela me disse, "por que você nunca me falou isso? Achei que você fosse uma acadêmica escrevendo um estudo sobre o Enayat". Minha elegância e arrumação não iam influenciar em nada, então bastava ela saber que eu era escritora para se sentir familiarizada comigo, enquanto *artistas*.

Quando contei a ela que era casada e tinha dois filhos, ela pareceu interessada em saber como eu poderia conciliar a escrita com a maternidade. Eu disse a ela que meu marido era tão responsável quanto eu e... que meu filho estava em Boston fazendo exames difíceis para entrar em uma escola particular, mas infelizmente eu não estava com ele. E não estava feliz por ele estar saindo de casa aos quinze anos. Ela me disse que mandou o seu único filho, Ahmed, para estudar na América desde muito novo, sob os cuidados de sua tia Nana, que ela costumava viajar para visitá-lo e ele vinha até ela no verão, e que uma mãe *artista* precisava ter um coração rígido.

Foi assim que a maternidade nos levou a Enayat. "Na minha geração, minha e de Enayat, a mudança social foi grande. Trabalhar no cinema não era uma vergonha, uma mulher podia ser escritora e pintora. Abdel Nasser queria fazer uma frente artística, uma linha de defesa de primeira. Houve um renascimento na música e na dança, uma abertura para as mulheres e a igualdade. Enayat e eu éramos pioneiras e muito crentes em Abdel Nasser, mas ela não sabia como deixar seu coração rígido. Seu filho e sua escrita eram o ar que ela respirava. A última vez que a vi foi na manhã de quinta-feira, 3 de janeiro de 1963. Eu estava me preparando para ir a Alexandria comemorar meu aniversário e ela deveria ir comigo. Ela ficou arrasada porque o menino ia ficar com o pai, e os advogados usaram seu medicamento antidepressivo como prova contra ela no caso de custódia. Quando chegou em casa, a Editora Nacional havia ligado, a mãe havia atendido, e disseram que o romance não era adequado para publicação."

"Quer dizer que ela não falou com você enquanto você estava em Alexandria, como estava escrito em seu diálogo com Foumil Labib?"

"Não, voltei às cinco da manhã do dia 4 de janeiro. Pretendia falar com ela assim que eu acordasse, mas fiquei ocupada. À noite vi que estavam me ligando e pedindo para deixar Enayat voltar para casa. Disse a eles que ela não tinha vindo. Eles a encontraram no dia 5 de janeiro pela manhã, como eu disse antes."

Eu disse a ela que havia algo de estranho nesse incidente com a Editora Nacional. Li o crítico de arte Hilmi Sallaam em um de seus artigos sobre ela. "Quando Nádia fala sobre Enayat... Ela não se cansa, por encontrar nela a outra parte de sua vida. Apesar do amontoado de coisas espalhadas dentro de Nádia Lutfi, ela teve que passar por Enayat Al-Zayyat, que terminou sua vida como uma trágica peça grega. Apenas um simples erro... um telefonema, e logo... logo... Enayat cometeu suicídio. Talvez tenha sido o destino que falou do outro lado da linha." Então perguntei, "que erro é esse?".

Ela respondeu, "sim, eu não queria contar esta história antes porque é realmente uma tragédia grega. Houve uma sugestão de que Azima, a irmã mais nova de Enayat, traduzisse obras literárias do alemão para o árabe. Azima apresentou o projeto de traduzir um romance e uma amostra dele para avaliação do comitê editorial, mas parece que eles queriam livros sobre a civilização faraônica e islâmica que os alemães escreveram. Naquela época, Azima também estava separada do marido e morando com o pai e a mãe no apartamento do primeiro andar, e tinha processos de divórcio e custódia. Que Deus tenha misericórdia dele, meu tio Abbas sofreu muito. O importante é que chegou uma ligação da Editora Nacional no dia 3 de janeiro dizendo que o romance não servia para publicação. Dois ou três dias depois, outra ligação veio para a casa de sua mãe dizendo 'Lamentamos o erro, mas não foi recusado o romance de Enayat, o que foi rejeitado foram as traduções de Azima'".

Me ouvi dizendo *fuck*! e certamente ela ouviu. Passou um minuto de silêncio enquanto eu tentava voltar aos meus sentidos. Então eu disse a ela que visitei Azima na casa dela antes do Eid. Não sabia que ela também morava na mesma casa na época, nem que ela se interessava por tradução e nem da história do erro da Editora Nacional. Aquilo era estranho — já que o romance estava apto para publicação, por que não foi publicado por quatro anos, até março de 1967, então?

Nádia me pediu o número de telefone de Azima com muito entusiasmo e chamou Reda para ligar. Sentei-me lá ouvindo uma ligação entre duas mulheres que não se viam há décadas.

Nádia retornou e continuou a falar de onde havia parado antes da ligação. "Não sei. Quando falaram pela primeira vez, disseram que a história de Enayat foi rejeitada. Quando corrigiram o erro, ela já tinha cometido suicídio", e sua voz se engasgou. Eu não sabia o que dizer.

Imaginei que a Editora Nacional tenha ficado perturbada com a notícia de que uma escritora se suicidou porque a editora rejeitou seu romance. Talvez alguns jornalistas de arte soubessem da história, porque Nádia Lutfi sofreu um colapso nervoso. A Editora entrou em contato com a família de Enayat para se eximir da responsabilidade.

Nádia abriu a sacola que havia colocado na mesa e tirou um monte de fotos dela e de Enayat: nadando em Ras El Bar e Alexandria, correndo em suas bicicletas, caminhando em Maryland Park. Perguntei a ela por que suas roupas eram tão parecidas em algumas das fotos. Ela disse que compravam tecidos juntas, escolhiam o modelo em revistas ou filmes, depois iam a uma costureira chamada Madame Aflatoun para fazer vestidos e até maiôs. "Por exemplo, esse famoso maiô listrado da Marilyn Monroe, a Samia Gamal publicou foto com um maiô desse, pegamos a foto e mandamos fazer um igual para nós."

Enayat Al-Zayyat e Nádia Lutfi

Pensei que aquilo devia ter parado depois que Nádia começou a trabalhar no cinema. As fotos a fizeram contar detalhes que eu queria ouvir; sobre a presença de Enayat em alguns dias de filmagem nos filmes *Meu Único Amor* e *Volte, Mãe*, por exemplo. Ela me mostrou um autógrafo do ano de 1950, no qual Enayat escreveu para ela "*Você é minha irmã*". Então me mostrou fotos das atrizes por quem era louca antes de entrar no cinema... Incluindo uma foto de Faten Hamama, que ela disse ter recebido de Enayat, obtida de uma revista *Os Planetas* como um presente na edição de 19 de maio 1954.

Nádia me deu apenas sete folhas do diário de Enayat. Resisti em ler cada palavra ali na hora, mas ela começou a ler uma delas e depois mudou de ideia e me entregou para que eu lesse para ela:

Ó, sua bela à janela, triste, é para o teu olhar distraído e distante, para as marcas de tristeza sob os teus olhos lindos e infelizes, para teus olhos cheios de miséria e dor e pesar que escrevo este poema. Ó, mulher perdida, entre limpar a cozinha e esfregar os azulejos e lavar a louça e trocar as fraldas do filho, entre passar a camisa do marido e preparar o jantar. Ó, mulher perdida, com o marido grosseiro, exigindo a mulher ao meio-dia, com seus longos sonos e roncos, sem nem uma palavra de carinho ou um toque gentil. Pobre garota... seus olhos dizem tudo. Escrava assalariada sem salário... devido a um marido. No final do dia, você se senta perto da janela, olhando para longe com olhos nublados, sonhando, sonhando com o passado, os sonhos das meninas moças, de palavras de amor, lindas e distantes. E então você se levanta e olha o espelho rachado, contempla os vestígios que restam de sua antiga beleza... Mas em vão... nenhum vestígio permanece. Tudo se perdeu na exaustão, na insônia incansável, na crueldade do marido... aquele que deve ser obedecido. Tudo isso sei do seu olhar ardente, distraído. As pessoas, os objetos... para outro mundo: um mundo mágico de sua própria imaginação, onde ninguém pode perseguir você, escravizar você, ninguém preenche seu mundo com seu poder, o poder do homem, o Líder... e Mulher, a submissa.

Nádia disse que este papel era do diário de Enayat antes dela deixar a casa conjugal, e que naquela época ela costumava manter seus papéis particulares com a amiga.

Criei coragem e perguntei a ela sobre o baú ao lado da cama do quarto de hóspedes. Ela chamou Reda e pediu a caixa. Rede desapareceu por cerca de meia hora. Nossa conversa tomou outro rumo e falamos sobre a Irmandade Muçulmana e o presidente Al-Sisi. Depois ela contou como começou a trabalhar no cinema, sobre uma festa na casa da sogra em Heliópolis. "O John Khoury e sua esposa Marcelle estavam lá. Khoury disse querer trabalhar em uma produtora de filmes, e minha sogra estava animada por estar envolvida nisso. Marcelle disse ao marido: 'O que você acha, John, da Paula para o seu próximo filme?'. O produtor, Ramses Naguib, que também estava na festa, disse: 'isso será maravilhoso', e me prometeu um papel em seu próximo filme." Nádia foi ao banheiro, e a Reda não apareceu.

Pensei que as coincidências estavam desempenhando papéis reais naquela época. O destino das antigas protagonistas na frente e atrás da tela poderia ter se transformado em fama ou morte com uma facilidade surpreendente. Como se o destino fosse, naquela época, um adolescente se divertindo com a geração de transição entre as festas, as mudanças sociais, a Editora Nacional e as frentes artísticas de Abdel Nasser.

Enayat Al-Zayyat e Nádia Lutfi [à esquerda] em Ras Al Barr

Nádia disse: "Ramses Naguib tinha um conselho de avaliação que me testou e consegui o papel. Este conselho incluía Jalil Al-Bandari, Abdel-Nour Khalil, Foumil Labib, Ihsan Abdel-Quddous e Youssef Al-Sebaie. Ramses era um grande produtor, ele introduziu a arte plástica no cenário dos filmes, então me apresentou a Bahgat Osman, Abu Ainein e Shadi Abdel-Salam, que depois trabalharam para mim na decoração deste apartamento". Perguntei a ela, "o diretor, o nosso Shadi Abdel-Salam?". Ela respondeu, "não, o meu". E nós rimos.

"As primeiras pessoas que conheci quando entrei no cinema foram Ahmed Ragab, Anis Mansour e Mustafa Mahmoud, porque eu estava no Clube Equestre com a Wigdan Al-Barbari, a esposa do dr. Al-Barbari, e eles eram seus amigos. Entreguei os escritos de Enayat para eles e gostaram. Mustafa Mahmoud publicou para ela em Sabah al-Khair, por volta do ano 1959 ou 1960, contos e poemas, mas sob um nome fictício." Perguntei por que o nome fictício e qual era o nome. Ela disse, "não, não me lembro. Enayat estava no meio de um processo de divórcio, então ela pediu que seu nome não fosse mencionado nas publicações". Perguntei se Anis Mansour também havia publicado os contos de Enayat e ela respondeu, "não".

"Youssef Al-Sibaei assistia ao filme do Salah El-Din, do ano de 1959. As filmagens pararam por um tempo e voltamos a trabalhar nele. Estava lá também Shadi Abdel-Salam e Mohamed Sultan, cuja casa, aliás, ficava ao lado da casa do meu pai em Alexandria, e seu pai tinha uma escola de cavalos, então eu ia andar a cavalo com eles. O importante é que Enayat e eu conhecemos Yusef al-Sibaei numa noite no verão de 1960, no Clube dos Escritores, próximo a Garden City. Demos a ele os papéis do romance escrito a lápis para que ele lesse e visse se era adequado para publicação ou não." Eu disse a ela, "quer dizer que Enayat terminou o romance no ano de 1960?", e ela disse, "sim, tenho certeza, porque ela ainda não tinha se divorciado". Quando perguntei se Enayat havia ido com seu romance até Anis Mansour e se ele havia lhe dado anotações, mas ela as recusou, Nádia respondeu, "não, ela nunca esteve no escritório dele".

Nádia acrescentou uma última surpresa naquela noite! Ela disse que se sentia culpada porque seu conhecimento de literatura na época não era bom. Naquela época, imaginei que esses escritores apreciariam Enayat e publicariam seu romance. Então ela começou a me mostrar suas fotos com aqueles que ela consideraria escritores após a morte de Enayat, depois que leu mais e aprendeu mais, Youssef Idris, Louis Awad, Ahmed Baha Eddin, Lotfi El-Khouli e outras figuras proeminentes. Ela me deu algumas dessas fotos de presente, e isso me confundiu por algum motivo que não percebi na época. Nos anos seguintes, essa confusão voltaria para mim sempre que Nádia me surpreendia com uma anedota sobre sua vida que não havia contado à imprensa. Talvez fosse apenas minha contradição interior entre o meu desejo de saber tudo sobre ela e meu medo da responsabilidade de me deixar levar e escrevê-lo.

Esperando que Reda voltasse com a caixa, Nádia me perguntou quando leria o que escrevi sobre Enayat. Eu disse a ela, com confiança, que enviaria um rascunho em dezembro próximo. Eu realmente pensei assim, mas esse erro de cálculo causaria certa tensão no meu relacionamento com Nádia, que repetiria essa mesma pergunta nos próximos dois anos, enquanto eu evitava a resposta. O que aconteceu é que voltei a escrever sobre maternidade após meu retorno do Egito no verão de 2015. Fiquei quase um ano e meio imersa entre escrever, lecionar e viajar. Eu costumava viajar pelo menos uma vez por mês, para Utah, no oeste dos Estados Unidos, para visitar meu filho Youssef em seu internato, para passar um tempo com meu filho Murad em Boston, onde ele estava estudando no ensino médio, ou para dar resposta a uma leitura que aceitei anteriormente e já era tarde para voltar e me desculpar. Enayat se afastava muito. Sempre que me passava pela cabeça, eu voltava a ler um rascunho de um capítulo e mudava uma palavra aqui ou ali, ou só falava com Nádia, ou Azima, no Cairo, para saber como estavam.

Nádia chamou Reda para trazer a caixa do quarto de hóspedes. Reda não respondeu. Eu me ofereci para procurá-la, abri uma porta ao lado da entrada do apartamento e descobri que dava para um corredor e uma cozinha. E chamei, "ó, Reda", da mesma maneira que Nádia a chamava. Reda estava terminando uma ligação, e imaginei ouvi-la dizer, "não se preocupe, vou dizer que não consigo encontrá-la, por isso quis perguntar". Reda veio e disse, "que caixa é essa? Não encontrei nada...". Então saiu em meio aos gritos de Nádia para trazê-la.

Pareceu-me que essas cenas já haviam acontecido entre elas antes. Adivinhei que Reda estava conversando com o filho de Nádia Lutfi, pois ela não era apenas uma assistente ou secretária, ela era parente da família e veio do Alto Egito desde jovem para morar com Nádia e cuidar dela. Reda talvez fosse os olhos de Ahmed Adel Al-Beshari na casa da mãe, protegendo-a de vigaristas e jornalistas. Ele estava certo, se Nádia fosse minha mãe, eu teria feito algo assim no Egito.

    Eu sabia que não veria essa caixa ao lado da cama do quarto de hóspedes, a menos que planejasse um crime: sequestrar a Reda para longe de casa. Então pensei, talvez eu não precise mais dessa caixa para me apresentar à Enayat.

11

Nos últimos trinta anos, o título do filme egípcio *Quero Uma Solução* (1975) foi recorrente na maioria das conversas sobre a atriz egípcia Faten Hamama, a jornalista Hosn Shah e a lei do Código Civil. O assunto também se estendia para o estado civil das mulheres árabes e o poder do cinema em ser uma arte proposital que muda a sociedade e suas leis injustas. A menção ao filme era geralmente seguida pela informação de que o presidente Anwar Sadat, sob pressão da sua esposa Jihan, dava às mulheres egípcias o direito de se divorciar e as protegia de uma lei injusta que as obrigava a retornar ao convívio conjugal contra a vontade delas. As discussões, com a referência ao filme, costumavam terminar com elogios ao cinema egípcio, Faten, Hosn Shah, ou ao feminismo, até mesmo ao Sadat.

A escritora do filme, Hosn Shah, disse em entrevista com Essam Al-Sayyid ao jornal londrino *Al-Hayat*:[21] "tentei dizer a verdade em benefício da sociedade em que vivo, e meus poucos filmes tiveram um impacto. Depois que apresentei o filme *Quero Uma Solução*, o governo egípcio considerou mudar algumas leis que regiam o estado civil. Foi a primeira obra da dramaturgia a tratar da questão do *khula*[n] (ou divórcio iniciado pela mulher), obscurecida por quatorze séculos. *Khula* é um direito mencionado no Alcorão Sagrado, e eu chamei atenção para isso. Essa lei salvou muitas mulheres, inclusive a personagem que peguei emprestada para o filme e que ficou por 12 anos nos tribunais. A história do filme foi tirada da experiência real de uma das mulheres, e fico satisfeita em saber que fui o motivo para mudar o Código Civil".

Hosn Shah mencionou em mais de uma entrevista que o crédito por sua transformação de jornalista em roteirista de cinema pertence à artista Faten Hamama, que foi colega de classe dela no ensino médio. Foi ela quem sugeriu que ambas fizessem um filme tratando do Código Civil, a procrastinação no divórcio e "regra de obediência" — que obriga a mulher a ficar casada — especificamente. Após escrever o roteiro, mais de um produtor o rejeitou sob o pretexto de que era uma obra realista. Mas, finalmente, foi produzido por Salah Zulfikar e dirigido por Saeed Marzouk, e exibido em 1975.

O que Hosn Shah quis dizer com a lei egípcia, que o filme contribuiu para mudar, é o que ficou popularmente conhecido como "lei da Casa

---

[n] *Khula* é o direito de uma mulher, no Islã, a iniciar um pedido de separação ou divórcio.

de Obediência". Essa lei dava ao marido o direito de rejeitar o pedido de divórcio da esposa por ausência de motivos, do seu ponto de vista, e a obrigava a se submeter a mediadores para a reconciliação entre eles. Desta forma, prolongando o período contencioso, o parecer dos mediadores era normalmente suscetível de recurso por parte do marido, se não lhe fosse favorável. E sobretudo se não fosse provado o motivo alegado pela mulher, então o marido teria o direito de exigir a ida dela para a "casa de obediência". Essa casa, geralmente, era uma residência que ele preparava para ela, desde que cumprisse as condições legais, de modo que fosse independente, segura e adequada para a renda do marido e para a condição social da esposa.

Quando Enayat pediu o divórcio, essa lei era objeto de um acalorado debate. Defensores de sua abolição, progressistas, tanto homens como mulheres, disseram que ela não se encontra na lei ou na jurisprudência islâmicas. Foi originalmente uma lei otomana, romana ou francesa que a expedição napoleônica trouxe consigo para o Egito, e alguns disseram que não existia antes de 1929, enquanto seus defensores insistiam que era uma autêntica lei islâmica e que era necessária para preservar a sociedade e a instituição da família.

Independentemente deste debate, ou seja, qual fosse o caso, não podemos saber o que Enayat al-Zayyat passou em seus últimos anos sem que esta lei seja incluída na sua história. Não é apenas mais uma lei, mas sim uma das pedras do moinho que lentamente a moera e preparara para sua morte.

Na edição 27 do Jornal Oficial Egípcio, datada de 25 de março de 1929, ou seja, sete anos antes do nascimento de Enayat, exceto por dois dias, o jornal publicou o Decreto-Lei 25, do ano 1929,[22] que define algumas disposições do Código Civil, como divórcio, pensão alimentícia, período de pós-divórcio, custódia e guarda e reivindicação de paternidade. O decreto termina com um preâmbulo de que, por ordem de Sua Majestade, o Rei Fouad I, o ministro de Justiça Ahmed Mohammed Khashaba e o primeiro-ministro Mohammed Mahmoud, devia ser implementado como uma lei federal.

O decreto estipula, no item "Dissolução entre Cônjuges e Divórcio por Danos", os seguintes artigos:

Artigo 6º: se a esposa alegar que o cônjuge a prejudicou de tal maneira que não lhe é possível continuar a convivência, poderá pedir ao juiz que se separe, e então o juiz cederá o divórcio único, sem volta, se comprovado o dano e houver a impossibilidade de reconciliação entre eles. Se o pedido for indeferido, e depois repetida a denúncia e não provada, o juiz envia dois mediadores que devem decidir de acordo com a forma indicada nos artigos 7, 8, 9, 10 e 11.

Artigo 7º: os dois mediadores devem ser homens de reputação íntegra e de bom senso.

Se possível, devem ser parentes dos cônjuges; se isso não for possível, devem ser indivíduos com bom conhecimento das circunstâncias das partes e capacidade de mediar com sucesso entre elas.

Artigo 8º: os mediadores devem conhecer os motivos do afastamento e fazer tudo o que estiver ao seu alcance para proceder à reconciliação, pela forma que entenderem.

Artigo 9º: se os mediadores não conseguirem a reconciliação e os maus tratos forem claramente do marido ou de ambos os cônjuges, ou se não for claro de quem é a culpa, podem decidir em conjunto recomendar o divórcio.

Artigo 10º: se os dois mediadores estiverem em desacordo, o juiz pode mandá-los reexaminar a causa. Se o desacordo persistir, ele pode nomear outros em lugar deles.

Artigo 11º: os mediadores devem apresentar as suas recomendações ao juiz, cabendo ao juiz a decisão final.

Enfatizando a importância dos mediadores mencionados nos artigos acima, o texto acrescenta:

"Como a esposa pode exigir pensão alimentícia do marido com nenhum outro propósito além de se vingar extraindo seu dinheiro, e o marido pode exigir a imposição da lei de obediência por nenhuma outra razão senão para derrubar seu pedido de pensão alimentícia e mantê-la sob seu controle, sujeito à tirania e abuso ao seu capricho — sem falar das dificuldades que o dito acima pode causar na execução de uma decisão de obediência ou de pagamento de pensão alimentícia sob pena de prisão, e os atos criminosos e danos que podem resultar do afastamento continuado —, e tendo visto evidências claras dessas consequências negativas em reclamações legais apresentadas, o ministério considera melhor seguir as decisões do Imam Malik sobre separação entre casais, com exceção dos casos em que os mediadores considerem que a esposa é exclusivamente culpada, desde aí não há justificativa para concederem as esposas problemáticas o incentivo para terminarem o casamento sem uma boa causa."

Antes de *Quero Uma Solução*, de 1975 a própria Hosn Shah lançou uma longa e organizada campanha por mais de uma década contra a Lei 25 de 1929, descrevendo-a como fonte de injustiça contra as mulheres egípcias que enfrentam nos tribunais os processos do Código Civil. A lei obriga a esposa a provar o dano causado pelo marido, então ela enfrenta um labirinto de condições da tal prova e as manipulações do advogado do marido para vetá-las, e quando o tribunal rejeita a ação de divórcio por não provar o dano causado à esposa, o marido tem o direito de exigi-la na Casa de Obediência, e a lei é aplicada pela força; a esposa tem que obedecer ou ir para a prisão, como se fosse criminosa.[23]

Em 1967, Hosn Shah dirigiu seus apelos nas páginas da revista *Akher Saa'a* à sua Eminência

Sheikh Faraj al-Sanhouri e ao Esam Eddin Hassouna, ministro da Justiça, os quais se opuseram ao cancelamento ou alteração da cláusula de obediência nessa lei. Nesse contexto, ela contou muitas histórias de mulheres egípcias cujas vidas se tornaram, perante os tribunais, como que "paradas"; em outras palavras, elas não eram casadas nem divorciadas.

Entre as mulheres sobre as quais escreveu Hosn Shah estava Azima Al-Zayyat, a irmã mais nova de Enayat, que, de setembro de 1962 até o momento em que o artigo foi publicado, em 17 de maio de 1967, estava correndo entre os tribunais buscando o divórcio de seu marido, Mohammad Abdel Moneim Al-Anbaby, que trabalhava como um diretor importante na empresa de Ferro e Aço.[24] Hosn Shah intitulou a história de Azima perante os tribunais como "A Tragédia de Enayat Al-Zayyat se repetindo". É um título de sucesso, como sempre. Embora esteja apenas apresentando o caso de Azima, ela aponta na introdução a semelhança entre seu sofrimento e o sofrimento de sua falecida irmã pela arbitrariedade dessa lei. No entanto, o título também se beneficia do nome Enayat al-Zayyat, mencionado mais de uma vez desde a publicação de seu romance, há dois meses. Hosn Shah escreveu:

"Mas quem é Azima Al-Zayyat? Uma cidadã muito comum... Seu pai é um homem bom, cheio de bondade, que presenciou a formatura de gerações de jovens... um homem culto, um supervisor na universidade onde trabalha... teve a sorte de ter três filhas... Enayat Al-Zayyat, Azima Al-Zayyat e uma terceira filha. Três excelentes filhas que estudaram na Escola Alemã e se formaram aos dezoito anos... assim se casaram uma após a outra!

Então veio a tragédia!

A tragédia de Enayat, que terminou em suicídio... e um longo romance, *O Amor e o Silêncio*, sobre o qual os grandes críticos concordaram, unanimemente, que se trata de uma excelente obra de uma mulher muito sensível, que não havia completado mais de vinte e cinco anos no dia de sua morte!

Mas por que Enayat al-Zayyat cometeu suicídio? Essa artista talentosa, que todos que conheceram em sua vida disseram que era extremamente gentil e transparente?

Críticos e escritores disseram... Ela se suicidou porque seu livro *O Amor e o Silêncio* foi rejeitado pela editora na época!

Digo, após conhecer a verdadeira história, que Enayat cometeu suicídio pela crueldade. Uma mulher feliz não comete suicídio devido a um livro. Decerto a vida conjugal fracassada de Enayat causou a sua dor psicológica e física, o que fez com que seus delicados nervos a traíssem e a fizessem preferir a morte!

Assim, muito simplesmente, perdemos uma mulher genial que brilhou e se apagou prematuramente."[25]

O artigo de Hosn Shah me fez pensar novamente sobre o pai Abbas Al-Zayyat. Tentei imaginá-lo em 1962. Ele teve que pedir o divórcio em nome de sua filha mais nova, Azima, que voltou para casa aos 23 anos com uma criança que ainda era amamentada, assim como Enayat voltou menos de dois anos antes com uma criança que ainda não engatinhava. Abbas Al-Zayyat nasceu em Mansoura, em uma família educada de proprietários de terras, formou-se na Universidade O Rei Fouad I em 1928, sendo amigo dos poetas românticos do grupo Apollo durante a década de 1940. Ele permaneceu assinante da revista *Al-Rissala* até que ela fechou, em 1952. Ele mandou as filhas para a Escola Alemã e costumava levá-las ao cinema com Paula, entre 1949 e 1953, para assistir a todos os filmes em exibição estrelados por Faten Hamama ou Audrey Hepburn; este pai teve que lutar contra dois homens que se casaram com suas duas filhas e depois se recusaram ao divórcio amigável. Infelizmente, ambos foram homens bem-sucedidos e influentes no Egito pós-revolucionário; um deles era um piloto de uma família grande e respeitável, e o outro era um homem que se construiu por si, veio do campo, mas tornou-se, graças à igualdade de oportunidades, gerente geral da Companhia de Ferro e Aço.

12

Na quarta-feira, 14 de setembro, no Tribunal Civil em Gizé, a cidadã Enayat Al-Zayyat instaurou o Processo 101 do ano 1959 contra Kamal Eddin Shahin, solicitando o divórcio por danos. Em sua petição, a reclamante afirma que "se casou com ele na quinta-feira, 8 de novembro de 1956, e o casamento foi consumado em sua residência, acima mencionada, em Heliópolis. Eles foram abençoados com um filho único, Abbas, a quem ela criou e cuidou e está com ela. Em 7 de abril de 1959, durante o mês sagrado do Ramadã, ela deixou o lar conjugal depois que suas vidas juntos se tornaram uma série de sofrimentos e ataques degradantes dele contra ela como mulher, esposa e mãe. Ela pede o divórcio com base no dano que lhe foi feito e na impossibilidade de reatar o casamento".[26]

No primeiro processo de divórcio movido por Enayat, não há detalhes sobre as agressões humilhantes do marido contra ela, o que mudará nos casos de apelação, já que o tribunal rejeitou o caso sob a alegação de que não havia fundamento para o divórcio por dano.

Imaginei o Sr. Abbas Al-Zayyat sentado na sala de sua casa com o Sr. Naji Khalil, um amigo da família que também se tornou seu advogado desde que uma ação foi movida para exigir o direito de Fahima Ali Abbas nas dotações de seu avô, Ahmed Paxá Rashid. Enayat entra, senta-se e lê o processo, talvez mordendo os lábios como fazia quando algo a preocupava. Ela pede que a descrição do Sr. Khalil sobre as agressões de seu marido contra ela seja excluída. Porque mencioná-la é um insulto, e ela se propõe a se contentar com "e que a vida conjugal entre eles foi uma série de sofrimentos". Essa é uma frase dela, com certeza, que escritora ingênua ela era! Ela pensou que uma única palavra tinha peso, e que a palavra "sofrimentos" por si só amoleceria o coração do juiz e talvez também do marido.

Enayat esperou pela decisão do divórcio, acreditando que a lei visasse à justiça, e que afastasse o sofrimento que ela teve o cuidado de não descrever nem mesmo em seus diários. É como se os insultos da realidade devessem ser resumidos pela metáfora que descreve a realidade, como se a linguagem devesse criar uma distância entre a dor e seu dono. Ela estava tão ingênua e movida pela esperança que, em seus diários, ela se refere a si mesma como "ela" em vez de "eu":

"Se casou sem amor... sem compreensão mútua... sem compatibilidade... Ela nunca considerou essas coisas. Seu único pensamento era escapar da disciplina e das restrições da escola.

Fechou os portões do paraíso da infância para abrir as portas de uma juventude prematura, aliás, abriu a porta da vida adulta, cedo... errou a porta... e abriu outra porta que dava para um deserto, para um deserto seco... desprovido até mesmo de miragens. Olhou para trás para descobrir que a porta havia se fechado... e não havia nenhum para voltar... Perdida... chorou... e chorou... Ela chorou de desespero, desnorteada. E então ela tomou coragem e se resignou. Resignou-se e, ao fazê-lo, descobriu uma extraordinária capacidade de resistência.

Ela se via como um camelo, ruminando todos os momentos felizes do passado... mastigando-os devagar, devagarzinho no meio daquele deserto brutal... E então... as memórias acabaram... o passado acabou... e ela precisava de algo novo para mastigar... Mas não havia nada além do desespero, amarelo como as areias, e seu corpo definhava e sua alma se diluía... Ela começou a clamar por libertação, começou a gritar por socorro. De repente, ela viu que sua casa foi construída sobre areias movediças e quanto mais ela tentava salvá-la, mais e mais ela afundava, e implorou por salvação, por ajuda de Deus, do Destino... de tudo... Presa em sua investigação selvagem, ela esqueceu que ninguém conseguia salvá-la porque a salvação deve começar de dentro. Deve começar com sua própria positividade. De repente ela viu a chave... a chave da libertação pendurada em seu pescoço... pendurada na sua alma, dentro dela. Então ela se levantou e abriu a porta e, de pé no limiar aberto, ela encheu seus pulmões com ar, com vida, com a rica fragrância da juventude, o perfume da primavera e da liberdade. Ali, na soleira da porta, se livrou de sua velha pele interior, rachada, ferida e cheia de nós e de medo, e deu seus primeiros passos livre e desinibida com a sua nova pele... com a coragem e a confiança... e a determinação."[27]

Quando Enayat deixou a casa conjugal, levando seu filho consigo, ela não voltou para Mounira, onde nasceu e cresceu, mas sim para a casa que seu pai havia construído em Doqqi. Assim que voltou, ela pediu para morar sozinha no apartamento vazio do segundo andar até terminar de escrever. O Sr. Abbas convenceu sua esposa, Fahima, a deixar Enayat em paz e à vontade, já que o apartamento do segundo andar ficava logo acima do apartamento deles. Como Enayat estudou árabe apenas como matéria secundária na escola alemã, assim como francês e inglês, ela pediu ao pai que lhe ensinasse as regras gramaticais e começou a ler mais em árabe. A parte acima mencionada de seu diário deve ter sido escrita durante esse período. Essa sensação de liberdade que ela descreveu era o que ela tinha todas as noites quando subia para seu apartamento depois do jantar, sozinha, para escrever.

Parece que os tribunais de Código Civil estavam decidindo os julgamentos rapidamente naqueles dias. O pedido de divórcio de Enayat foi rejeitado em novembro de 1959, e ela apelou contra a rejeição em janeiro de 1960. No final de maio, pouco antes do feriado de Eid al-Adha, o recurso foi rejeitado.

De acordo com os autos, a recusa ocorreu porque a esposa usou no processo, separadamente, o testemunho de duas mulheres pelo insulto do marido a ela, uma delas era sua amiga e a outra, sua empregada, e era obrigatório que elas estivessem presentes, juntas, durante os depoimentos, como escrito no Código Civil: "E que sejam duas testemunhas homens. Se forem duas testemunhas femininas, que seja convocado um homem como terceira testemunha, pois das duas mulheres, se uma esquecer algo, a outra lembrará". Estarem separadas era um erro legal, já que a lei exigia o testemunho de ambas as mulheres ao mesmo tempo. E o depoimento da testemunha masculina, seu pai, Abbas Hilmi Al-Zayyat, foi rejeitado porque ele a viu chorando, porém, ele não viu o insulto, o motivo do choro, e, também, era o pai dela.

Talvez Enayat tenha perguntado o significado dos termos que ela não entendeu nessa decisão judicial e os traduzido mentalmente para o alemão. Parecia-lhe que a língua da lei diferia do árabe com que escreveu seu romance. O Sr. Khalil queria consolá-la, mas não conseguia encontrar as palavras certas. Ele próprio se ressentia da lei do Código Civil e na petição de recurso expressou o seu pensamento, como um advogado progressista com uma posição sobre a lei: "Aprendemos que uma pessoa perante a lei tem direitos e deveres, sendo um indivíduo independente, responsável e que pode ser punido. Na lei do Código Civil egípcio, a mulher não é uma pessoa, ela é um dos pertences do marido".

Aguardando o recurso contra o pedido rejeitado, Enayat copiou o romance a lápis para entregá-lo a Anis Mansour quando ele voltasse de suas viagens pelo mundo, mas isso não aconteceu. Depois do trabalho, em uma quarta-feira, ela subiu ao nono andar da rua Bustan, n.º 9, onde Paula já estava em seu apartamento recém-alugado, e caminharam juntas como faziam antes de ela trabalhar no cinema. Encontraram Youssef Al-Sibaie na Associação de Escritores em Garden City, sentaram-se e tomaram suco de limão. Paula disse a ele, "esta é minha amiga de quem lhe falei, foi ela quem me apresentou a você como escritor quando me deu *Estou indo embora* quando ainda estávamos na escola e assistimos juntas a *Devolva o Meu Coração, Rua de Amor* e *Entre as Lembranças*. Ela escreveu um romance que vai quebrar tudo". Enayat deu a ele o romance sem dizer uma palavra. Então, Al-Sibaie e Paula iniciaram uma conversa animada sobre Ramses Naguib e sobre o filme que ela terminara de filmar com o diretor Kamal Sheikh. Nas escadas da Sociedade de Escritores, um jovem que trabalhava em jornalismo artístico para a revista *Al-Kawakib* se aproximou de Paula e a cumprimentou calorosamente. Ele disse, "seu papel como jornalista no filme *Sultan* é uma honra para a nova mulher e para o jornalismo objetivo, e eu parabenizo você". Paula deu um passo para trás e estendeu a mão para cumprimentá-lo, dizendo discretamente, como uma estrela, "muito obrigada". Elas riram muito dessa cena depois, e Paula imitou o jovem, enquanto Enayat imitava Paula, dando um passo para trás e estendendo a bainha do vestido com a mão esquerda, enquanto a mão direita estava estendida e Paula a beijava.

Durante esse período, enquanto Enayat esperava que o divórcio fosse concedido, seus registros no diário estavam livres de qualquer nota de reclamação ou desespero. Como se ela fosse um pássaro escapando da sua gaiola, sabendo que não havia poder na terra que pudesse devolvê-lo. Ela estava olhando com firmeza e confiança para si mesma e seu futuro:

"Nada pode me assustar. A morte vem para os covardes... e os trêmulos... Mas sei porque estou aqui. Evoluo em virtude de minha própria existência, por minha própria vontade e para melhor... Saí de mim, de uma vida cotidiana trivial, para algo maior, algo mais profundo... uma compreensão da existência... a felicidade nesta existência... algo grande e profundo... cheio de segredos que devo descobrir. Feliz em descobrir. Terras distantes que quero visitar... músicas encantadoras que quero ouvir... milhares de livros que quero ler. Há muito pela frente. Amo minha existência, apego-me a ela... à minha juventude... à minha beleza e ao meu desejo indubitável de viver, e viver profundamente".[28]

Enayat havia conseguido algo com que sonhava desde que deixou o marido, ela economizou o suficiente para comprar uma máquina de escrever. A loja Goldenstein & Sons publicou um anúncio oferecendo descontos em uma variedade de máquinas de escrever da Alemanha Oriental, e ela discou o número: 53348. Enquanto ela se preparava para sair, seu pai ergueu os olhos e a lembrou de que era a mesma loja na rua Dupré, 17, onde compraram aparelhos elétricos em preparação para sua vida de casada. Mas Enayat não queria nenhum lembrete de seu casamento, até o radinho que tinha desde menina ficou para trás em Heliópolis. Ela entrou pela porta da loja e se apaixonou instantaneamente pela Optima. Não foi pela cor — turquesa, as letras árabes de um creme claro contra as almofadas pretas das teclas —, mas o que chamou sua atenção foi a alavanca de retorno. Pois os modelos anteriores tinham uma bobina atarracada, embutida no corpo da máquina; este era um gracioso braço de metal levantado do lado esquerdo da carreta, terminando em um disco turquesa.

Durante o outono de 1960, ela tentou se manter o mais ocupada possível enquanto esperava que seu divórcio fosse concluído e que seu romance encontrasse uma editora, ou pelo menos que Youssef Al-Sebaie ou Mustafa Mahmoud retornassem para ela com uma opinião sobre o que leram. Durante o dia, ela estava no Instituto Arqueológico Alemão, indexando a biblioteca e os documentos de um egiptólogo chamado Ludwig

Keimer, saindo para a varanda para fumar um cigarro com Hilda ao meio-dia e meio. Depois do trabalho, ela voltava para casa, primeiro parando no apartamento dos pais e depois levando o filho para cima, à noite. E quando ele dormia, ela voltava ao romance, ou lia, ou falava com Paula, ou Hilda ao telefone. Ela experimentava a nova máquina de escrever, batendo teclas, ajustando margens, levantando a alavanca fina.

Nos dias em que seu filho estava com o pai, ela não sentia vontade de voltar para casa. Caminhava do Instituto Arqueológico Alemão na Rua Aboul Feda 31 até onde sua irmã Aida trabalhava, no Instituto Suíço de Antiguidades na rua Gezira, com vista para o braço principal do Nilo. Mas, em vez de pegar a rota direta, atravessando Zamalek, ela saía do trabalho e virava à direita ao longo do braço menor do Nilo, um trecho de água que ela chamava de "o mar cego" desde que o vira num mapa pela primeira vez na coleção de Keimer. Ela seguia a curva do Corniche à medida que o rio se alargava, caminhando à beira d'água por toda a extensão da rua Gezira até chegar à irmã. Às vezes, ela ia direto para o apartamento de Aida, se tivesse certeza de que era lá que ela estaria, e então tomava um caminho diferente: à esquerda na Aboul Feda, depois à esquerda novamente na rua Al-Zinki e de lá para rua Shagaret Al Dorr. Às vezes ela dormia na casa de Aida e seus filhos, especialmente se o tenente-coronel Anwar Hab Al-Roman estivesse ausente a serviço do Exército.

Apesar de todas as informações que consegui reunir sobre Enayat durante esse período, tentando imaginá-la como uma heroína da sua própria vida, independente, as histórias de Nádia Lutfi pintaram um quadro bem diferente, pois nelas Nádia estava na frente e no centro, e sua amiga Enayat, como uma sombra passando ao fundo. Por exemplo, em 1960, Enayat viajou para Alexandria, sua primeira viagem de trem desacompanhada, para passar dois dias inteiros no estúdio assistindo à gravação do filme de Nádia, *Os Gigantes do Mar*. Outra vez, Nádia assinou o contrato para o filme *Meu Único Amor* e convidou Enayat para um almoço comemorativo no Le Grillon, na rua Qasr Al Nil. Naquele dia, Enayat ficou tímida, sentada na mesma mesa que o produtor Gamal Al Leithy e várias estrelas de cinema, e saiu mais cedo. Três dias depois, Nádia levou Enayat para jantar na casa do diretor Ezz El-Dine Zulficar e sua esposa, Kawthar Shafiq. Naquela noite não houve saída mais cedo, mas nas primeiras horas da manhã seguinte Enayat estava correndo com Nádia pelo Corniche, em Zamalek, e quando Nádia voltou para seu apartamento na rua Bustan para dormir, Enayat foi direto para o trabalho no instituto.

 Naquele mesmo ano, Enayat ligou para o secretário de Nádia, *ustaz* Rizq, e fez uma aparição surpresa no Cassino Muqattam, onde Nádia estava filmando *Meu Único Amor*. Foi aí que aconteceu o incidente com a bolsa, o que Nádia chamou de "o incidente de raccord".º

Nádia relatou que "quando Enayat ligou para Rizq para descobrir onde eu estava e apareceu no cassino, eu estava filmando uma cena em que tenho que descer um lance de escada segurando uma bolsa. Peguei a bolsa de Enayat emprestada porque era muito bonita e filmamos a cena. Quando Enayat quis sair, ela pediu sua bolsa de volta e eles disseram a ela: 'não, isso não será possível, existe uma coisa chamada raccord'. Ela não entendeu o que isso significa e nunca lhe ocorreu que a bolsa teria que aparecer em outras cenas e não poderíamos passar sem ela. Eu deveria filmar uma cena noturna onde danço com Omar Sharif, e a pobre da Enayat teve que tirar todas as suas coisas da bolsa, deixou-as comigo e foi para casa". Nádia riu, e eu ri também.

Sentei-me para assistir *Meu Único Amor* no YouTube. Eu queria ver a bolsa. Treze minutos e cinquenta e cinco segundos depois, Nádia e seu amante, Omar Sharif, descem as escadas do cassino. A bolsa está na mão dela. Omar interpreta um piloto. Nádia o acusou erroneamente de ter um caso com uma anfitriã chamada Aida, mas ele ligou para ela para se explicar e fazer as pazes, e então ali estão eles, juntos novamente.

Omar: "Você sabe quantos quilômetros percorri tentando encontrá-la desde que aterris-

---

o Termo usado nas filmagens de cinema, trata-se da continuidade temporária ou espacial entre dois planos consecutivos de uma cena.

sei? Do aeroporto para cá, daqui para o clube, depois voltei para cá. E você tem que considerar o tempo que passei voando de Genebra para cá: são mil e quinhentas milhas náuticas".

Nádia: "Você conta milhas, mas eu conto minutos e segundos. Quatro dias inteiros que estou esperando por você".

Nádia abre a bolsa de Enayat, retira um pequeno gravador e a música Ahwak, de Abdel Halim Hafez, começa a tocar e eles começam a dançar. Enquanto eles estão dançando, Enayat deve ter saído do set sem sua bolsa. Ela deve ter se perguntado onde o cinema estava encontrando todo esse romance, já que um homem que entrou em guerra com ela devido a um simples divórcio também era um piloto.

Em meados de novembro de 1960, Enayat enfrentava a terrível possibilidade de que seu marido a convocasse para uma "Casa de Obediência". Seu recurso contra a rejeição do tribunal a seu pedido de divórcio foi recusado.

A decisão do tribunal dizia o seguinte:

"Ela é antissocial e não se junta ao marido e aos amigos dele quando eles vêm visitá-los com suas respeitáveis famílias. Ela nega sua companhia no leito conjugal, trancando a porta de seu quarto privado e negando ao marido o que Alá permite. Além disso, a partir do conteúdo de uma carta (enviada do Instituto Arqueológico Alemão em Zamalek para a residência da irmã mais velha da apelante, na rua Shagaret Al Dorr, Zamalek, para garantir que o marido não pudesse lê-la) fica claro para o tribunal que o desejo da apelante no emprego contrariou a vontade do marido e foi obtido sem o seu consentimento, que ele negou alegando que seu salário era suficiente para lhes proporcionar uma vida confortável, que eles tinham um filho a cujo cuidado e criação ela deveria ser dedicada e, por fim, que o emprego dela não condizia com os costumes e tradições da alta sociedade na qual ele fora criado. Nesta conjuntura, houve conflito e, em 7 de abril de 1959, a recorrente deixou sua casa conjugal em Heliópolis, para a qual ainda não retornou. Além das declarações de testemunhas, dos documentos do processo e do próprio testemunho da recorrente perante este tribunal, de fato ela trabalha no Instituto Arqueológico Alemão desde 1960, apesar da recusa do marido a dar seu consentimento para ela aceitar um emprego".

 Em outras palavras, nenhuma das questões que foram objeto de disputa entre o casal, de setembro de 1959 a outubro de 1960, poderia ser considerada causa válida para o divórcio, porque todas elas decorreram do próprio caso atual e, como tal, "não provou que o pedido de divórcio resultasse de uma disputa anterior, mas sim que todas as disputas legais subsequentes foram causadas pelo pedido inicial de divórcio". Razão pela qual a decisão do tribunal em relação a esse recurso foi rejeitá-lo, "e manter a sentença inicial e condenar o recorrente a pagar todos os custos".

13

Os papéis pessoais que eu havia visto somavam apenas treze páginas, onze manuscritas e duas datilografadas, um total de 1.820 palavras divididas entre os apartamentos de Nádia Lutfi e Azima Al Zayyat: tudo o que havia sobrevivido do arquivo pessoal de Enayat, ou tudo o que havia sido autorizado a entrar em circulação mais ampla desde a década de 1960. Seções desses artigos foram publicadas menos de dois meses após o lançamento de *O Amor e o Silêncio*. Alguns foram incluídos na entrevista de Foumil Labib em 16 de maio de 1967, "Nádia Lutfi conta o motivo do suicídio de Enayat Al--Zayyat". No dia seguinte, Hosn Shah publicaria mais, em um artigo intitulado "Nunca morrerei: o diário de Enayat Al-Zayyat". Em sua introdução aos trechos, Shah escreve: "Estas são páginas variadas do diário da jovem escritora Enayat Al-Zayyat, autora de *O Amor e o Silêncio*, que pude encontrar depois de um dia triste passado com seu pai, Abbas Hilmi Al-Zayyat, examinando o conteúdo de uma caixa que permaneceu trancada nos últimos cinco anos... Isso é tudo o que resta de Enayat".

Em comparação com o que foi publicado originalmente, há algumas passagens inéditas. Elas foram submetidas ao mais leve toque editorial: um título para cada parágrafo, digamos, ou dois parágrafos menores combinados sob um único título; aqui e ali, correções de gramática. Uma das partes que Shah publicou com o título "Seiva do ambiente" foi retirada dessas duas folhas datilografadas, que eram um rascunho de uma parte de O Amor e o Silêncio, correspondendo aproximadamente à página cinquenta da versão publicada.

As páginas inéditas incluem um par de folhas em que Enayat não fala sobre si mesma, não usa "ela" nem "eu", não descreve a morte ou a depressão, ou a prisão do casamento, não toca em seus sonhos ou medos, ou em seu relacionamento com o filho. A primeira delas começa com um nome, Ludwig Keimer, escrito em alemão, seguido de notas em árabe para o que pode ser um conto ou capítulos de um romance, ou mesmo uma breve biografia esboçada.

Na segunda, ao lado da palavra amizade em árabe, os nomes Max Meyerhof e Paul Kraus estão escritos em alemão. Há também endereços — Rua Youssef Al Juindy, 17, Edifício Immobilia, Rua Hishmet Paxá, 7, em Zamalek — e abaixo deles, manuscrita, uma frase misteriosa, sublinhada: *a jornada deve começar dos cemi-*

térios. Nada disso fazia sentido para mim, e as duas páginas permaneceriam um mistério até janeiro de 2018, quando conheci Madame Al--Nahhas, amiga e vizinha de Enayat quando ela morava na rua Abdel Fattah Al Zeini, que me disse que Enayat havia começado um segundo livro sobre o Instituto Arqueológico Alemão, disse ela, e "a vida de um alemão, um botânico que veio morar no Egito".

Voltei aos esboços de Enayat e comecei a procurar nomes próprios. Havia muito em alemão sobre Ludwig Keimer, então, por sorte, encontrei um artigo sobre ele em inglês, escrito por uma pesquisadora chamada Isolde Lehnert, e o traduzi para o árabe. Por um bom tempo, este artigo, "Gigante da Egiptologia: LUDWIG KEIMER", por Isolde Lehnert,[29] conteria tudo o que eu sabia sobre o homem que obcecou tanto Enayat que ela começou a planejar um livro sobre ele.

Em 1957, o Instituto Arqueológico Alemão do Cairo adquiriu os arquivos de Keimer, consistindo em sua antiga biblioteca e espólio acadêmico. Ambos refletem as várias facetas de um estudioso que se ocupou com assuntos que iam desde o ligeiramente exótico, em termos de Egiptologia tradicional (traçando os passos dos antigos egípcios no Egito moderno), a tudo relacionado ao conhecimento do Egito, incluindo Língua, História, Arqueologia e Artes. Vivendo e trabalhando por metade de sua vida no Cairo, ele se tornou uma espécie de instituição nos círculos acadêmicos, alguém a ser consultado sobre quase todas as questões da Egiptologia.

Ludwig Keimer nasceu em 23 de agosto de 1892, filho mais velho de um próspero proprietário de terras e silvicultor em Hellenthal-Blumenthal, uma pequena cidade na Renânia do Norte-Vestfália, Alemanha. Após terminar a escola perto de Hannover, ele se matriculou na Universidade de Münster no outono de 1912, onde estudou várias disciplinas: Alemão, História, Arqueologia e Filologia Clássica. Ele se formou cinco anos depois com uma tese intitulada "Os tronos gregos desde os tempos antigos até o século V a.C.". No mesmo ano, foi a Berlim para assistir às palestras de Egiptologia de Adolf Erman (1854-1937) e Georg Möller (1876-1921). Mas esse não foi o fim de seus estudos acadêmicos. Atendendo aos desejos de seu pai, ele estudou Direito e Economia na Universidade de Würzburg, concluindo o curso de Direito em 1922. Então, continuando neste caminho, dois anos depois, na mesma instituição, obteve seu terceiro doutorado em Política. Mas a verdadeira paixão de Keimer era a Egiptologia, paixão que se intensificou a partir de 1918, quando conheceu Georg Schweinfurth (1836-1925), o famoso explorador e botânico da África. Schweinfurth, que já estava na casa dos oitenta anos, morava em uma casa no meio do exuberante Jardim Botânico de Berlim e estava trabalhando na edição de seus artigos para publicação. Apesar da grande diferença de idade, parece ter sido uma combinação perfeita desde o início.

Logo Schweinfurth confiou o material botânico que havia coletado no Egito a Keimer e o instruiu sobre como proceder com a análise. Keimer aceitou entusiasticamente a missão dada por seu "mentor". O trabalho da dupla rendeu ricos resultados, sendo o primeiro o livro de Keimer, *Die Gartenpflanzen des alten Ägypten*, publicado em 1924, com prefácio de Schweinfurth. Tratando de quarenta e quatro plantas hortícolas, permanece até hoje uma obra fundamental sobre o tema.

Keimer desfrutou sete anos intensos de colaboração com Schweinfurth, que, de acordo com sua correspondência, parecia ter ficado muito satisfeito com seu aluno. Após a morte de Schweinfurth, em 1925, Keimer o homenageou com vários obituários e compilou uma bibliografia de suas obras um ano depois. Após uma curta parceria com Victor Loret (1859-1946) em Lyon, na França, Keimer seguiu o conselho final de Schweinfurth para ele: "vá para o Egito, uma terra de possibilidades imensas e inesgotáveis para pesquisadores em quase todos os ramos das humanidades". No outono de 1927, Keimer chegou ao Cairo, de olhos bem abertos e pronto para deixar sua marca no campo da Egiptologia.

No Cairo, Keimer novamente seguiu de perto os passos de seu professor, que viveu e trabalhou no Egito antes de se aposentar em Berlim; de fato, em 1928, apenas um ano após sua chegada ao Egito, Keimer havia sido eleito membro da Société Royale de Géographie d'Égypte, uma organização que Schweinfurth havia fundado em 1875, por ordem do Quediva Ismail (1830-1895).

O primeiro ano de Keimer no Cairo era "exploratório"; descobrindo a sua nova cidade natal, ele passeou pelo jardim botânico, visitou livrarias e antiquários e também viajou por todo o país.

Essa maneira de se envolver com o ambiente continuou a caracterizar Keimer ao longo de sua vida. Para ganhar a vida, fotografava a paisagem, bem como os monumentos, e vendia as fotografias à Fundação Belga de Egiptologia da Rainha Elizabeth. Esse arranjo foi feito com Jean Capart (1877-1947), então diretor da fundação, que desejava apoiar o promissor jovem estudioso.

Em 1929, Keimer obteve um cargo de dois anos como professor da Escola Arqueológica de Guias e Tradutores do Egito e, em seguida, foi associado ao Catálogo Geral do Museu Egípcio. Esses anos são pouco documentados. Mas os artigos publicados de Keimer mostram claramente seu foco na flora e na fauna e sua constante tentativa de preencher a lacuna entre a Egiptologia e as ciências naturais. Ele acreditava que apenas uma combinação de ambos poderia enriquecer o conhecimento do antigo Egito.

Keimer teve a chance de se concentrar nesse campo após a recomendação de Jean Capart. O rei Fouad I (1868-1936) confiou a Keimer a organização da seção histórica do recém-fundado Museu Agrícola, inaugurado em 16 de janeiro de 1938, como a primeira instituição desse tipo no mundo. Enquanto diretor da seção histórica do museu, Keimer foi responsável não só pelo conceito de toda a exposição, mas também pela aquisição e exposição dos objetos.

Além dessa tarefa, Keimer continuou a ensinar, pesquisar e publicar. A partir de 1936, foi professor delegado na Universidade Fouad Premier, que mais tarde se tornou a Universidade do Cairo, bem como professor regular na Universidade de Alexandria. De 1938 a 1939, ele foi professor na Universidade Alemã de Praga, o que acabou lhe dando a cidadania tcheca. Já no final de 1937 ou início de 1938, Keimer havia desistido de sua nacionalidade alemã, para protestar contra o regime nazista. Ele reagiu às crescentes tensões políticas na Europa quando os nazistas assumiram o controle da Alemanha, com resultados dramáticos não apenas para a Europa, mas também para o Egito.

Os residentes alemães no Cairo e em Alexandria ficaram divididos, a maioria deles apoiando uma das seções mais fortes do Partido Nacional-Socialista Alemão no exterior. Mas Keimer era antinazista. Ele até deu um passo adiante ao se separar de sua terra e cultura nativas: mudou seu nome para Louis e evitou o uso da língua alemã, voltando-se quase exclusivamente ao francês.

Apesar de seus sentimentos antinazistas, Keimer não conseguiu escapar do destino de muitos alemães no Egito durante a Segunda Guerra Mundial. Em 1940, ele foi detido em um campo de concentração no Cairo ou perto dele pelo governo militar britânico. Felizmente, porém, Keimer tinha amigos em cargos importantes. Graças às intervenções de dois deles, Keimer foi finalmente liberto em 1942. Um de seus defensores foi o egiptólogo Walter Bryan Emery (1903-1971), que na época trabalhava para o Serviço Secreto Britânico; o outro era Sr. Walter Smart (1883-1962), Conselheiro Oriental da Embaixada Britânica. Porém, aqueles terríveis dois anos e meio de prisão devem ter deixado traços indeléveis na personalidade e no comportamento de Keimer.

Após a guerra, Keimer tentou imigrar para os Estados Unidos, mas sem sucesso. Então ele ficou no Cairo e mudou de nacionalidade novamente em 1951, tornando-se cidadão egípcio. Ao longo desse período, e apesar das provações que sofreu, Keimer manteve-se ativo na Egiptologia. Ele desempenhou um papel fundamental no renomado Institut d'Égypte, fundado por Napoleão em 1798.

Keimer tornou-se membro do Instituto em fevereiro de 1937 e, por fim, tornou-se secretário-geral em 1951 e vice-presidente em 1954. Muitos dos seus trabalhos foram publicados nos Memoriais do Instituto ou em seu Boletim. Além de membro do Instituto, Keimer também foi membro ativo de outras sociedades científicas e museus no Egito e no exterior. Embora alguns fossem de natureza da Egiptologia, outros não eram, e refletiam a amplitude dos interesses de Keimer e seu conhecimento e envolvimento com seu país adotivo.

Uma instituição na qual Keimer estava profundamente envolvido foi o Instituto do Deserto, um centro de pesquisa estatal egípcio no Cairo, que lhe concedeu uma Ordem de Mérito em 1951, por sua compilação de uma coleção etnográfica do Alto Egito e da Núbia. Outras coleções etnográficas de Keimer foram para várias instituições no Egito, incluindo o Departamento Geográfico da Universidade de Gizé, e no exterior. Por exemplo, em 1951, o Museu Nacional Holandês de Etnologia em Roterdã recebeu uma coleção de cerca de 250 objetos das tribos Bisharin e Ababde, que dão uma visão de suas roupas típicas, cerâmica, cestaria e armas. Keimer forneceu uma segunda, com objetos da vida cotidiana da tribo Bega, para o Museu de Etnologia em Bale, que os exibiu em 1957 em uma exposição especial intitulada *Beduinen aus Nordostafrika*.

Keimer tornou-se cada vez mais interessado em combinar estudos etnográficos com Egiptologia e em usar a etnografia para elucidar a cultura e as tradições dos antigos egípcios. Embora não tenha sido o primeiro estudioso a fazê-lo — na verdade, toda uma seção do livro da antropóloga Winifred Blackman, *The Fellahin of Upper Egypt*, é dedicada a isso —, ele certamente empregou esse modo de pesquisa com grande efeito, comentando tatuagens, tradições de apicultura e outras práticas e tecnologias que continuaram desde o Egito faraônico até o período moderno.

Keimer perseguiu ativamente esse tipo de agenda investigativa desde o final da década de 1940, uma trajetória de pesquisa que parece ter sido influenciada pelos conselhos de seu mentor, Schweinfurth. Ambos os estudiosos acreditavam em uma continuidade cultural entre os antigos egípcios e as tribos contemporâneas que viviam na mesma região, uma crença e campo de pesquisa que continuam até hoje. De fato, Keimer descobriu tais relíquias entre os Bisharin, uma das duas tribos que viviam como nômades entre o Nilo e o Mar Vermelho. Ele visitou repetidamente o acampamento Bisharin perto de Aswan, onde realizou seus estudos, e usou pinturas do conhecido desenhista e viajante Joseph Bonomi (1796-1878) ou fotografias antigas para comparar artefatos de ambas as civilizações, o Egito antigo e o moderno. Keimer entrevistou pessoas da tribo Bisharin a fim de encontrar analogias em suas maneiras de viver e pensar.

Keimer recebeu mais de 90% de suas informações de dois velhos e conceituados homens de Bisharin, que também eram seus parceiros confiáveis. A publicação dos primeiros resultados de suas viagens ao Bisharin estava destinada a ser a última obra de Keimer. Até hoje a bibliografia do Bisharin e o resultado de suas viagens ao Sudão em 1952 e 1953 não foram publicados.

Louis Keimer morreu de cirrose hepática, sete dias após o seu sexagésimo quarto aniversário, em 16 de agosto de 1957, no Hospital Deir el Chifa, no Cairo, privando assim a Egiptologia de um de seus estudiosos mais incomuns e prolíficos.

Como dito, pouco antes de sua morte, Keimer vendeu sua extensa biblioteca e arquivo pessoal para o Instituto Arqueológico Alemão no Cairo. Isso compreendia cerca de 7.000 livros, quase o mesmo número de cópias, bem como a coleção de fotografias de Keimer e todas as suas anotações e esboços.

14

Tive um período de folga da universidade no inverno de 2017 e viajamos para o Cairo alguns dias antes do Ano Novo. Depois de uma semana agradável com a família e os amigos, meu filho Mourad voltou para Boston, meu marido voou para Gana para fazer suas pesquisas e eu fui à Biblioteca Nacional Egípcia para procurar os textos das peças do século XIX. Eu queria saber como eles retratavam os sotaques nas páginas, especificamente os de europeus, sírios, gregos e judeus, e assim por diante. A pesquisa parecia fascinante e a vida estava tranquila e descontraída. Saindo dos arquivos da biblioteca todas as tardes, eu me sentava em um café sozinha ou ia para casa. À noite, quando não estava encontrando amigos, separava as caixas que havia trazido da casa de meu pai e reembalava seu conteúdo em caixas de papelão mais bonitas e reforçadas. As cartas em uma caixa, depois outra para rascunhos de meus primeiros poemas, bem longe da caixa dos meus resumos de textos marxistas e dos livros de Tayyeb Tizini, Abdallah Laroui e Samir Amin. Durante meus dias de universidade, separei algumas revistas que continham os escritos travessos de Anwar Kamel e as declarações de poetas raivosos, compilei um arquivo de todos os ataques feitos à geração de escritores dos anos 90 na imprensa egípcia e não pude acreditar no quão grande era. Limpei a poeira do presente de Abdel Moneim Saoudi do arquivo HADITU e as transcrições de minhas entrevistas com seus membros e os coloquei em uma pilha na sala de estar, até que eu pudesse comprar uma caixa grande o suficiente para guardá-los. Organizei meus diários em ordem cronológica, começando com o do quinto ano primário, até 1997. Percebi que tenho o meu próprio arquivo particular, disse a mim mesma. O pensamento me fez considerar que vivi muito tempo, muito mais do que eu esperava. E então me ocorreu que Enayat também possuía um arquivo — um pouco menor, talvez, do que o meu quando tinha a mesma idade — e que se ela realmente não quisesse que ninguém o visse, ela o teria queimado antes de tomar aquelas pequenas pílulas cor-de-rosa.

Por meio da papelada do advogado comunista, voltei subitamente a ter contato com todos os que fizeram parte da minha vida no início dos anos 1990, no Cairo. E me ocorreu que minha missão de recuperar as caixas da casa de meu pai durante o Eid de 2015 veio logo após meu encontro com Azima Al-Zayyat e pouco antes de minha descoberta do Midan Astra e meu primeiro encontro com Nádia, e que eu nunca teria revisitado meu arquivo pessoal se não fosse por meu interesse em Enayat. Que foi Enayat quem me fez pensar novamente sobre a dor que passei durante esse período da minha vida, e querer entendê-la e fazer as pazes com seu elenco de personagens no presente.

Foi durante esse período feliz que recebi uma mensagem do dr. Kareem Abou Al Magd, diretor do Centro de Reabilitação e Transplante Intestinal da Cleveland Clinic. Ele escreveu que estaria no Cairo por três dias a partir de 18 de janeiro e ficaria encantado em vir e dar uma olhada em minha irmã Amal, sobre cuja saúde eu o havia contatado. Ele deu uma lista interminável de exames que queria que fizéssemos, e nós o colocamos em contato com o Hospital da Força Aérea no distrito do Quinto Povoado para que ele pudesse marcar uma consulta para o dia da sua chegada. Ficamos envolvidas em uma correria de muitos exames e médicos por alguns dias antes de finalmente encontrá-lo no hospital. Ele decidiu que Amal deveria ser internada imediatamente; a cirurgia dela não poderia ser adiada até que ele voltasse em julho. Minha irmã mais nova, Sanaa, e eu imediatamente providenciamos que os (consideráveis) honorários fossem transferidos e, após alguma deliberação, concordamos em não notificar nosso pai em Mansoura até que Amal saísse da cirurgia.

Passei a maior parte das duas semanas seguintes no hospital. À noite, Sanaa deixava as filhas com o marido e aparecia, e nós três nos sentávamos juntas até a hora de eu voltar para Manial, enquanto Sanaa dormia lá. Eu nunca estive tão próxima das minhas irmãs como naquele período.

Sanaa era doze anos mais nova do que eu e consideravelmente mais versada nos procedimentos dos hospitais egípcios e na negligência de seus médicos e enfermeiras. Várias vezes ao dia, ela ligava para me lembrar de verificar a temperatura de Amal e os níveis de açúcar no sangue, ou pedir a uma enfermeira para esvaziar a bolsa de drenagem, ou encorajar a paciente a se levantar e se movimentar pelo quarto e beber mais líquidos e assim por diante. Longe dos assuntos gerais da família, descobri o senso de humor de Sanaa pela primeira vez. Seu alvo favorito de zombaria era a nossa bizarra história familiar e ela sabia imitar todas as partes necessárias, transformando nossas tragédias e dores na mais pura comédia.

Ficamos felizes com o andamento de tudo e com o sucesso da cirurgia. Eu estava particularmente feliz porque finalmente estava no Egito; acompanhar a jornada interminável de minha irmã por vários procedimentos médicos de outro continente quase me deixou louca. Aida e Azima passaram muitas vezes pela minha cabeça nesses dias. Não tratei a dor de Azima com o devido respeito, pensei, deveria ir vê-la. E assim fiz, dessa vez sem a fixação impaciente de uma pesquisadora de histórias sobre Enayat. Eu queria que ela soubesse que a compreendi, mas quando a vi não consegui encontrar as palavras.

Amal recebeu alta na manhã de 11 de fevereiro, e em 13 de fevereiro fui autografar meu livro *Sobre a maternidade* na Galeria Townhouse. Dois dias depois, passei algumas horas maravilhosas conversando com alunos da Escola de Tradutores da Universidade Ain Shams. Nesse último evento, aconteceu algo que me pareceu o ponto alto da minha viagem. Uma das alunas se aproximou de mim, perguntando se eu poderia autografar dois livros: uma coleção de meus poemas publicados por Makatabat Al Usra e meu livro sobre maternidade. "Assine o livro de poemas para mim", disse ela, "e o outro, da maternidade, para minha mãe. É que minha mãe é da sua faixa etária e adorava sua poesia, mas parou de ler". Não fiquei muito feliz ao saber que tinha a idade da mãe dela, mas ao mesmo tempo fui arrebatada pela emoção que senti pela primeira vez no verão de 2015. Foi um sentimento provocado pela minha chegada à casa do meu pai na noite do Eid, pelos mapas da Autoridade de Pesquisa Egípcia, que senti quando entrei pela primeira vez na rua onde Enayat havia morado, à noite na Townhouse e durante meus encontros com Azima e Nádia. Uma sensação de que *eu estava aqui*.

A frase pertence à Enayat. Está em seu romance e em seus diários também, já que ela acreditava que não tivesse deixado um rastro.

Como se Enayat, que morreu antes de eu nascer, estivesse me apresentando uma parte de minha própria vida, obrigando-me a reconsiderar minha relação com o lugar em que Enayat permanecia invisível.

Dois dias depois do evento em Ain Shams, eu estava voltando do Cairo para Boston. Minha mente estava em paz, alegremente confiante de que eu poderia trabalhar no livro enquanto cuidava de Mourad, depois voltar para o Canadá no final de junho e continuar escrevendo em julho e agosto até voltar a lecionar em setembro. Surpreendentemente, não escrevi uma única palavra do livro durante todo o ano de 2017.

De volta a Boston, comecei a ler: textos teóricos sobre sotaque, alguns livros que trouxera do Egito e romances e peças sobre o programa de estudos de Mourad que eu não havia lido antes. Passava meus dias lendo e cozinhando, minhas noites sentada com meu filho enquanto ele estudava, como uma boa mãe. Tínhamos traçado uma lista de universidades para as quais ele estava pensando em se inscrever e todo fim de semana viajávamos para Nova York ou outras cidades próximas para visitá-las. No Canadá, passei dois meses consertando o telhado de nossa casa, consertando as janelas, pintando as paredes e fazendo uma nova cozinha. Semanas inteiras foram gastas jogando fora toda e qualquer coisa que eu achava que era excedente para as nossas necessidades: utensílios de cozinha, roupas, a mobília dos quartos de dois meninos que saíram de casa antes de completarem quinze anos.

Tudo o que escrevi não passava de um diário fantástico, como uma longa lista de vocabulário inglês para reforma de casas que eu estava aprendendo pela primeira vez, histórias de imigração dos trabalhadores que passaram pela obra na minha casa, transcrições de meus telefonemas semanais para Youssef em Utah, o relato de Mourad da pesquisa sobre o câncer que ele estava fazendo com ratos durante seu estágio no MIT e as histórias de Michael em Gana. Nada sobre Enayat. Talvez este fosse o *bloqueio do escritor*; talvez tenha sido apenas um breve desligamento depois de todos aqueles textos sobre maternidade. Qualquer que fosse o caso, eu estava contente comigo.

Chegou setembro e meu marido voltou de Gana com seu grupo de estudantes. Eu estava tão pálida e tinha emagrecido tanto que ele se assustou e me levou direto ao médico da família. Eu tinha anemia aguda. Nos últimos dois meses em que estive sozinha, não entrei na cozinha e não havia ninguém por perto para me fazer comer. A casa estava uma bagunça, tão caótica que toda noite eu arrumava a cama em algum lugar diferente, onde quer que houvesse espaço entre os móveis e tralhas. E voltei ao trabalho na universidade. Meu irmão Mohammed veio de Beirute para uma visita e ficou para supervisionar a instalação do encanamento, a instalação da cozinha, a recolocação dos quadros: tudo o que transformava nossa casa de volta em um lar. No aeroporto, ele me disse como era perturbador me ver naquele estado, por mais que eu o escondesse.

Passei o outono de 2017 como um fantasma, as mãos tremendo em volta da xícara de café, o humor passando de um extremo ao outro na velocidade da luz. Os ataques de pânico estavam de volta, surgindo sem aviso, e as pílulas para dormir não surtiam efeito na minha insônia. Cada dia era uma passagem difícil pelas horas de trabalho e as noites, um buraco fundo no qual eu caía desesperadamente. O pior de tudo foi o retorno à terapia: uma hora com o psicólogo toda quarta-feira.

15

No início do verão de 1939, o cargueiro alemão Kairo atracou em Alexandria, após entregar sua carga em vários portos do Mediterrâneo. Conforme a programação, partiria para Hamburgo no dia seguinte. À chegada, o cozinheiro do navio contatou um oficial da polícia portuária chamado Ismail, e pediu-lhe que entregasse uma mensagem urgente ao Hospital Judaico de Alexandria. Isso não era novidade para Ismail. Tanto ele como o oficial que o ajudava sabiam exatamente quais medidas tomar em tais circunstâncias. Eles enviaram a carta ao dr. Fritz Katz, cirurgião-chefe do hospital, e sentaram-se para esperar sua resposta. A carta dizia o seguinte: "Temos uma carga humana secreta a bordo da embarcação: dez indivíduos, todos idosos, com exceção de uma jovem mãe e sua filha. O capitão do navio descobriu a carga e, para evitar que escapem, trancou-os em uma sala sempre que aportamos. Ele está determinado a devolvê-los à Alemanha".

Katz seguiu o mesmo procedimento que havia seguido em todas as ocasiões anteriores. A lei marítima obrigava os capitães dos navios a informarem as autoridades portuárias se houvesse alguma doença a bordo das suas embarcações, pois, a saída do navio deveria ser interrompida até que os passageiros doentes fossem submetidos a exame médico.

Ismail voltou ao Kairo com pílulas para dormir e uma tabela impressa que calculava a dosagem de acordo com o tamanho e o peso, e o cozinheiro passou a seguir as instruções de Katz. Poucas horas depois, um segundo médico do Hospital Judaico chegou ao navio na companhia de um funcionário da autoridade de quarentena do porto para autorizar o exame dos passageiros. Todos dormiam profundamente, com exceção da menininha, cuja mãe se recusara a lhe dar um comprimido. Tendo recebido permissão do diretor de quarentena, o Hospital Judaico se encarregou dos passageiros, tratando-os formalmente de pleurisia e anemia ao longo de dois meses. E então — como havia acontecido em ocasiões anteriores — os membros mais velhos do grupo foram transportados sob guarda para as celas de quarentena em Porto Said e ali, com a ajuda clandestina de uma série de policiais e oficiais egípcios, foram colocados a bordo um navio de pesca com destino à Palestina.

Apenas Áthela, a jovem mãe, e sua filha, Avis, permaneceram no Egito. Áthela pediu para ser colocada em contato com um parente dela chamado Herbert, chefe da empresa de calçados Bata, no Cairo, e Herbert chegou a Alexandria e assinou a guarda de seus parentes. "Você pode ler mais sobre a história de como o barco chegou ao Egito", me disse Avis. "Uma autora israelense escreveu um livro sobre o papel que o Hospital Judaico desempenhou em abrigar refugiados. Enviarei o nome dela e o título do livro." Eu não lia hebraico, disse, portanto, ela não precisava se preocupar.

Em 1940, Emília sentou-se ao lado de Enayat em seu primeiro dia no jardim de infância alemão em Bab Al Louq. Pelo telefone de sua casa na Flórida, Emília me dizia que não estava chorando de medo; era que sua mãe só lhe dissera no dia anterior que seu nome não era mais Avis, mas Emília. Emília Avis. "Ela deixou muito claro que eu não deveria contar a ninguém, mas fiquei em choque. Eu não entendia por que aquilo estava acontecendo. Enayat e eu nos tornamos amigas e, dois ou três anos depois, eu disse a ela que, na verdade, me chamava Avis e que odiava o nome Emília, e ela começou a me chamar de Av-Av."

Enayat, com uma gatinha no colo, no jardim da Escola Alemã, Bab Al Louq, Cairo.

Em 1950, Av-Av e sua mãe imigraram para a América. Ela nunca mais viu Enayat, mas elas mantiveram contato, trocando cartas e fotos. "A última vez que escrevi para ela foi depois que acabamos de comprar nossa primeira casa em Nova Jersey. Em 1961 ou deve ter sido 1962, enviamos a ela uma fotografia minha e de meus três filhos na porta da frente. Escrevi que minha filha mais velha não gostava do jardim de infância, embora as professoras de lá fossem muito gentis em comparação com a irmã da escola alemã, Ada. Eu nunca recebi resposta."

A senhora Av-Av trabalhou durante anos como enfermeira no hospital infantil em Nova Jersey e agora estava aposentada e morando sozinha na Flórida. Ela tem dois netos da filha mais nova e, em 2000, realizou um sonho antigo ao voltar para o Egito. "Queria revisitar minha infância. A Alemanha não significava nada para mim, então fui para o Egito."

    Tentei contato com todos os colegas e amigos de Enayat que estudaram com ela na Escola Alemã, mas consegui falar somente com três. Muitas das alunas eram estrangeiras e posteriormente foram para o exterior e mudaram seus nomes após o casamento. Mas a sorte estava do meu lado quando Madame Aoun, no Cairo, me deu o número de Madame Dous em Alexandria, e Madame Dous me colocou no encalço de Emília, amiga de infância de Enayat. "Nunca perdi contato com Emília", disse Madame Dous. "Fui eu quem a contatou quando Enayat morreu. Quando meu filho foi estudar no exterior em 1970, ele ficou com Emília por uma semana. Eu mesma a encontrei duas vezes na América, quando ainda viajava, e quando ela visitou o Egito ficou na minha casa."

    Av-Av me disse: "Enayat não fez os exames do Colégio Alemão no verão de 1948, ela não queria sair da cama desde as férias de Natal. Ela tinha ataques de pânico e de choro. Então parou de ir à escola e faltou às provas no final de junho. Foi a primeira vez que seu pai percebeu que sua filha, a filha de quem ele era mais próximo, não estava bem". *Ustaz* Abbas havia entendido que sua filha estava passando por uma depressão? "Não sei, mas, certamente, por ser esse homem esclarecido e culto, deve ter investigado isso. Ele visitou a escola e eles lhe deram um endereço e prometeram que o assunto seria tratado como confidencial. Então, numa manhã de fevereiro de 1948, ele apareceu na porta de uma pequena clínica alemã em Maadi."

Pela primeira vez entendi porque Enayat foi retida um ano, apesar de sua clara excelência acadêmica. No outono daquele mesmo ano, na mesma série, Paula, que era um ano mais nova, sentou-se ao lado dela, e assim começou a amizade. Será que Nádia Lutfi sabia do motivo e decidiu não me contar, ou Enayat o guardou para si mesma? A depressão era uma velha amiga, então, cresceu com ela desde a infância, e o momento de seu suicídio foi simplesmente o capítulo final de uma luta longa que finalmente venceu.

O prédio que abrigava a clínica continua de pé, mas ao passar por ele agora você vê um jardim, um balanço e uma casinha de madeira perfeita para esconde-esconde; e ouve as vozes de crianças brincando.

Em 1913, o diretor da Sociedade de São Carlos de Borromeo em Alexandria reservou um pequeno prédio próximo ao convento da sociedade e o seu hospital para pobres como residência para enfermeiras em Maadi. Na época, o bairro de Maadi ainda era relativamente modesto, uma parada despretensiosa na linha Cairo-Helwan. Helwan em si era um dos resorts mais famosos do mundo, seu ar seco era procurado por tuberculosos, asmáticos e reumáticos por suas propriedades curativas. Essa residência manteve um grande jardim até a década de 1980. Diz-se que havia cerca de setenta árvores, palmeiras e pinheiros e árvores frutíferas, além de pássaros e animais como patos, gansos, coelhos e porcos.

Em 1914, a Grã-Bretanha declarou o Egito um protetorado e começou a requisitar terras e propriedades alemãs. A Escola Alemã em Bab Al Louq, fundada pela Sociedade São Carlos de Borromeo em 1904, foi fechada com todas as escolas protestantes alemãs, e a maioria dos cidadãos alemães foram expulsos do país. Mas em Maadi, a Comunidade das Irmãs da Misericórdia de São Borromeo permaneceu; o convento, a casa e o hospital para pobres permaneceram abertos e se tornaram um refúgio para as freiras que decidiram ficar.

Com o fim da guerra, em 1918, as relações diplomáticas entre o Egito e a Alemanha foram restabelecidas e, no final de 1921, os alemães foram autorizados a entrar no país e reabrir as escolas.

Em 1924, a residência das enfermeiras foi transformada em clínica. Inicialmente havia apenas nove quartos para pacientes, mas o prédio foi reformado e uma nova ala foi acrescentada, e em 1939 o número de quartos passou para 25. A escola em Bab Al Louq permaneceu aberta durante a Segunda Guerra Mundial — Enayat estudou lá, por exemplo —, assim como a clínica.

Depois que a guerra acabou, oficiais católicos e soldados rasos da Polônia, África do Sul e Austrália se reuniam no jardim da clínica todos os domingos à tarde, onde eram servidos chá e biscoitos pelas irmãs.

Além disso, prisioneiros alemães feridos também eram tratados ali e padres britânicos distribuíam comida, roupas e livros. Um par de prisioneiros talentosos pintou flores e pássaros nas vidraças, desenhos que podem ser vistos da rua até hoje.

A clínica fechou as portas em 1964. A maioria das irmãs já estava velha demais para trabalhar e elas tiveram dificuldade em atrair moças da Alemanha para se juntarem à missão. Ao mesmo tempo, as professoras da Escola Alemã na qual Enayat estudou de 1940 até 1955 precisavam de uma residência depois que a bela casa ao lado da escola, que as abrigava desde 1929, foi demolida em 1960. Apesar de a escola ter alugado um prédio para elas em Maadi, enfrentou outro problema ao provar ser muito pequena para atender à demanda de quartos. A escola resolveu todos os problemas com uma decisão: transformar a clínica de Maadi em jardim de infância, berçário e residência de professoras, reservando uma ala para abrigar as nove freiras que haviam trabalhado na clínica: três delas tinham mais de oitenta anos, cinco, mais de sessenta, e havia uma jovem solteira chamada Cláudia.

Quando visitei o prédio, em fevereiro de 2019, só restava a Cláudia. Ela tinha noventa anos, cuidada por freiras destacadas de Assiut, que a chamavam de mamãe.

A partir de 1934, a clínica especializou-se no tratamento do que se convencionou chamar de *loucura*. As irmãs eram supervisionadas por madre Arsênia. Em 1948, o número de leitos aumentou ainda mais, para quarenta. O dr. Maurice Gelat, que se dedicou aos seus pacientes, permaneceu como diretor da clínica até sua morte, em 1946, quando foi substituído por seu assistente, dr. Antoni Arab, de origem libanesa. Dizia-se que o dr. Arab era um fervoroso crente de que a medicina nunca parava e passava um mês na Suíça todo verão, familiarizando-se com os tratamentos mais recentes. No ano em que assumiu a clínica, foi promulgada uma legislação colocando todas as instituições psiquiátricas sob controle do Estado, mas o dr. Arab conseguiu preservar a natureza europeia de seu estabelecimento; as pessoas diriam parecer um retiro no interior da Suíça. Pacientes da comunidade alemã continuaram a usar seus serviços, assim como as famílias egípcias que compartilhavam a visão de que a medicina moderna tratava não apenas o corpo, mas também a alma.

A maioria dos pacientes era mulher e a histeria era o diagnóstico mais comum. O dr. Arab também era padre e, além disso, depois que Enayat ficou em observação na clínica por cinco semanas, ele decidiu que a companhia dessas mulheres "histéricas" não ajudaria uma criança a melhorar. Ele aconselhou Abbas a levar sua filha para o que era então o melhor hospital da região, o Hospital Behman. A relação de Enayat com o hospital começou em 1948, e em novembro de 1962 ela o visitaria pela última vez.

16

Em 1940, em uma colina em Helwan, Benjamin Behman fundou o primeiro hospital psiquiátrico especializado na região. Nascido em Assiut, no sul do Egito, Behman completou seus estudos em Londres em 1918. Ele voltou ao Cairo para exercer a medicina em 1922 e se juntou à equipe do Hospital Abbasiya, popularmente conhecido como "O Palácio Amarelo", sob a direção do dr. John Warnock e seu então sucessor, dr. Herbert Dudgeon.

Behman aprendeu muito com a experiência. No início, ele, como a Associação Médico-Psicológica em Londres, a comunidade britânica no Egito e o rei Fouad, reconhecia plenamente o papel do dr. Warnock em estabelecer um sistema de tratamento psiquiátrico moderno no Egito. Quando Warnock chegou ao país, em 1895, o Hospital Abbasiya estava em péssimo estado. O edifício começou como o Palácio Vermelho, uma residência para um membro da família do Quediva. Um incêndio destruiu grande parte do edifício principal e deixou intocados os aposentos das empregadas etíopes e o estábulo. Em 1880, o governo egípcio transferiu pacientes do Hospital Boulaq para o Hospital Abbasiya, a pedido do comissário britânico.[30] Apesar das reformas no que restou do Palácio Vermelho, Warnock ficou chocado com as condições do local de tratamento médico. Os médicos viviam a mais de cinco quilômetros de distância, no centro do Cairo, deixando os pacientes sob os cuidados de seus assistentes e funcionários, e parecia não haver nenhuma barreira para exercer a profissão lá; entre eles havia um vigarista italiano que nunca havia estudado medicina formalmente e estava usando papéis falsificados. Da mesma maneira era possível tornar-se um paciente sem maiores complicações, bastava uma carta da polícia com o seu nome, sem necessidade de exame médico. Além disso, a taxa de mortalidade anual entre os residentes era de 33%, e as autópsias revelaram um alto número de fraturas ósseas e fraturas severas como resultado do manuseio brusco ao ser contido. As ruínas do prédio principal abrigavam trezentos pacientes do sexo masculino, enquanto cento e trinta mulheres eram acomodadas no bloco ao lado do Palácio.[31]

Não era de todo ruim, no entanto. Os pacientes comiam bem e a convivência era boa entre uma equipe de enfermagem que não era legalmente responsável por nenhuma morte ou gravidez por estupro em suas enfermarias. Resumindo, ao longo dos vinte e seis anos seguintes, Warnock modernizou todos os aspectos da instituição, recrutando quinze egípcios do hospital militar e redigindo uma série de leis e regulamentos, incluindo punições para funcionários em casos de negligência e medidas para atender pacientes do sexo feminino que engravidaram por estupro. Ele também proibiu os pacientes de deixarem o local para receber bênçãos nos santuários, pois às vezes eles escapavam ou se envolviam em distúrbios públicos. Uma ala do estábulo foi convertida em residência para pacientes do sexo feminino, e ele instalou uma cozinha, padaria e lavanderia, além de criar calçadas sombreadas para os pacientes e plantar muitas árvores. O sistema de esgoto foi modernizado, eliminando os maus odores que impregnavam o estabelecimento. Os pacientes foram alocados em uma das seis enfermarias, dependendo da gravidade de sua condição, e um sistema foi instituído para preparar aqueles que deveriam receber alta, com a oportunidade de aprender alguns ofícios básicos.[32]

Em 1923 — ou seja, um ano depois de Benjamin Behman trabalhar no Palácio Amarelo — o número de funcionários havia crescido dos 73 registrados em 1895 para 698, enquanto o número de pacientes havia aumentado de 465 para 2.472 no mesmo período,[33] evidência, embora superficial, da teoria predileta de Warnock, de que quanto mais "civilizado" um povo se torna, mais propenso à insanidade. Em sua opinião, os egípcios estavam realizando grandes progressos.

Warnock também contribuiu para as teorias de uma predisposição à loucura em climas quentes. Em relatórios enviados a uma revista em Londres, *Brain: A Journal of Neurology*,[34] Warnock afirmou que, nos homens, mais de 30% dos casos de insanidade eram causados pelo haxixe; nas mulheres, dizia-se que a principal causa era o sexo. Warnock tornou-se consultor da ocupação francesa no norte da África e dos interessados na Índia e no Extremo Oriente. Mas Behman não estava convencido por essas teorias e era antipático aos sistemas em operação tanto no Hospital Abbasiya quanto no Hospital Khanka, fundado por Warnock em 1911, que classificava os pacientes e os tratava conforme o quão "civilizados" eles eram. Ali, um conjunto de regulamentos se aplicava aos pacientes ingleses, um segundo aos egípcios de famílias ricas, um terceiro aos das classes de trabalhadores e um quarto aos pobres. Além disso, apesar dos esforços e melhorias de Warnock, as instalações e os padrões do hospital ficaram aquém daqueles que Behman havia visto na Inglaterra.

O sonho de Behman era estabelecer um hospital psiquiátrico de padrão internacional, e isso ele conseguiu realizar em parceria com a Universidade de Durham. Um médico da Organização Mundial da Saúde que o inspecionou em 1959 elogiou o hospital por incorporar os últimos avanços da medicina psiquiátrica e pelo uso de tratamentos com insulina.

Tentei visitar o Hospital Behman no verão de 2018, mas apenas no final daquele ano pude ir. Marquei uma consulta com o dr. Nasser Louza, diretor do hospital e neto de Behman e de sua esposa, a artista surrealista Julienne Fagard. Na quinta-feira, 15 de novembro de 2018, ele me recebeu em seu consultório e ouviu minhas perguntas sobre os remédios e tratamentos que teriam sido usados em pacientes psiquiátricos no período do final da década de 1940 a janeiro de 1963.

Dr. Louza explicou que "o número de medicamentos disponíveis era muito limitado. Um médico os experimentava antes de prescrevê-los aos pacientes. As coisas mudaram, claro. Se um médico experimentasse todas as drogas que estava receitando, ele próprio enlouqueceria. Naquela época, havia três tratamentos padrão para pacientes psiquiátricos. O primeiro era farmacêutico: Imipramina e Tofranil; antidepressivos e ansiolíticos, eles aceleram o metabolismo, aumentam o apetite e restauram parte do interesse do paciente na vida diária. A segunda abordagem era a *Abreaction Therapy*, ab-reação — ou fonoaudiologia, com suas raízes na análise freudiana de 1893. Os estudos de Freud sobre a histeria prestam atenção especial ao conceito de emoções e desejos reprimidos e associam essa supressão ao trauma. A ideia é liberar essas emoções voltando ao momento ao qual elas estão inconscientemente ligadas. Jung, que também cuidou da psicanálise, porém era cético quanto à centralidade do trauma residual na perturbação psicológica, considerava o trauma uma ilusão ou invenção do paciente. Durante o período que lhe interessa, houve uma terceira adição a essa gama de tratamentos: a insulina. Os pacientes receberam injeções de insulina. A dose ia direto para a veia, deixando os pacientes tontos; então eles recebiam açúcar e se sentiam melhor. E, enquanto isso acontecia, eles eram encorajados a conversar com seu analista sobre suas infâncias, sua relação com suas mães, suas vidas em geral".

Perguntei-lhe sobre pílulas para dormir. Quais pílulas estavam sendo vendidas no Egito no início dos anos 1960? Eu particularmente queria saber sobre pílulas rosa ou pink vendidas em embalagens de vinte. "Você pode estar falando sobre o medicamento comercializado como 'Veronal'", disse ele. "Baseado na beleza serena da cidade italiana de Verona, aparentemente! Continha fenobarbital, usado para tratar insônia, distúrbios nervosos e abstinência."

Quando nosso encontro se aproximava do fim, o dr. Louza me disse estar juntando as obras de arte de sua avó para uma exposição na embaixada belga no Cairo. Perguntei-lhe se podia ver o arquivo que ele esperava transformar num museu sobre o hospital e ele disse, "claro!", e depois acrescentou, "mas há apenas livros, equipamentos e drogas, receio. O hospital não divulga detalhes sobre seus pacientes, mesmo cinquenta anos depois. Se você quiser informações sobre um ex-paciente, terá que ir ao Conselho Nacional de Saúde Mental e obter permissão para ver o documento em nosso arquivo". "Não quero ver nenhum prontuário médico", respondi.

Parada no jardim do lado de fora da sala de arquivo, esperando que um funcionário buscasse a chave e abrisse, procurei fenobarbital no meu telefone. "Os barbitúricos são uma classe de medicamentos que afetam o sistema nervoso central, produzindo um amplo espectro de efeitos, desde uma leve tranquilização até a anestesia total. Eles foram sintetizados pela primeira vez em 1864 pelo químico alemão Adolf von Baeyer, e em 1904 descobriu-se que ajudavam os cães a dormir. A Baeyer Company registrou uma patente para tranquilizantes cujos efeitos colaterais incluíam apatia, dificuldade de concentração, falta de ar e perda de equilíbrio. Overdoses podem levar ao coma ou à morte." Ocorreu-me que os alemães foram os mais presentes na vida e na morte de Enayat.

Em novembro de 1962, Enayat fez sua última visita ao Hospital Behman; essa visita foi o que Nádia e Azima não me contaram, e o que Madame Al-Nahhas contaria. Nas semanas que antecederam a visita, Enayat se sentiu como um fantasma, as mãos tremendo em volta da xícara de café, o humor mudando na velocidade da luz entre os extremos. Seus ataques de pânico voltaram e as pílulas para dormir não surtiam efeito em sua insônia. Cada dia era uma passagem difícil pelas horas de trabalho, e as noites eram um buraco fundo no qual ela caía sem esperança. O pior de tudo era voltar a fazer terapia: uma hora com o psicólogo toda quarta-feira.

Naquele outono, Enayat fez esta anotação em seu diário:

"Beleza miserável, o campo da morte está silencioso, a terra, insensível, a frieza fluindo no corpo das rosas, a vida passando, parindo a morte. Vi cenas, em Alexandria, as quais havia vivido em minha mente, e escutei velhas frases no meu ouvido. Vi pessoas vestindo roupas que eu já tinha visto antes... mas onde? Não sei. Uma barreira em minha memória se desfez e duas vidas correram juntas. Mesmo assim, não sei o que o amanhã trará. Se quisesse, poderia deixar meu corpo vivo erguer-se da página da noite e me levar para o amanhã, para as páginas antigas de lá. Eu me sinto alienada de tudo. Olho pelas janelas dos meus olhos, as pessoas e os lugares ao meu redor, mas não consigo interagir com eles. De repente, encontro-me isolada da minha própria existência, saí de mim, olhando e ouvindo como se não tivesse meu próprio corpo movendo-se e vivendo. Sinto que já vivi minha vida antes, então por que fui trazida aqui novamente? Olhei para a porta... e procurei na minha memória por algum vestígio da vida que vivi, mas não havia nada, exceto uma imagem da escada de pedra... Então eu me virei e desci, continuando minha jornada para um futuro já vivido."[35]

No arquivo que se tornaria um museu havia prateleiras de livros psiquiátricos em inglês, francês e alemão. Havia livros de contabilidade do hospital, mas eu não tinha permissão para abri-los. Lembrei-me de ter lido em algum lugar que, em 1948, a quantia que um paciente era obrigado a depositar no hospital antes da entrada havia aumentado de sete para quinze libras. Os pacientes eram de todas as nacionalidades. Tentei imaginar como o lugar devia ter sido em 1948, ou em 1962; embora alguns dos edifícios de estilo europeu e o excepcional jardim nas fotos antigas ainda fossem reconhecíveis hoje, muita coisa havia mudado.

Ali estavam os velhos quadros de distribuição telefônica. Um da década de 1940, outro do final dos anos setenta. O primeiro deve ter sido uma das primeiras coisas que Enayat viu quando chegou aqui, em 1948. Os visitantes eram obrigados a esperar em uma sala à esquerda da entrada principal, na presença de um segurança, um recepcionista e uma telefonista cujos dedos flutuavam sobre o azul, vermelho e verde do banco de botões, e um receptor preso a uma orelha. Após encontrar o médico, Enayat foi informada de que ficaria lá por alguns dias, podendo estender até uma semana. Uma enfermeira a levou para seu quarto: cama, armário e uma janela que dava para o jardim e parte de outro prédio. Havia um telefone também, apenas para chamadas recebidas. A enfermeira abriu o armário e mostrou-lhe uma toalha e um conjunto de roupas. Tudo estava impresso com o número do quarto, ela explicou, n.º 28. Seu pai deixaria mais roupas no dia seguinte. Ela sentiu como se estivesse em outro país. Ela sonharia com este quarto com frequência depois disso, pelo resto de sua vida, na verdade, e toda vez que acordasse do sonho, sentiria como se tivesse retornado de uma viagem ao exterior.

    Estava na minha frente uma máquina para administrar choques, kits médicos de emergência em caixas de metal e instrumentos médicos cuja função me escapava, além de uma vitrine de vidro com medicamentos. Avistei tiras de comprimidos azuis de Ritalina, marcados com CIBA, então meu olho caiu no pequeno frasco de Veronal ao lado. Perguntei ao atendente se ele poderia abrir o estojo para mim. Vinte comprimidos, lia-se no rótulo. Havia um alerta contra tomá-los sem receita médica. E então, coincidentemente, ou porque Alá sabia que eu estava ali por Enayat, havia a data de validade: janeiro de 1963. Abri a tampa e olhei para as pequenas pílulas cor-de-rosa dentro.

17

Em 19 de julho de 2018 postei no Facebook um pedido de ajuda para encontrar uma tumba no cemitério de Al-Bassatin.

As respostas e mensagens chegaram, algumas com brincadeiras, algumas sugerindo que contatasse especialistas em antiguidades e historiadores. E veio uma mensagem de Mohammed Ezzeldin. Ele era um estudante de doutorado na CUNY em Nova York, conhecido como Saeed por seus amigos. Conheci Mohammed em 2015, quando ele me perguntou se eu tinha algum material sobre Arwa Saleh e o Egito dos anos 1990. Entreguei a ele alguns textos que ele escaneou e devolveu. Eu o vi pela segunda vez em maio de 2017, em uma leitura minha em Nova York e mantivemos contato desde então. E agora ele escreveu:

"Estou no Cairo. Envie-me seu número. Tem um pesquisador chamado Youssef Osama que conhece os cemitérios de ponta a ponta. Toda sexta-feira ele faz uma visita guiada para os egípcios em torno da parte do Cairo Fatímida. Estive com ele nos cemitérios de Al Suyuti e Imam Al Shafie. Ele tem uma página no Facebook chamada 'Os Mamelucos'."

Saeed, Youssef Osama e eu trocamos dezenas de mensagens. Vendo que eu estava indo para Beirute e voltaria na noite do dia 29, e como Saeed morava perto, decidimos que nos encontraríamos todos em Manial no sábado, 30 de junho, e partiríamos juntos para caçar o cemitério de Ahmed Paxá Rashid. No dia marcado, cheguei do lado de fora do cinema Faten Hamama às dez da manhã e encontrei trabalhadores arrancando os caixilhos das janelas e portas do cinema e batendo nas paredes com marretas. Pensei no poema de Sargon Boulos, "Elegia ao cinema Sinbad", e fui me sentar em um muro baixo com vista para o Nilo para evitar a poeira. Por volta das dez e meia, com o cheiro de peixe grelhado começando a descer do Restaurante Bahrain, ainda não havia sinal de Saeed ou Youssef Osama. O telefone de Saeed estava desligado e o de Youssef, ocupado. Revisei nossas mensagens para verificar se tinha acertado a data, depois atravessei a rua Raoda até um café no cruzamento com a rua Dar Al-Sanaa, que diziam ser em frente à casa onde a conhecida atriz Soad Hosny morou por um tempo. Pensei em Soad, tentando lutar contra minha crescente suspeita de que ninguém iria aparecer. Afinal, era verão: talvez os dois ainda estivessem na cama. Às onze, Youssef Osama ligou para dizer que estava com uma amiga e que eles estavam a caminho de Mohandessin para pegar um dr. Al-Sadeq em seu apartamento. Tentei manter a calma. Que amiga seria esta? E quem era o dr. Al-Sadeq? Achei que deveríamos estar trabalhando. Não havíamos combinado que começaríamos cedo para evitar o calor? Youssef estava animado, rindo enquanto falava, "estaremos lá em pouco tempo. Beba seu chá e relaxe". Voltei-me para o meu chá e esperei.

Por fim, Saeed apareceu e pediu um café. Ainda meio adormecido, mas de bom humor. "Morar no exterior estragou você", disse ele. "Nada acontece às dez e meia da manhã aqui, como você deve saber. Sorte sua, aliás. Conheço o dr. Al-Sadeq. Ele sabe mais sobre os cemitérios mamelucos e fatímidas do que qualquer outra pessoa no país."

O sol, como dizem, estava no centro do céu quando Saeed e eu finalmente nos juntamos a Youssef no banco de trás do carro. "Yousra insistiu que ela trouxesse o carro dela do Quinto Povoado para poupá-la do calor. Ela quer te conhecer." Então Yousra e eu nos apresentamos. Uma jovem incrivelmente bela que trabalhava como professora assistente no departamento de Alemão da Universidade do Cairo, ela conhecia o escritor Yasser Abdellatif e lia poesia. Já o dr. Mustafa Al-Sadeq foi professor de Ginecologia e Obstetrícia na Universidade do Cairo e chefe da Unidade de Infertilidade e Concepção Assistida no Hospital Universitário Qasr Al-Aini. Me perguntou de qual Ahmed Paxá Rashid eu estava atrás, ele queria saber, porque tinha dois. "Você quer dizer o ministro das Finanças e Obras Públicas do Quediva Ismail? E por quê? O que Enayat tem a ver com ele? Quem era Enayat, afinal?" A tia de sua esposa, tia Nana, era ligada a essa família pelo casamento. Mostrei a ele o recorte da coluna de morte do Al Ahram que menciona Enayat. Essa era a única pista que eu tinha, disse. Isso era tudo que eu queria saber. Estávamos passando pelo Centro quando ele se virou para Yousra e declarou, "vá em direção ao cemitério Almamalik". Na rua principal, rua Al--Afifi, é a que passa logo atrás do cemitério dos túmulos da família real".

Em menos de meia hora estávamos na rua Al-Afifi. Estacionamos ao lado da casa marrom de um carro, sem pneus e vidros, vazio por dentro; três ou quatro crianças brincavam no seu interior. Viramos à direita na Al-Afifi e em segundos meus companheiros estavam cantando de alegria. Acompanhei o olhar deles: uma parede de tijolos pintados de amarelo, encimada pelas longas folhas emplumadas de um verde intenso de uma árvore que se erguia atrás dela como uma tenda. Na parede havia uma porta de folha de metal verde decorada com um desenho geométrico regular e, acima dessa porta, uma placa, com letras brancas e contendo um verso do Alcorão e as palavras: "Cemitério de Ahmed Paxá Rashid".

O Túmulo de Ahmed Paxá Rashid

Fiquei atrás dos outros, me sentindo anestesiada, tentando adivinhar o nome da árvore de longas folhas emplumadas como se estivesse ali para estudar Botânica. O dr. Al-Sadeq bateu no portão e gritou, "Ó gente de Deus!". Alguns minutos se passaram, então um homem que parecia ser o guarda saiu – um homem na casa dos quarenta usando um *galabeya*[p] e óculos. Antes

---

[p] *Galabeya* é uma roupa larga e comprida, tradicional do Vale do Nilo. Geralmente está associada a agricultores que vivem no Egito e vem em variedades de cores.

de nos cumprimentar, ele cuidadosamente trancou o portão atrás de si, como se estivesse saindo da cena de um crime. Cautelosamente, o dr. Al-Sadeq perguntou se poderíamos entrar e ver o túmulo da Sra. Enayat Al-Zayyat, ao que o homem respondeu com confiança que ela não estava enterrada aqui, mas no cemitério ao lado. Nós o seguimos e ele começou a mexer na fechadura de um portão que trazia a legenda "Pátio dos Herdeiros de Benba e Ziba Khatoun, esposas do Amir, Sulayman Agha Al-Silahdar, conforme registrado no cartório, ano 1278 Hégira".[q] Implorei ao guarda para voltar ao túmulo da família Rashid e ele recusou. "Enayat não está aqui", sussurrei para o dr. Al-Sadeq, "ela está na tumba de onde ele saiu. Isso é uma perda de tempo. Há uma conexão familiar entre os Rashides e a família de Al-Silahdar, mas ela não está aqui". Ele disse, "eu sei... eu sei, apenas seja paciente".

Passamos um tempo vagando ao redor dos túmulos dos Silahdars: o pátio com mausoléus trancados à direita e de frente a quem entra do portão, cactos e acácias por toda parte, e mais de vinte túmulos. Cada uma das tumbas estava acima da terra por uma única fileira de tijolos, e marcada no final por uma modesta lápide revestida de cimento no qual foi esculpido o nome do falecido e a data do enterro. Nenhum deles era um Rashid ou um Silahdar. O dr. Al-Sadeq expli-

---

q O calendário hegírico é a contagem do tempo que começa com a Hégira, a partida do profeta Maomé de Meca para Medina, em 16 de julho de 622 d.C.

cou que a família proprietária de um pátio geralmente enterrava seus membros nos mausoléus principais, enquanto nos pátios, provavelmente, as tumbas laterais eram oferecidas como túmulos de caridade para parentes pobres ou aqueles que serviram à família em vida, trabalhando nas suas terras ou nas casas. No limite, tentei me acalmar pensando nas acácias. Chamados de *Alssant* em árabe, lembrei-me de ter lido em algum lugar que eram *Alshent* em egípcio antigo; que os antigos egípcios teciam guirlandas com suas flores e construíam portas, caixões e navios com sua madeira. Não podia acreditar que ainda estávamos aqui enquanto Enayat localizava-se a poucos metros do nosso alcance.

 O dr. Al- Sadeq chamou o guarda de lado e parecia persuadi-lo a nos levar aos túmulos da família Rashid. Quando terminaram de conferenciar, ele nos apresentou ao homem, como se o estivéssemos conhecendo pela primeira vez. "Hagg Hamdan é um homem honesto e nos levará para ver Enayat." Queria beijar a mão do homem em gratidão, mas o dr. Al-Sadeq chegou antes de mim, enlaçando seu braço no de Hamdan e caminhando como se o conhecesse há anos.

 Enquanto meus companheiros vagavam em direção aos dois grandes mausoléus mortuários voltados para a entrada, diminuí a velocidade para ler os nomes nos túmulos dos indigentes no pátio da família Rashid Paxá, e fiquei para trás. Meu coração estava batendo alto o suficiente para ser ouvido. Tentei dominar o leve tremor em minhas mãos. Eles emergiram das tumbas principais — ela não estava lá — e, mantendo-se juntos, foram até a pequena sala à minha direita. Um momento de silêncio, então o dr. Al-Sadeq estava gritando: "Eu a encontrei! Venha, Iman! Enayat está aqui".

Por um longo minuto eu fiquei lá no pátio, incapaz de me mover em sua direção. Eu ouvi suas vozes e vi seus flashes de câmeras. Eles estavam me chamando e gritando "É ela!".

Entrei. À minha direita, a imponente lápide de Enayat — velhas tábuas se transformavam em uma porta de depósito, entre elas eu podia ver um estrado de cama. À esquerda havia uma pedra sem identificação. Atrás estava o túmulo da Sra. Zeinab Hanim Rashid, que morreu em 19 de agosto de 1939, filha de Ahmed Beik Rashid (filho de Ahmed Paxá Rashid) e mãe de Fahima Ali Abbas, mãe de Enayat. Ao lado de Zeinab, em uma tumba do mesmo comprimento, jaziam os restos mortais de um menino, nascido em 26 de novembro de 1933 e falecido em 2 de novembro de 1942. Seu nome era Adel Hussain Wahbe.

Atrás de mim, embaixo da janelinha da grande sala do mausoléu e sem uma lápide de mármore para combinar com o resto, havia uma sepultura modesta e, sobre ela, os seguintes itens: um serrote, um cinzel, pinças, uma plaina, um martelo, um par de chaves de fenda (uma enorme, outra bem pequena), uma régua de aço, um pote de cola e pregos de todos os tamanhos. Li os nomes dos dois homens que jaziam sob esse banco de carpinteiro improvisado, imaginando-os com os olhos arregalados no escuro, apreciando a raspagem da serra, o baque dos pregos sendo martelados. Sob a moldura de madeira da janela que dava para o quintal lá fora, estava o casco sujo de um carro cheio de buracos e, ao lado dele, um balde de plástico e alguns panos com óleo.

Virei-me novamente para Enayat. Yousra estendeu a mão com um lenço e percebi que eu estava chorando, que meu peito e pescoço estavam molhados de lágrimas. Não era luto. Estar ali em frente à lápide dela foi o melhor momento do nosso relacionamento. A tumba não era apenas mais um detalhe, outro catalisador para me ajudar a reconstruir seus sonhos não realizados, sua insônia, sua dor; a tumba era o único lugar onde ela realmente estava. Por sua vida, eu tinha que voltar ao arquivo, às memórias dos vivos e à minha própria imaginação, mas agora sentia que finalmente ela confiava em mim, que me permitiria alcançá-la por meio de felizes acontecimentos inesperados.

Olhei para meus companheiros: Saeed, com sua pesquisa sobre Arwa Saleh e a geração de escritores dos anos 90; Youssef Osama, obcecado pela história mameluca e seu legado arquitetônico; Yousra, ensinando alemão para alunos de graduação. E o dr. Al-Sadeq, que, no início dos anos 1990, havia estudado em Paris. Todos os dias ele pegava um mapa ou guia e andava de bicicleta por um bairro, verificando os nomes das ruas, parando na frente de prédios públicos e lendo sobre eles. Ele sempre se perguntava por que nunca fomos ensinados sobre isso, sobre o ambiente em que vivemos e morremos, e desde que voltou ao Egito, ele passa seu tempo livre nos extensos cemitérios mamelucos, compilando dados sobre cada túmulo, planejando um dia escrever suas histórias. Esses companheiros, eu senti, foram um presente de Enayat para mim.

Enxuguei os olhos e, com o mesmo lenço, limpei um canto da lápide dela, uma pequena mancha para fazer o mármore brilhar. Ouvi Yousra sussurrar para os outros que devíamos partir, então saímos e fomos para o grande mausoléu da família real, atrás do túmulo da família Rashid.

Um teto alto e abobadado, vitrais vermelhos e azuis, mármore brilhante e marfim esculpido, escrita árabe e colunas trabalhadas. Me fizeram deitar sobre seus tapetes e dormi, embora parte de mim ainda estivesse presente, ouvindo atentamente enquanto meus amigos discutiam primeiro os Quedivas — Tawfiq e Ismail e Abbas II —, passando para Amina Hanim Ilhami e a princesa Fathiya, depois à família Touson, depois ao príncipe Mohammed Ali, dono do palácio em Manial. Apontando para uma mancha escura na parede, o dr. Al-Sadeq contou a história de como a *kiswah*[r] (parte do tecido que cobre a Caaba que antes era mantida aqui) foi roubada por um ladrão que se cortou ao puxá-la, e as manchas de sangue foram deixadas na parede como uma lição para outros. Entre um cochilo e outro, eu ouvia o que se dizia ao meu redor, mas também, de alguma forma, estava sonhando. Por uma razão conhecida apenas por Alá, não foi Enayat quem veio no sonho, mas outra mulher em cuja vida eu sempre pensei. Enquanto eu estava deitada, a atriz Magda Khatib veio e sentou-se ao meu lado. Ela era jovem no sonho, tão bonita quanto em vida e usando um vestido de noite preto. Enquanto ela esticava as pernas, vi seus sapatos, o vermelho forte com um laço, de saltos altos e pontiagudos. Na mão esquerda ela segurava uma taça de vinho tinto, enquanto na direita estendia um cigarro fino em

---

[r] *Kiswah* é o pano que cobre a Caaba em Meca, na Arábia Saudita. O termo *kiswah* é, em árabe, "mortalha", pano drapeado sobre um caixão. Muitos reis notáveis tiveram sua parte da *kiswah*.

uma longa piteira. Era como se nos conhecêssemos desde sempre. "Levante-se, preguiçosa", disse ela, e riu com a alegria dos bêbados.

Sentei-me e olhei em volta, tentando entender onde estava. Meus companheiros estavam circulando e eu disse que precisávamos comer. Eu estava com fome e queria estar andando. Eu queria ir para Al Hussein.

Cedo no dia seguinte voltei ao túmulo de Enayat. Sozinha desta vez, trazendo flores. Passei um tempo vagando pelas tumbas e tentando decifrar a árvore genealógica. Era uma linha materna! Percebi que naquele pequeno túmulo Enayat não tinha companhia da família de sua mãe, exceto de sua avó, que havia sido enterrada em 1939, três anos antes dela nascer. Parecia estranho que a tumba adjacente à dela não tivesse nome, apesar de ter uma lápide de mármore; que ela e sua avó estivessem enterradas ali, naquela sala lateral onde a maioria das sepulturas era para os pobres. Eu me perguntei se ela se sentia deslocada ali. Seus pais foram enterrados com os Al-Zayyat e sua irmã Aida, com os Hab Al-Roman; seu único filho estava com o pai e Azima queria estar com a família Al-Sadr. Era como se seu enterro fosse uma extensão de sua vida de escritora, apagada da parte paterna de sua árvore genealógica e à margem da família materna.

Prometi a ela que iria visitá-la sempre que voltasse ao Egito, e tinha certeza de que era uma promessa que cumpriria.

18

Retomei minha busca pelo quarto Rashid, ou Ahmed Paxá Rashid, governador do Cairo, ministro do Interior e presidente do Parlamento na época do Quediva Ismail. Encontrei um site em inglês que me permitiu rastrear sua árvore genealógica desde o século XIX até os dias atuais. No decorrer de uma vida longa e cheia de acontecimentos, Ahmed Paxá Rashid casou-se cinco vezes – duas esposas turcas, duas egípcias e uma etíope – e até a década de 1940 sua família era aparentada por casamento com a aristocracia egípcia e turca, com famílias como Manastirly, Taymour, Aoun, Mazloum, Al--Tahery e outras. Uma longa linhagem de paxás e *beiks*,[s] ministros e embaixadores, e desconhecidos. Podemos dizer que um bom número de descendentes de Rashid Paxá deixou o país, es-

---

[s] *Bei* ou *begue* (*beik*) em turco otomano é um título nobiliárquico turco adotado por diferentes governantes dentro dos territórios do Império Otomano.

palhando-se pelo mundo desde 1952, e esposas estrangeiras começam a entrar no registro, com nomes franceses e americanos predominando nas duas últimas gerações. Tudo isso era bom, mas o que me incomodou foi que os nomes de Enayat Al-Zayyat e de suas irmãs não apareciam em nenhum lugar na árvore genealógica.

Procurei David, o jovem que presta assistência técnica ao corpo docente da minha universidade, e pedi-lhe que me recomendasse um bom programa de registro de dados genealógicos, e ele me indicou um. Comecei a anotar os nomes, ao lado de cada um a data da morte que eu havia recolhido das tumbas, e identifiquei o erro: a árvore genealógica que encontrei on-line afirmava que Zeinab Rashid, falecida em 1939, havia se casado com Abbas Al-Zayyat e que suas filhas eram Fahima, Munira e Tafida. Em outras palavras, o nome do marido de sua filha, Abbas Al-Zayyat, foi substituído no lugar de seu próprio marido: Ali Abbas, um turco nascido no Egito. Um erro levou a outro, portanto, a redesignação de Abbas Al-Zayyat significou que os nomes de suas filhas reais — Aida, Enayat e Azima — foram perdidos por completo. Retornar Enayat à árvore genealógica significou corrigir esses erros.

```
M) Mounira
        (Cg2) Fatma Rachid
        (Cg2) Mhmd Safar Rachid
        (Cg2) Zaynab Rachid
          (M) Abbas El Zayat
            (Cg3) Fahima El Zayat
            (Cg3) Mounira El Zayat
            (Cg3) Tafida El Zayat
```

  Escrevi uma carta detalhando os problemas, na imagem acima, para o endereço de e-mail no site, embora sem nenhuma expectativa real de resposta; o site não era atualizado há anos e não era um bom presságio que eu estivesse escrevendo para um endereço de Yahoo! em 2018. Deixei para lá, comecei a perceber que eu estava totalmente alucinada, escrevendo esses longos e-mails e os enviando como algumas pessoas colocam uma mensagem em uma garrafa e a jogam ao mar, não porque querem que seja encontrada, mas porque a situação é perturbadora e farão tudo o que puderem para conseguirem dormir.

  Distraí-me esboçando um segundo diagrama, este descrevendo a relação da família Rashid com a intelectualidade egípcia. Pela primeira vez consegui entender o que tinha ouvido sobre o relacionamento que ligava os escritores Mohammed e Mahmoud Taymour à Enayat: eles também eram netos de Rashid Paxá por parte de mãe. A compositora e compiladora do folclore egípcio, Bahiga Hanim, e sua irmã mais nova, a autora Jadibiya Sidqui, eram filhas de um ministro de obras, Mahmoud Paxá Sidqui, mas também eram parentes da família da mãe de Enayat. Uma pausa sobre Jadibiya. Ela era autora de *Filho do Nilo*, um livro com uma história ridícula e uma capa sombria imposto à minha geração na sexta série. Ele conta a história de um jovem órfão, Hamdan, que herda o ofício de pescador de seu falecido pai e é a personificação do cidadão modelo, ajuda sua comunidade durante a seca, pescando, juntando feno e dormindo contente em sua cabana humilde.

Um segundo livro se passa na América, e apresenta um modelo de mulher egípcia quando vive no Ocidente; eloquente, elegante e uma apaixonada defensora das causas árabes.[36] Jadibiya já ouviu falar de Enayat? Ou a multiplicidade de avós manteve as netas de Rashid Paxá na ignorância umas das outras? Imaginei a seguinte cena: Enayat conhecendo Jadibiya em um evento familiar, digamos em 1962; a primeira, divorciada, morando com o pai e esperando a publicação de seu primeiro romance, e a segunda — que não tem ideia de quem é a primeira, além dela ser um membro da família —, uma autora conhecida e a feliz companheira do Sr. Youssef Zaki, superintendente público de suprimentos de alimentos subsidiados no Cairo.[37] Jadibiya falando animadamente sobre seu último livro e sobre a

América, como sua defesa do projeto Represa Alta[t] provoca os americanos, enquanto Enayat, que sonhou toda a sua vida com outras terras, mas nunca pôs os pés fora do Egito, olha para o teto, entediada.

Para minha surpresa, no dia seguinte recebi uma resposta de Hassan Rashid, administrador do site. Meu pedido parecia tê-lo chateado, "não há Enayat Al-Zayyat em nossa família, certamente o guarda da tumba tem vendido sepulturas sem nosso conhecimento para pessoas que não têm nenhuma relação com Rashid Paxá. Eu estou interessado em saber exatamente como isso aconteceu". Escrevi de volta para dizer que Enayat havia sido enterrada lá em 1963, antes do nascimento do guarda atual, e que ela não estava em uma das principais câmaras mortuárias, mas em uma sala lateral que, além de sua avó Zeinab Rashid, abrigava enterros de caridade. Anexei as fotos que tirei para provar que ela realmente era um membro da família, que não havia nenhum truque sendo pregado e, depois de mais idas e vindas, combinamos de nos falar por telefone.

Hassan Rashid, filho de Ahmed Adel Rashid, filho de Hassan Ahmed Rashid, filho de Ahmed Paxá Rashid, de mãe americana e filhos americanos. Ele era um cientista ambiental com vários estudos publicados em seu nome e escreveu vários romances históricos e uma coleção de histórias infantis, disponíveis na Amazon. Has-

---

[t] A Represa Alta de Assuão é uma barragem egípcia localizada no rio Nilo, próxima à cidade de Assuão.

san morava em Oregon, aposentado, mas ainda ativo; dá palestras, escreve, publica e traça a genealogia da família Rashid.

Agora aqui estava ele, em minha vida, abrindo outro buraco na parede atrás da qual Enayat jazia. Ele não sabia da existência, nem da vida e muito menos que havia sido enterrada na tumba, mesmo assim me pareceu que a omissão de Enayat da árvore genealógica era uma história que precisava ser contada. Hassan disse, "publiquei um livro chamado *Ficção Histórica* que narra a viagem do meu bisavô, Ahmed Paxá Rashid, da Grécia ao Egito. Voltei aos antigos documentos e à história oral, mas havia lacunas que eu mesmo precisava preencher. Eu vou te dizer o que é conhecido com certeza: Ahmed Paxá Rashid era um menino grego chamado Damitri, os turcos o sequestraram durante a guerra em 1822, quando ele tinha apenas seis anos, e ele se tornou propriedade de Ahmed Agha Al--Khawalli, governador de Konya, Turquia. Nesse mesmo ano, Al-Khawalli e a sua família vieram para o Egito quando o seu amigo, o governador Muhammad Ali, o Grande, chamou, pois precisava da sua ajuda para construir um exército moderno. Damitri tinha a mesma idade de Hassan Shaaban, o único filho de Al-Khawalli, então ele foi trazido para ser o companheiro do menino.

Damitri foi libertado quando completou dezoito anos e mudou seu nome para Ahmed Rashid. O homem que o sequestrou e o entregou a Al-Khawalli se chamava Rashid também, talvez por isso ele escolheu o nome. Mas quanto a como esse escravo se tornou um homem de grande riqueza e ministro várias vezes, bem... Foi porque recebeu uma educação excelente e falava várias línguas, e também se misturou com a família de Mohammed Ali e tinha amigos no centro da vida política e alta sociedade no Egito e na Turquia".

"No meu livro, nunca falo sobre suas esposas ou descendentes, somente dele. Sobre como ele voltou para a Grécia para encontrar sua família depois que foi liberto. Você não encontrará nenhuma menção, no livro, ao fato de que somos descendentes dele por meio de sua esposa etíope, a última mulher com quem ele se casou, quando tinha oitenta anos. Ela também era uma escrava, ele se casou com ela no Hijaz, na Arábia Saudita, durante uma peregrinação e a trouxe de volta ao Egito. É por isso que éramos afastados da família; meu avô, e depois o meu pai e o meu tio nunca tiveram relação com a família Rashid. Crescemos muito mais perto da família da minha avó paterna, a família de Sidqui Paxá que era descendente da família do próprio Ahmed Agha Al-Khawalli, o qual comprou e libertou Ahmed Paxá Rashid. Só para você entender a nossa posição na família, minha bisavó, a etíope, não foi enterrada com as outras esposas de Ahmed Paxá Rashid na parte principal, mas em uma sala menor com uma lápide sem identificação, como costumavam fazer, por ser uma escrava."

Eu disse que Enayat havia sido enterrada na tumba da família Rashid porque sua morte havia sido tão repentina, e seu pai não possuía um túmulo no Cairo, que ela foi enterrada ao lado de sua bisavó etíope e com uma lápide de mármore sem nome. Eu quase disse que todas as rejeitadas foram colocadas naquele quartinho com estranhos.

Então Hassan Rashid disse, "os únicos descendentes de Rashid Paxá que eu conheço vêm de sua esposa etíope. Minha mãe é americana e deixou o Egito em 1967 e nos levou para os Estados Unidos com ela. Meu pai, Ahmed Adel Rashid, trabalhava nas Nações Unidas e só o víamos nas férias. Ele sempre estava longe, na África, entre o Sudão, Quênia e Gana. Falo árabe porque tinha dezessete anos quando deixei o Egito. Tenho um irmão chamado Salah Eddin que mora em St. Louis e duas irmãs, Esmet, que mora perto de mim em Oregon, e Aida, que mora no Egito. Esmet mapeou a árvore genealógica de Sidqui Paxá, a família da minha avó paterna, mas ela não sabe nada sobre a família Rashid".

Hassan estava respondendo às perguntas que eu nem havia pensado em fazer, como por que Enayat não procurou Bahiga Sidqui Rashid ou sua irmã Jadibiya quando ela estava tendo dificuldades para publicar seu romance? Ele disse, "se Enayat realmente era um membro da família, como você diz, ela certamente não era próxima de nenhum deles. Nosso ramo não tinha nada a ver com o resto dos Rashides. Desenhei a árvore com base nos arquivos do inventário e em algumas informações do meu primo Hani, que mora no Egito.

Quando meu bisavô, Ahmed Paxá Rashid, morreu, o meu avô, Hassan Beik Rashid, tinha apenas três anos. Abdel Hamid Paxá Sadeq criou a criança como seu responsável legal. Após o falecimento de Abdel Hamid Paxá, Hassan Rashid foi acolhido por Mahmoud Paxá Sidqui e se tornou engenheiro agrícola e compositor musical, depois se casou com a filha de seu guardião, Bahiga, conhecida como Bahiga Rashid Sidqui, ou às vezes Bahiga Sidqui Rashid. Bahiga nasceu em 1900 e formou-se na Faculdade Americana para Meninas em 1919, e era uma musicista e folclorista e autora do livro *Canções Folclóricas Egípcias*, publicado em 1958. A certa altura, ela foi presidente da Sociedade Hoda Shaarawy e participou de muitos conferências sobre questões feministas no exterior. Ela morreu em 6 de outubro de 1987".

"Ficou a família de Hassan Shaaban Al--Khawalli, seu filho Abdel Hamid Paxá Sadeq e todos os seus netos, a nossa verdadeira família. Além das filhas de Rashid na família, como Zeinab Rashid, que se casou com o irmão da minha avó, Ahmed Mahmoud Sidqui. Nós a chamamos de tia Raana. Ela tinha tanto dinheiro que, depois que o marido morreu, ela decidiu morar em um hotel para se poupar do trabalho de administrar uma casa e os seus funcionários. Morávamos em uma casa grande de frente ao cemitério de Saad Zaghloul. A casa foi dividida em duas partes, uma parte se tornou a Escola de Línguas Amun e a segunda, que ainda era grande o suficiente, abrigou o meu avô Hassan, meu tio e a minha família. No início dos anos 60, construímos uma casa no cruzamento da rua 218 com a rua 206 em Maadi e nos mudamos para lá. Está de pé até hoje."

A primeira ligação terminou com Hassan Rashid prometendo investigar a questão do relacionamento de Enayat com a família Rashid. Ele me deu o número de seu primo Hani, de setenta e quatro anos, morando na rua Seis de Outubro, depois disse que iria para o Egito em abril de 2019 e pretendia visitar a tumba com Hani antes de fazer qualquer correção à árvore genealógica.

Embora a princípio eu estivesse ansiosa para ver Enayat de volta à família de sua mãe, agora comecei a pensar em sua exclusão como puramente fortuita. Esse erro, que não carregava nenhum viés literário, ideológico ou de gênero, a tirou da árvore genealógica das famílias literárias e culturais no Egito. Porém, era um erro que mais parecia um esquecimento, com sua própria beleza, e talvez ela quisesse permanecer assim, fora da árvore.

19

Mohammed Samaka foi a primeira pessoa com quem falei quando vim para a rua Sherbini, em Doqqi, no verão de 2015. Ele abriu mão de seu tempo para me mostrar o local e me apresentou *ustaz* Ghannam, que ele descreveu como o morador mais antigo da rua. Ghannam tinha setenta e cinco anos e conhecia bem Abbas Al-Zayyat. "Um homem decente, nunca se misturou com ninguém além da família Al-Sadr e Taha Fawzi, que traduzia do espanhol, ou talvez fosse alemão."[38] Ele não sabia nada sobre as filhas de Abbas. "Elas foram educadas adequadamente. Ninguém aqui as conhecia, nem mesmo seus nomes." Ele me disse que Madame Al-Nahhas era amiga delas. Madame Al-Nahhas era a moradora mais antiga da rua, é a mais velha, seus filhos todos emigraram e por isso ela morava sozinha.

Naquele mesmo período, fui para o casarão onde Madame Al-Nahhas morava, o qual tinha sido aumentado alguns andares. Por volta das dez da manhã, apertei a campainha da porta do primeiro andar. Uma mulher descendo a escada principal ao sair do prédio disse, "ela tira uma soneca depois do café da manhã. Volte à tarde e ela estará mais tranquila". Fiquei impressionada com o fato de que a rotina de Madame Al-Nahhas era de conhecimento comum nos andares superiores. Para passar o tempo, fiz um passeio que terminou no Café Cilantro em Midan Al-Messaha e, enquanto tomava meu café, pensei em como fui idiota. Como uma pessoa completamente estranha poderia simplesmente aparecer na porta de Madame Al-Nahhas sem ligar antes? Como iria justificar fazer todas essas perguntas sobre Enayat? Com que direito, se eu nem era parente? Ocorreu-me brevemente fazer-me passar por sobrinha de Enayat, alguma versão de Iman Al-Sadr, mas senti que a mulher dificilmente merecia ter uma peça como essa pregada nela, principalmente se ela confiasse em mim e me convidasse a entrar. Então liguei para Mohammed Samaka, que disse que estava no trabalho, mas poderia me encontrar após as orações da tarde e nos apresentar. Decidi ir para casa e voltar mais tarde. Porém, não teve encontro naquele dia. Eu teria que esperar até janeiro de 2017 para Madame Al--Nahhas abrir sua porta para mim.

    Seu primeiro nome era Misyar, ela nasceu em 1938 e não era parente de Al-Nahhas Paxá, embora em sua sala houvesse uma grande fotografia mostrando-o testemunhando seu casamento em 1957.

Depois que Mohammed Samaka saiu, a senhora Misyar me pediu simplesmente para fazer um chá para nós duas. Fiquei na desconhecida cozinha recebendo instruções da porta ao lado, até que finalmente voltei com duas canecas cheias e me sentei para encará-la. Ela contou que morava na casa desde que se casou, e a sua filha queria que ela fosse morar com eles em Seattle, mas ela só se sentia confortável aqui. Meus olhos se fixaram nas intrincadas rendas das cortinas e ela disse que sua mãe havia feito aquelas cortinas, por isso nunca as havia trocado, embora deixassem entrar a luz. Então ela foi falando sobre o gosto de sua mãe, como ela nunca tinha conhecido nada parecido, e sobre seu espanto, quando visitou a filha na América, ao encontrá-la obcecada por móveis modernos. Relatou que a família Al-Zayyat se mudou para a rua no ano em que ela se casou, mas que só conheceu Enayat apenas um ano e meio antes de sua morte.

Misyar ficou em silêncio; como se ela tivesse esquecido que eu estava lá. Perguntei como ela conheceu Enayat. Ela respondeu dizendo, "eu tinha um primo que fazia doutorado em literatura na Áustria. Ele voltou para o Egito na época em que eu deveria dar à luz minha filha, ou logo depois, pelo menos, porque há uma fotografia dele comemorando uma semana do nascimento dela. De qualquer forma, ele voltou em 1961, e deveria assumir um cargo no ministério das Relações Exteriores, mas teve que esperar cerca de um ano pela credencial de segurança, então, enquanto esperava, conseguiu um emprego como tradutor no Centro Arqueológico Alemão, um instituto em Zamalek. Ele era cerca de seis anos mais velho que eu, só que eu era mais próxima dos seus irmãos mais novos".

Misyar começou a falar sobre sua tia, mãe de Saad, e sua casa em Hadayiq Al Qubba, convertida em escola após a nacionalização, e sobre todos os seus filhos e filhas. Apesar de eu estar gostando das histórias, que eram divertidas, eu estava preocupada que ela esquecesse a pergunta e nosso tempo acabasse. Eu tive que fazer um esforço para não a apressar. Mas ela não esqueceu e, sem avisar, voltou para Enayat. "Meu primo Saad estava perdidamente apaixonado por Enayat."

O amor, como nunca me ocorreu? Foi chocante pensar que eu havia aceitado tudo o que Nádia e Azima me contaram e fui procurar quaisquer lacunas nas histórias que contavam; família, escola, amizade, casamento, divórcio, processo judicial, maternidade, escrita, publicação, depressão, a morte... A Enayat de 24 anos, cheia de vida e feminilidade, e, para todos os efeitos, divorciada desde março de 1961 — quando os membros mais velhos de ambas as famílias se encontraram para persuadir Kamal Eddin Shahine a seguir a injunção do contrato para se separar honrosamente —, eu tratei esta Enayat como se ela fosse incapaz de amar ou ser amada! Lembrei-me da frase de Hosn Shah, "uma mulher feliz não pode se matar por um livro", e senti como se a vida de Enayat fosse maior do que eu podia saber. Ainda assim, a frase permitia versões, por exemplo, "uma mulher feliz não pode se matar devido a um processo judicial", ou "por causa de uma batalha pela custódia", ou "por amor". Na verdade, não há nada que impeça imaginar uma mulher cometendo suicídio por qualquer um desses motivos, mas o que significa uma mulher feliz?!

Misyar conheceu Enayat no Clube Gezira, ela estava lá com Saad e sua irmã mais nova por acaso. Riam juntas de todas as coincidências. "Eu morava ao lado dela em Mounira, e minha escola, o Lycée, era em Bab Al Louq como a dela. Depois mudamos para a mesma rua em Doqqi, porém esperamos até Saad voltar da Áustria antes de nos conhecermos." Contou que a amizade delas realmente se firmou no último ano de Enayat, mesmo depois que Saad se casou com sua parente, a Madiha, quinze dias antes de viajar para Berna para se tornar adido cultural na embaixada egípcia. Isso foi três ou quatro meses antes da morte de Enayat. Misyar era a amiga mais próxima de Enayat nessa época.

Perguntei da última vez que ela viu Enayat. Ela respondeu, "minha filha estava doente e Enayat veio ver como ela estava. Ela não entrou, apenas conversamos na porta. Fiquei surpresa por ela ainda não estar em Alexandria com Nádia, como havia planejado. Ela estava muito calma, parecia que tinha acabado de voltar do cabeleireiro, só que o cabelo estava com um corte bem curtinho e peculiar. Eu disse a ela para entrar, mas ela disse ter hora marcada e que passaria amanhã. Só que no dia seguinte ela não apareceu, e no dia depois eu soube da notícia".

Eu queria perguntar sobre o relacionamento de Enayat com Nádia Lutfi nesse período, mas ela passou para Saad, que teve sérios problemas com o pai e Gamal Abdel Nasser.

Alguns anos depois, ele deixou o Ministério das Relações Exteriores para assumir um cargo em uma universidade em algum lugar da América, depois mudou-se para uma universidade canadense e ele havia morrido há cerca de dez anos, talvez mais.

Enayat estava escrevendo seu segundo romance, Misyar declarou casualmente, para meu espanto. Ela havia perdido todas as esperanças de publicar o primeiro. Perguntei se ela sabia do que se tratava esse segundo romance. Ela disse, "era sobre a vida de um botânico alemão que viveu no Egito. Saad leu um pouco e disse que deveria esquecer o primeiro livro, aquele que ela não conseguiu publicar, e terminar este. Ela concordou". Investiguei mais, mas não consegui fazer as conexões. Quem era esse botânico alemão? E qual era a relação dele com o Instituto Arqueológico Alemão no romance? Minha conversa com Madame Al-Nahhas me levou de volta aos papéis de Enayat, às duas páginas que não consegui entender, e depois traduzi o artigo de Isolde Lehnert sobre Ludwig Keimer, com base no fato de que ele era o homem sobre quem Enayat pretendia escrever.

Finalmente deixei a casa da Madame Al--Nahhas às sete e meia da noite, com sua promessa de me mostrar a foto dela com Saad e Enayat e a foto de Saad em seu casamento, e da filha de Saad, Sharifa, que agora era uma famosa advogada no Canadá. Ela disse que eu era bem--vinda para visitá-la novamente.

Em 12 de novembro de 2018, voltei para a rua Sherbini. Quando cheguei no Midan Astra, procurei por Mohammed Samaka e, em vez disso, vi *ustaz* Ghannam tomando sol no mesmo lugar em que estava sentado da última vez. Eu o cumprimentei e disse que passaria na casa de Madame Al-Nahhas e depois iria vê-lo. "Eu estarei esperando." Perguntei, "você viu Mohammed Samaka hoje? Gostaria de dizer *olá*". Então ele falou, "Deus o ajude, ele não sai mais. Ele estava atravessando a corniche em Maadi para ver um amigo no hospital e um carro o atropelou. Graças a Deus ele sobreviveu, pelo bem das crianças".

Encontrei Misyar em um estado miserável, com um forte resfriado e tossindo horrivelmente. Parecia subitamente envelhecida. Não fiquei muito tempo, perguntei se ela queria algo para beber, ela pediu chá de hortelã. Não me disse onde estava a erva, como se aquela fosse a minha casa, e não a dela. Por um milagre eu a encontrei. Não muito depois, eu estava me levantando para sair e contei que estaria de volta ao Egito em fevereiro, e que a encontraria, mas percebi que poderia não a ver novamente e senti tristeza por ela.

Em uma cadeira do lado de fora da oficina de pintura, sentei-me ao lado de Ghannam Al--Majedi e olhei para a antiga varanda de Enayat. Não havia varais, nada que sugerisse que os habitantes estavam em casa. Subi as escadas, as portas dos apartamentos nos andares superiores datavam dos anos setenta e oitenta, cada uma tinha um formato, sendo uma delas sombria de chapa metálica. Os apartamentos do primeiro e segundo andar mantiveram suas portas originais dos anos cinquenta, como se o mesmo carpinteiro as tivesse feito como um par. Fotografei a porta da frente do apartamento de Enayat, uma pesada moldura de madeira, com a própria porta dividida em dois painéis, a metade superior segurando dois painéis de vidro fosco atrás de um traste de lótus de ferro. Esta era a porta que conduzia à sua solidão, à sua escrita e às longas noites. Estendi a mão e toquei a madeira. Não sei se um especialista ainda seria capaz de identificar suas impressões digitais depois de todos esses anos, mas de alguma forma eu tinha certeza de que elas estavam lá. Quando ouvi passos subindo as escadas, entrei em pânico e sorri para os dois adolescentes que carregavam uma bicicleta escada acima. Desci as escadas e saí.

Enayat costumava sonhar em deixar este prédio e esta rua para trás:

"Quero que o meu pé conheça um solo diferente, longe deste prédio e da rua que a ele dá, e conhecer novas pessoas também, e um modo de pensar que encontre um gosto diferente para a vida. Oh, amanhã, dê-me um tapete mágico para que eu possa voar para outros mundos, pois amo o desconhecido."[39]

Não era possível fugir com Saad ou viajar sozinha, ela era mãe e não podia deixar o único filho para trás. Ela caminhou por esta rua pela última vez na noite de 3 de janeiro de 1963. Com o cabelo cortado curto, ela parou na casa de Madame Al-Nahhas e então, talvez, manteve aquele encontro misterioso de que ela havia falado. Mas, de qualquer forma, ao subir as escadas para seu apartamento, ela sabia que a única incógnita para ela era a morte.

Quando vi Misyar novamente, em fevereiro de 2019, sua saúde havia sido restaurada e ela estava de bom humor. Sua filha tinha vindo para as férias de Natal e elas foram juntas para ver sua irmã mais nova em Alexandria. Ela disse, "minha irmã envelheceu um pouco, sabe. Ela não pode vir ao Cairo". Perguntei quantos anos ela tinha. "Quatro anos mais nova que eu", ela disse, e gargalhou.

Contou, então, que a sua filha havia arrumado o apartamento e agora Misyar sabia onde estavam as fotos, aquelas sobre as quais havia falado da última vez. Ela pegou sua bengala e caminhou até um armário de cerejeira, cuja metade superior era inteiramente de vidro, como algo que você pode encontrar na sala de leitura de uma respeitável universidade. Eu me levantei para ajudar. Mudando a bengala para a mão esquerda, ela abriu a porta na metade inferior e pude ver uma prateleira lá dentro, da largura do armário. Ela gesticulou, "pegue aquele álbum, ali...". Peguei o álbum e nos sentamos lado a lado no sofá. Deixando a bengala de lado, ela abriu o álbum. Vi Misyar muito jovem e muito bonita. Percebi um leve tremor em sua mão, que não havia antes. Ela estava determinada a me apresentar todos em cada fotografia e me contar o que havia acontecido com eles. Se eu não soubesse que havia um retrato de Enayat em algum lugar entre eles, poderia alegremente passar o dia perguntando a ela sobre esses rostos.

 Enayat estava sentada no mesmo sofá em que estou, mas o tecido que o cobria então não tinha estampa. Seu cabelo chega até os ombros e a gola do vestido, ou da blusa que vestia, mostrava o pescoço nu, sem brincos e nem bijuterias. Olhos arregalados, meio sorridentes, e os lábios cerrados. Uma expressão como antecipação ou incerteza, como se mostrasse um instante recortado de um momento de importância fatídica. Ao lado dela, Misyar está posando com a filha em cima dos joelhos; a garotinha enfrenta a câmera com decisão e elegância. Ao fundo, um jovem bonito se inclina para aparecer na foto, com as mãos bem abertas no encosto do sofá, mas sem tocar em nenhuma das mulheres. Ele veste um paletó preto sobre uma camisa e não tem gravata. O que pode ser visto de suas calças é que eram cinza ou azul-claro. Isso devia ser em 1962.

 Perguntei se ela se lembrava da foto e de como foi tirada e ela disse, "meu marido tirou.

Era março, seu aniversário. Saad sabia que iria para Berlim em setembro, para trabalhar em nossa embaixada, e estava fazendo cursos de treinamento no Ministério das Relações Exteriores".

Quanto ao relacionamento de Nádia e Enayat naquela época, "Nádia estava ocupada com os filmes, infelizmente, e isso afetou muito Enayat porque Nádia era a pessoa mais próxima dela. Foi o que ela me disse". Esperei que ela continuasse, não tinha ideia de qual pergunta fazer no turbilhão que encheu minha cabeça. Então, de repente, "*dommage*! Enayat tinha um caso de custódia de seu filho. Ela não podia se casar ou deixar o país... Saad se casou algumas semanas antes de viajar, com Madiha, parente do lado paterno da família... nunca soube o quanto Enayat estava apaixonada por ele. Ela não era do tipo que falava. Mas Saad estava perdidamente apaixonado por ela. Ele veio aqui um dia antes de partir, mas não conseguiu vê-la... Ela havia perdido a esperança de publicar seu primeiro livro e estava gostando do trabalho no Instituto Alemão, e estava escrevendo outro romance sobre um homem chamado *Kamier*...". Eu disse, "é Keimer. Ludwig Keimer!".

20

Em 21 de abril de 1967, a revista *Al-Musawwar* publicou um pequeno artigo de Mahmoud Amin Al-Alem intitulado "Ela morreu enquanto anunciava o triunfo da vida".[40] Al-Alem abre o artigo dizendo: "A expressão literária, por uma mulher, é a mais sofisticada das batalhas que ela trava pela liberdade — liberdade no amor, liberdade para trabalhar, liberdade de pensamento, liberdade para se engajar e participar; sua liberdade como mulher, como mãe e como ser humano". Ele enxerga as restrições enfrentadas pelas mulheres, tanto as visíveis quanto as invisíveis, que tornam sua literatura um apelo tão apaixonado pela liberdade. "Sherazade salvou-se da crueldade bruta de Shahrayar controlando-o com as divertidas histórias nas quais ela se esconde. Mas a nova Sherazade se salva de um Shahrayar que é a sociedade como um todo, e não com histórias, mas com autoexpressão positiva, com o trabalho, a luta, a mente e a literatura", Al-Alem expõe sua ideologia, sua fé na capacidade da literatura em mudar a sociedade. Para ele, a literatura funciona como qualquer forma de engajamento intelectual ou luta social e política, desempenhando um papel na criação de "nossas novas vidas humanas".

Após essa breve introdução, ele vai direto ao ponto: "Estou aqui para contar a história de uma autora cuja história é a tragédia da nossa literatura contemporânea. Ela é Enayat Al-Zayyat, e apenas algumas semanas atrás seu romance, *O Amor e o Silêncio*, foi publicado. Ela nunca chegou a vê-lo, porque partiu desta vida antes que o livro fosse lançado. Um romance que foi um resumo de sua vida e, ao mesmo tempo, um final terrível para ela. Anos atrás, ela enviou o manuscrito a uma editora. Quando foi rejeitado, ela sentiu que toda a sua existência tinha sido rejeitada. Então tomou pílulas e dormiu para sempre. Um ato que, por estranho que pareça, contradizia completamente o espírito de seu romance".

Al-Alem se pergunta se o suicídio de Enayat foi uma reação ao fracasso de sua filosofia literária, ou talvez uma renúncia à luta pela liberdade. Nesse aspecto, pelo menos na minha opinião, Al- Alem pode ter sido a única pessoa a fazer uma pergunta séria e sincera sobre a morte de Enayat. Ele separa isso de expressões abstratas de simpatia, ou da culpa geral da editora que a recusou, ou do desejo de instrumentalizá-la na busca de alguma causa — embora todas essas coisas possam ser perfeitamente legítimas — e, em vez disso, aponta para falhas no próprio conceito de liberdade individual: "liberdade não pode ser alcançada apenas pelo eu; ela precisa de outros. E quando esses outros se afastam de nós, nossa liberdade se torna estéril. Torna-se uma perda e uma tragédia. Eu não justifico o suicídio dela, eu explico. Ela era jovem, ainda não tinha experiência suficiente para expandir sua visão de liberdade, para ver além dos obstáculos que havia encontrado aos poucos durante sua luta pela liberdade. Ela não tinha companheiros de luta para acompanhá-la nessa estrada pedregosa e, claro, era uma artista, uma pessoa profundamente sensível".

Pode-se pensar que quando Al-Alem diz "companheiros de luta" há alguma referência a um movimento social ou político, uma visão coletiva que cria um contexto mais amplo no qual a liberdade individual pode surgir. Essa versão do individualismo, que exige que o coletivo expanda o escopo das liberdades e ajude o indivíduo a superar os obstáculos parciais que enfrenta, está de acordo com a ideia de Al-Alem de que o objetivo fundamental é a criação de uma nova vida humana.

Latifa Al-Zayyat partiu de uma crença semelhante na importância do coletivo para o individual, mas optou por se concentrar no isolamento como uma condição existencial inescapável da vida de Enayat. Em um pequeno artigo, com menos de trezentas palavras, "Ela morreu e não morreu", publicado na revista *Al-Hiwar* em 2 de dezembro de 1967, Latifa falou sobre o silêncio como gêmeo da morte: "o silêncio é um quarto trancado, sem janelas nem portas — explode nele, por dentro —, um pedido de socorro entalado na garganta; e a resposta ao grito está entalada na garganta dos nossos entes queridos, de palavras meio ouvidas, desmembradas, nunca inteiras ou totalmente formadas, parecendo gritos de animais feridos, morrendo em suas tocas, gritos que ninguém ouve, ou entende, se ouvida".[41] Latifa está falando sobre Enayat, que morreu nesse silêncio quando ela tinha vinte e cinco anos, mas também fala sobre os vivos, incluindo a si mesma. "As palavras ficam presas em nossas gargantas e ficamos em silêncio... Morremos em nossas tocas, ainda vivos."

Al-Alem e Latifa Al-Zayyat pertencem à geração imediatamente anterior à de Enayat (Al-Alem nasceu em 1922, Latifa, um ano depois) e ambos estavam imersos nas mesmas atitudes em relação à consciência política e ao ativismo desde a década de 1940. Ambos viviam como parte de um grupo ou coletivo de algum tipo, real ou teórico, por mais que pudessem duvidar de sua existência durante aqueles períodos de silêncio autoimposto, prisão ou exílio. Enayat não teve essa oportunidade. Tanto na vida quanto na morte ela permaneceu à margem, uma escritora fora do meio de intercâmbio cultural, sem mentores, antepassados ou contemporâneos. Mesmo agora, cinquenta anos após a publicação de seu primeiro romance, é difícil atribuí-la a qualquer grupo ou movimento.

Portanto, Latifa Al-Zayyat difere de Al-Alem ao tentar imaginar o silêncio e o isolamento interior de Enayat. Não é apenas seu gênero que lhe permite fazer isso, mas a sua própria jornada pessoal, que se seguiu a um longo silêncio sobre o qual ela escreveu em *Campanha de Inspeção, Papéis Pessoais*, de 1946. Latifa era uma figura de destaque nos movimentos trabalhistas e estudantis e, ao lado de seu primeiro marido, era perseguida pelas forças de segurança na forma de polícia política, mas em 1952 ela abandonou o ativismo coletivo e se casou com um inimigo ideológico, Rashad Rushdi. Por quê? "Ele foi o primeiro homem a despertar a mulher em mim", ela escreveu.[42] O que aconteceu a seguir, ela descreveria como paralisia, como estar presa em seu erro, como ter seu próprio sangue em suas mãos, mesmo assim ela continuou a perseguir seus próprios projetos pessoais: amor, doutorado e o seu romance *Porta Aberta*. Em 1965 ela pediu o divórcio e, quando recuperava a voz após um longo silêncio, veio a derrota de 1967.

Em 1954, Al-Alem perdeu o emprego como professor assistente de filosofia na Universidade do Cairo, junto com seus colegas esquerdistas e comunistas, e foi trabalhar para a revista *Roz Al-Youssef*. Ele desempenhou um papel vital na realização da união entre muitas organizações comunistas e na formação do Partido Comunista Egípcio em 1955. Seu codinome no movimento era Farid, apelido sob o qual ele emitiu um comunicado do departamento político do partido apoiando a união do Egito e da Síria em 1958, e criticando sua implementação por não respeitar as características distintas de ambos os povos. Na véspera de Ano Novo de 1959 ele foi preso, e passou os próximos cinco anos (e mais alguns meses) na prisão. De acordo com seu próprio relato,[43] no dia seguinte à sua libertação, ele foi contatado por um amigo que trabalhava no escritório de Sami Sharaf, dizendo que deveria levá-lo para conhecer Sharaf, e nesta reunião Sharaf pediu-lhe que considerasse ingressar na *Organização Vanguarda*. Ele concordou e recebeu um cargo no Conselho de Liderança Revolucionária, e propôs a publicação de uma revista cultural. Foi encarregado da revista e dos assuntos culturais da organização. Mais tarde, assumiu a editora de escritores árabes Dar Al-Kitab Al-Arabi, até a derrota de 1967.

Eu tinha alguma ideia de que o atraso de quatro anos entre o suicídio de Enayat e a publicação de seu romance deve ter sido relacionado, de alguma forma, com as mudanças estruturais que estavam ocorrendo em 1963 nas instituições editoriais administradas pelo governo. Tharwat Okasha escreveu que "em 1963, a Editora Nacional foi fundada com uma nova instituição chamada Notícias e Publicações,[44] e sua tentativa de cumprir o slogan, 'um livro a cada seis horas' entre 1963 e 1966, levou a editora ao seu fracasso como empresa comercial. Quando Okasha foi renomeado ministro da Cultura, em 1966, ele fundiu todas as editoras sob o controle do ministério em uma empresa de impressão e publicação que ele chamou de editora de escritores árabes Dar Al-Kitab Al-Arabi, colocando-a sob a direção de Mahmoud Amin Al-Alem".[45]

Meu palpite era que o homem que implementou a programação anual na Dar Al-Kitab Al-Arabi foi o homem que colocou o romance de Enayat na luz. Mas a jornalista Niam Al-Baz, nascida em 1935, apenas um ano antes do nascimento de Enayat, me contou uma história bem diferente sobre a jornada do romance, que antecede tanto a entrada em cena de Al-Alem quanto o isolamento de sua autora:

"Eu e o *ustaz* Adel Al-Ghadban éramos muito amigos. Ele era uma grande figura cultural e, sozinho, manteve o Dar Al-Maaref funcionando. Ele me deu três ou quatro contos de Enayat e gostei muito, então perguntei se poderia conhecê-la. Ele disse que ela era filha de um amigo e estava tentando publicar os contos, mas não com seu nome verdadeiro. Achei isso tão estranho. Na época, eu trabalhava para Al-Jeel e não havia muitas garotas escrevendo. Eu não podia acreditar que tinha encontrado uma e poderia vir a ser sua amiga. Implorei a Adel para me colocar em contato, e ele desapareceu por uma semana e depois me deu o número dela. Liguei e ela disse que não poderia me encontrar. Continuei pressionando, pois eu sou jornalista e insistente, e o impossível não existe. Encontrei com ela em sua casa em Heliópolis, ainda casada, sozinha em casa com o bebê.

Essa mulher incrivelmente linda, em um apartamento palaciano com vista para os Jardins Merryland, não me entendia facilmente no começo, meu jeito de falar... Comecei a escolher minhas palavras com mais cuidado quando ela não ria de nenhuma das minhas histórias. Foi constrangedor. Perguntei por que ela não queria que seu nome aparecesse nas publicações e ela foi muito reservada. 'É um assunto privado', disse ela. Tive a sensação de que ela não era do tipo que se importava em me conhecer e também não queria que eu a conhecesse.

Nunca a encontrei fora de casa. Na segunda vez que em fui vê-la, ela havia se mudado para Doqqi, e fiquei surpresa ao encontrar o apartamento praticamente vazio, embora ela fosse de uma família rica. Na entrada havia um lindo tapete com duas cadeiras sobre ele e um quarto de dormir com uma escrivaninha. Ela mobiliou um quarto para o filho e deixou o outro completamente vazio. A cozinha tinha um forno a gás e uma geladeira e coisas para fazer chá e café, e era isso. Quando eu ri e perguntei o que estava acontecendo, ela me disse que sempre sonhou em ter um apartamento vazio como este, e esperei que ela continuasse, mas isso foi tudo. Em Doqqi, ela falou animadamente sobre o romance que estava escrevendo, mas, tirando isso, tive a impressão de que ela não tinha nenhum desejo particular de ser minha amiga e nenhum interesse em sair e fazer coisas, e não a vi mais.

Depois de ler o rascunho de seu romance, telefonei para ela para dizer que ela era uma grande escritora e que achei profundamente comovente a maneira como o romance terminou com a morte de Ahmed. Quando ouvimos a notícia de seu suicídio, Adel Al-Ghadban ficou muito comovido e tentou publicar o romance em qualquer lugar que pudesse. Dar Al-Maaref já havia sido nacionalizado, e havia um nomeado pelo governo no comando geral. Ele tentou na Editora Nacional, mas eles disseram que não gostaram do final, e ele disse que a autora estava morta, então não poderia mudar. Eles não gostaram do final, eles queriam que terminasse com um final positivo, e nem Adel nem o pai deram seu consentimento, então tudo deu errado."

Isso foi por telefone. Eu não esperava que a *ustaza* Niam Al-Baz me surpreendesse, mas ela o fez, e mesmo sem querer. Niam Al-Baz foi uma das várias contemporâneas de Enayat que receberam meus frequentes e imprevisíveis telefonemas. Acostumei-me com as respostas, "não, nunca ouvi esse nome", "nós nunca nos conhecemos, mas eu li o romance" ou "nós nunca nos conhecemos e eu não li o romance". E esta última foi a resposta, totalmente inesperada, de uma das mais importantes escritoras e críticas da geração de Enayat, Safinaz Kazem. Eu esperava tanto que ela a tivesse conhecido.

Felizmente para mim, a filha de Niam estava no apartamento quando liguei, porque sua mãe tinha dificuldades para ouvir. Ela atendeu a ligação, repetindo minhas perguntas para Niam, e eu ouvia Niam dar as respostas com sua voz clara e poderosa. Mas mudei de tática, fazendo a mesma pergunta de formas diferentes: "quer dizer que o romance não acaba com a Revolução de Julho e a entrada de tanques em desfile? Você está dizendo que o romance terminou com a morte de Ahmed? O final do romance mudou na Editora Nacional?". E, em todas as perguntas, Niam Al-Baz dava a mesma resposta: "sim", "isso mesmo", "tenho certeza".

Agora eu não tinha nenhuma prova real de que o final de *O Amor e o Silêncio* foi alterado na Editora Nacional, mas voltei à edição que tinha, com o texto publicado três meses antes da derrota de 1967, para ver o final novamente. Lendo aquelas palavras na capa, "República Árabe Unida, Ministério da Cultura", senti a inutilidade de qualquer tentativa de "encontrar a verdade". Disse para mim mesma, se o Egito permaneceu uma República Unida até 1971, apesar do fracasso de sua união com a Síria em 1961, quem se importava se algum oficial havia colocado um final feliz em um romance cuja autora estava morta e enterrada?

Enquanto Enayat se suicidou em janeiro de 1963, Al-Alem e a maioria de seus companheiros estavam na prisão de Al-Wahaat, debatendo filosofia, escrevendo peças e romances e plantando vegetais no deserto. Eles estavam acompanhando ansiosamente o progresso e torcendo pelo próprio homem que os havia aprisionado, Gamal Abdel Nasser. Sob os pés de Latifa Al-Zayyat, o chão tremia. Desde 1960, ela se sentia paralisada, incapaz de atuar, incapaz de escrever; juntando seus pedaços e força para o divórcio e para fazer seu retorno à ação coletivista. Assim, Al-Alem e Latifa Al-Zayyat alcançaram Enayat por duas trilhas paralelas. Em seu artigo de abril de 1967, ele enfatizou a importância do coletivo em prol do indivíduo e para equipá-lo para uma nova vida humana, enquanto essa esperança desaparece com a Latifa, em dezembro do mesmo ano. Entre esses dois artigos, está a derrota.

Tentei imaginar Enayat como membro do Partido Comunista Egípcio, imaginei-a conhecendo El-Alem e outros companheiros de partido e escrevendo uma conclusão sinceramente positiva para seu romance publicado em 1961, e a vida seguindo. Nesse cenário, porém, ela teria que se libertar da ilusão de sua liberdade individual; ela precisaria adotar um codinome, no movimento, escolhido por um chefão no Partido, ou talvez ela fosse para a prisão ou fugisse. Mas que garantia poderia haver de que uma mulher com a constituição de Enayat seria protegida do suicídio pelo projeto coletivo?

Talvez se ela viesse de uma família politizada, como a de Latifa, ou tivesse cursado a universidade antes de se casar, ela teria conhecido homens e mulheres que eram como ela, teria entrado e saído de seus vários grupos e círculos. Se ela fosse uma daquelas escritoras de classe média, participando de seminários e salões literários, ela teria encontrado a poeta Gamila Al--Alaily, e elas poderiam ter discutido sobre May

Ziadeh juntas; ou, terminada a reunião dos poetas pan-arabistas, Galila Rida a levaria a um café onde, é claro, ela contaria a Enayat como ela, Galila, havia inspirado o poeta Ibrahim Nagi, e que ele escreveu um poema sobre ela; talvez ela lesse para Enayat alguns de seus poemas eróticos. Melhor ainda, ela visitaria o apartamento de Galila em Shubra e conheceria seu filho, Galal, que vivia com atrofia cerebral após contrair meningite quando tinha três anos. Imagine. Se ela tivesse essas oportunidades, sua ideia do que significa sofrer teria sido ampliada, e Galila, com sua força e amor pela vida, poderia ter se tornado seu modelo.

É possível construir dezenas de cenários em que Enayat podia se encontrar na vida de outras pessoas e ser atraída para baixo de sua torre para se envolver com o mundo. O cenário menos fantástico envolve ela explicando a Niam Al-Baz porque não queria seu nome em seus contos, ou porque, aliás, ela sonhou com um apartamento vazio — o buraco na parede do decoro frio da classe alta aumentou ainda mais. Mas foi assim que Enayat viveu e morreu: sem fazer parte de nenhuma cena literária, social ou política, em um Egito, no início dos anos sessenta, onde as pessoas eram tribos e nações, onde não havia indivíduos, mas apenas blocos ideológicos.

Mas por que Enayat permanece prisioneira dos anos sessenta? Ela mesma não dizia que nascera na hora errada, que sonhava em se exaurir e nascer de novo? Digamos, em vez disso, que Enayat Al-Zayyat foi uma escritora dos anos noventa; que a encontrei por acaso no Cairo em 1990. Seríamos duas jovens escritoras que falavam duas línguas diferentes, ou, talvez, que não falavam nenhuma língua. Não tinham nenhum projeto político para consumir, nenhum sonho coletivo para nos manter de olhos abertos durante a noite. Não haveria gigantes literários como Anis Mansour e Youssef Al-Sebaie, e também não haveria a prisão de Al-Wahaat. Um grande vácuo do qual, de bom grado, éramos expulsas. Eu a acharia reprimida, frágil e indiferente, usando a sua classe como um escudo. Não sei como ela me veria, provavelmente ela não conseguia ver ninguém fora de si mesma. A verdade é que a amizade entre nós teria sido impossível. Se eu tivesse cometido suicídio em janeiro de 1993, Enayat teria ficado mais arrependida do que triste por não ter tentado me conhecer. Mas, se fosse Enayat quem se matasse em janeiro de 1993, eu sentiria tristeza e culpa em igual medida, porque teria acreditado em seu talento e esperaria que ela tivesse uma vida de escritora, porque eu entenderia sua dor, mas não saberia como dizer a ela.

    Invadiu-me um desejo grande de tratá-la com crueldade. Talvez o único sentimento que ainda não tive em relação à Enayat. Imaginei: suponha... que Enayat continuasse a buscar significado por meio da escrita e que esse significado se tornasse sua identidade. Ela nunca havia entendido o que significava para o Estado arquitetar projetos culturais na era da revolução. Ela simplesmente não sabia que havia artistas famosos, ativistas políticos e desconhecidos, dentro e fora das prisões, que se conheciam, e das batalhas em que a literatura, a política e a publicação eram uma só.

O que aconteceu com Enayat acontece com frequência. Vimos com nossos olhos: um escritor separado de seus pares é transformado em uma figura trágica, seus delírios — de perseguição, de grandeza, de desespero niilista — aumentam nesse isolamento, até que finalmente chega ao que se espera, a um compromisso em alguma instituição cultural, ou se torna rancoroso, ou se faz por esforço próprio, arrogante, preocupado com sua imagem como honesto, ou apoia um regime assassino. Ele poderia voltar para sua família, embora acreditasse que nunca mais voltaria. Afinal, ele pode acabar se tornando um herói: o herói que recusa todos e qualquer um desses caminhos e termina com a sua vida. Talvez seja isso o que aconteceu; Enayat foi à guerra por sua individualidade e esperou pela recompensa da vitória na forma da aceitação da Editora Nacional, isto é, vitória concedida pela própria sociedade contra a qual ela lutou. Seu divórcio seria uma recompensa, assim como escrever um romance e trabalhar no Instituto Arqueológico Alemão. Mas perder a batalha da custódia foi uma derrota. A rejeição do romance foi uma derrota. A falta de disponibilidade de sua melhor amiga era uma derrota. Sacrificar o amor pela maternidade foi uma derrota. Diante de todas essas derrotas, o que poderia fazer o indivíduo livre senão dar um salto final no vazio?

Enayat Al-Zayyat

21

"Então fui aos arquivos do jornal *Akhbar Al-Yom* e solicitei o arquivo deles sobre Enayat Al-Zayyat. O índice mostrava uma pasta-arquivo registrada em seu nome sob o n.º 42620, mas a pasta em si não estava. Mais dois dias fazendo perguntas, então o diretor me disse que cerca de dez anos atrás um especialista foi trazido para atualizar o arquivo, e ele disse que qualquer pasta que não tivesse sido atualizada nos últimos cinco anos não valia a pena manter. Eles destruíram todos eles... Maldito especialista."

Este e-mail me foi enviado em 10 de março de 2015 pelo meu amigo Mohamed Shoair, um resumo de suas investigações nos arquivos do jornal onde trabalhava.

Durante minha própria pesquisa sobre Enayat Al-Zayyat, os arquivos de várias revistas e jornais não continham uma única menção a ela. No que diz respeito a esses arquivos, ela nunca existiu, nem mesmo como nome e número. Dito de outra forma, ela foi uma pessoa que esses arquivos institucionais não veem ou reconhecem. Ela mesma havia previsto isso quando, no outono de 1962, escreveu em seu diário:

"Eu não significo nada para ninguém... Perdida ou encontrada, é a mesma coisa. A minha existência é nula, o mundo não sentiria uma única diferença de qualquer maneira. Meus passos não deixam marcas, como se eu andasse sobre a água, ninguém percebe a minha existência, como se fosse invisível."[46]

Às vezes, aparece algo sobre ela no lugar errado, em um arquivo de recortes sobre Latifa Al-Zayyat, por exemplo, ou sob o nome de Nádia Lutfi, porque ela mencionou o nome de Enayat em uma entrevista, já que como uma estrela de cinema tinha uma história rica e, portanto, o seu lugar garantido nos arquivos. Mas em *Akhbar Al-Yom*, Enayat tinha um nome e um número de pasta, porém a própria pasta se foi. Não faço ideia do que continha a pasta em *Akhbar Al-Yom*. Consegui informações, em 2017, da pasta n.º 8245 nos arquivos de Dar Al-Hilal, mas quando voltei em 2019, a funcionária disse, "não está aqui... Provavelmente marcado para destruição. No ano passado, eles decidiram a dispensabilidade de muitos dos nossos arquivos". Ela prometeu procurar nos deletados, esperando salvá-la.

"Marcado para destruição" não acontece de uma forma aleatória ou como resultado de negligência casual; trata-se de uma ação deliberada a pedido do especialista que faz a distinção entre arquivos inativos – aqueles que ocupam espaço sem nunca serem solicitados ou aumentados – e arquivos ativos, que permanecem abertos para o futuro. Em outras palavras, o arquivo institucional que é criado, mantido e utilizado como um sistema pode se tornar um fardo, necessitando de um sistema suplementar para auxiliar na sua própria destruição.

A ideologia por trás da criação do arquivo é a mesma que leva à decisão de destruí-lo. Para o arquivista, arquivos importantes são aqueles solicitados por pesquisadores e jornalistas, ou que vão aumentando de tamanho ao longo do tempo. Arquivos esquecidos são, necessariamente, aqueles que tratam de eventos marginais ou de indivíduos menos importantes, com os quais ninguém se importa.

O arquivo é uma manifestação da civilização, um desejo corporificado de preservar a contiguidade, a pluralidade e as contradições que juntas formam uma memória coletiva. Ao mesmo tempo, é inevitavelmente um reflexo da consciência que uma cultura tem de sua própria memória. Durante os períodos de declínio, essa memória começa a esmorecer. É quando o especialista é chamado para distinguir o que é importante do que é trivial.

Contei a Yasser Abdellatif a história da pasta-arquivo de Enayat em *Akhbar Al-Yom*, e ele teve uma visão totalmente diferente sobre o assunto. "O desprezo pelo valor histórico não é apenas uma ideia abstrata. Como você explica alguém mijando contra um monumento protegido quando há todo o espaço de Deus para usar? Esqueça princípios altissonantes como abdicar de seu dever para com o passado e vender sua herança. Em Maspero, a televisão estatal, houve uma crise econômica periódica no início do milênio, nunca havia dinheiro suficiente para comprar novas fitas para gravar seus programas. Então, como eles resolveram isso? Depois que um programa era transmitido, digamos, uma semana depois, era apagado da fita e um novo gravado por cima. Uma nova fita Betacam custava cerca de duzentas libras na época e eles apagavam um programa antigo que poderia ter custado dezenas de milhares para fazer e gravação do novo por cima. E não havia backups para os programas antigos. De 1998 a 2000, os programas produzidos foram possivelmente os mais corajosos e experimentais da história da televisão egípcia, e todos foram deletados. Nada sobreviveu, nem um único programa." Yasser não tinha uma resposta final para o porquê disso, mas ele usou uma expressão que ficou comigo. Ele disse, "há algo que podemos chamar de o *niilismo do arquivo*, no sentido nietzschiano", quis dizer "o momento histórico em que todos os valores declinam".

Uma característica particularmente proeminente do niilismo do arquivo é que sua ausência física, ou uma falta de interesse em revisitá-lo quando está disponível, é percebida como uma licença para continuar reproduzindo indefinidamente as reivindicações de outras pessoas, sem questionamentos e sem comprovação. Isso é comumente referido como uma "cultura auditiva", mas acredito que qualquer peça de terminologia que nomeie esse processo deve incluir as palavras "niilismo" ou "desânimo". É um desânimo quanto à pesquisa, ao conhecimento; eu mesma senti isso, fui dominada por sua miséria, enquanto procurava por qualquer vestígio de Enayat Al-Zayyat. Nos arquivos do Ministério da Cultura não havia nada sobre a política de publicação da Editora Nacional, nenhuma lista dos livros que foram enviados e nunca publicados e nenhum registro dos motivos de sua rejeição. O que talvez seja compreensível, não há nenhuma razão particular para que um Ministério da Cultura autoritário preserve tudo sobre um escritor que não deu nenhuma contribuição ao seu projeto de homogeneizar e disseminar uma "cultura nacional". Mas durante a minha pesquisa não consegui nem mesmo um registro do que havia sido publicado ou quaisquer relatórios dos comitês culturais responsáveis pela publicação e sua estratégia. Nos arquivos do tribunal, processos inteiros desapareceram sem qualquer vestígio documental de sua existência, e seria impossível recuperá-los sem subornar funcionários do tribunal para realizar a pesquisa, porque o sistema de indexação era um híbrido de vários sistemas de arquivo diferentes. Conseguir o que queria era uma questão de sorte. Os arquivos nacionais guardavam tesouros vigiados por funcionários que desconfiam das intenções de cada pesquisador que os procurava; até que se provasse o contrário, a pesquisa era, por definição, uma violação da segurança nacional.

Espantou-me que algo tão simples como localizar a primeira edição de um determinado romance exigisse que você visitasse a biblioteca nacional, já que as editoras modernas não transcrevem na reedição todos os dados necessários das edições anteriores.[47] Se você estivesse pesquisando sobre a evolução da medicina psiquiátrica no Egito, digamos, ou a história da comunidade alemã e suas instituições educacionais e médicas no Cairo do século XX, então sua única opção era procurar livros sobre esses assuntos em outros idiomas.

A ausência do livro de Enayat do cânone do romance árabe é outro aspecto dessa supressão de arquivo. Em 1999, Bothaina Shaaban escreveu um livro titulado *100 Anos do Romance das Mulheres Árabes* no qual ela protestou contra a marginalização dessas mulheres. No entanto, ela não faz menção a *O Amor e o Silêncio* ou à sua autora. Você poderia argumentar que isso não é muito significativo. Afinal, seu livro trata apenas de textos bem-sucedidos, que conseguiram ultrapassar a barreira do cânone, ou seja, daqueles romances que os homens já haviam considerado dignos de inclusão. A supressão aqui não é sua falha em pesquisar todos os romances de mulheres, é o fato de que sua omissão entre tantos desses romances foi, de fato, necessária. Permitiu a Bothaina Shaaban repetir, sem medo de contradição, o que havíamos lido e continuaríamos a ler em tantos outros estudos: que as escritoras árabes se preocupavam principalmente com o nacionalismo, que não poderia haver libertação para as mulheres sem a libertação da nação, e que o texto seminal neste contexto foi *Porta Aberta*, de Latifa Al-Zayyat.[48] Essa repetição acontece com tanta frequência que quando a atenção se volta para *O Amor e o Silêncio*, é abordada através de uma moldura que foi criada em sua ausência e que obriga o romance a ser lido em paralelo ou em segundo plano ao *Porta Aberta*. Depois, há o equívoco padrão de que o romance foi escrito em 1967 e que a autora se suicidou naquele mesmo ano.[49]

Anis Mansour, que fora seu amigo mais querido, conseguiu pintar um retrato de Enayat, a suicida, que ele colocara sob sua proteção e cujas histórias publicara na *Al-Jeel* em 1960; até afirmou que foi ele quem publicou o único romance dela. Essa imagem dela foi embelezada e expandida nos quarenta anos seguintes, sem que nada disso levasse à leitura ou reedição de seu romance. Na verdade, sem nenhuma tentativa séria de testar suas afirmações.

Mas a pesquisa nos diz que Anis Mansour nunca publicou nenhuma das histórias de Enayat, nem na revista *Al-Jeel* ou em qualquer outro lugar; não em 1960 e nem depois. E aquela história que ele repetiria várias vezes, sobre como ele se lembrou de uma frase de seu romance em uma viagem ao Iêmen e a recitou para Youssef Al-Sebaie, o qual lhe informou que a autora havia morrido, a origem dessa história pode ser descoberta voltando ao arquivo do próprio Mansour.

Em 23 de julho de 1963, ou seja, cerca de seis meses após a morte de Enayat, Anis Mansour escreveu um artigo em *Al-Musawwar* intitulado "A autora desconhecida morreu". Seu tema começa com uma longa cena cômica sobre ele dividindo um quarto de navio com Youssef Al-Sebaie como parte de uma delegação de escritores que viaja para o Iêmen: o calor, a umidade, a sua inveja insone da capacidade de Al Sebaie de dormir como um bebê. Então ele conta o seguinte: "e de repente, Youssef Al-Sebaie sentou-se e me perguntou: 'você conhece fulana?' e eu respondi, pouco animado, querendo saber por que ele perguntou... 'O que o calor e o desconforto de nossa situação atual têm a ver com aquela garota?' Enquanto ele pensava em sua resposta, eu o encarei... sentindo como se fôssemos personagens da peça *Entre Quatro Paredes* do filósofo existencialista Sartre... que nós dois estávamos nus... e no inferno, e que estávamos mortos... que não havia mais necessidade de mentir, pois os mortos não podem mentir... 'Sim', eu disse, 'eu a conheço'. Ele perguntou, 'você gostou dos contos dela?'. Respondi, 'ela veio até mim alguns meses atrás e mencionou seu nome. Ela disse que lhe mostrou o romance dela. O que você achou da escrita dela?'. Ele disse, 'a verdade é que gostei muito, e disse-lhe claramente que estaria disposto a publicá-lo... e a ajudá-la no que pudesse, porque ela é talentosa... Na verdade, eu a mandei para a Editora Nacional, mas não sei exatamente o que aconteceu'. Youssef Al-Sebaie calou-se por um momento e continuou, 'o estranho, no entanto, é que ela não tem autoconfiança... não acredita que é uma escritora talentosa...'. Tirei metade das minhas roupas e me sentei como Gandhi na beirada da cama... Essa conversa, eu senti, era como as cabras que Gandhi levava consigo aonde quer que fosse... e continuar falando seria como tirar leite das tetas dessas criaturas ossudas. Voltei a dizer, 'ela é realmente talentosa. Há alguns anos, li várias de suas histórias e publiquei uma delas em seu nome e outra sob um nome falso. Ela ficou muito feliz...Quando eu voltar para o Cairo, tentarei entrar em contato com ela novamente... pois prometi escrever uma introdução para todos os seus contos...'".

Mansour conta ao Al-Sebaie e ao leitor sobre o fraseado novo que a jovem usa e atribui isso a ela não ser influenciada por escritores egípcios. Ele pede a Al-Sebaie para publicá-la em *Roz Al-Youssef* e diz que a publicará em *Al-Jeel*. Mas então Al-Sebaie conta a ele o que aconteceu. "Allah!", ele deixa escapar, "você não sabia? Ela está morta".

Em 1963, Mansour não menciona o nome dessa autora desconhecida, ela não tem nome. Ele também não diz nada sobre o romance dela ou porque deveria ser publicado. Mansour fica triste quando Al-Sebaie lhe conta sobre a morte dela, embora poucos minutos antes ele estivesse desanimado em falar sobre ela e tivesse esperado para ouvir o que Al-Sebaie tinha a dizer antes de arriscar sua própria opinião. Mansour continua contando no artigo que "senti que a cabine estava mais quente, que o suor corria mais livremente... as pequenas gotas se transformavam em gotas gordas... e cada gota me escaldava... como se algum processo químico tivesse transformado em lágrimas a transpiração que cobria minha carne nua... Achei que nossa conversa deveria parar, em luto, por causa dessa pobre e talentosa garota, que apareceu tão repentina... e secretamente... que não acreditava em seu próprio talento e nem, ao que parecia, qualquer outra pessoa. Mas ela persistiu, determinada a ser uma heroína em uma história sem princípios claros... seu autor, desconhecido... uma história que ninguém leu ou se importou em ler, salvo duas ou três pessoas que se distraíram temporariamente com seus próprios problemas e preocupações cotidianas.... Mas ela apressou o final... encurtou sua história e privou seus leitores".

Nesta narrativa, Mansour e Al-Sebaie parecem um par de sumos sacerdotes que presidem os mundos da literatura, a cultura e a publicação. Dividiram a tarefa entre eles: um prometeu a ela uma introdução aos seus contos e a publicação em *Al-Jeel*, e o outro enviou seu romance para a editora e ia publicá-la em *Roz A-Youssef*. "Sumos sacerdotes" é a expressão que eu estava procurando desde que encontrei pela primeira vez os artigos de Mansour sobre Enayat. Eles são sempre talentosos, poderosos e se consideram os árbitros do que pode passar por cultura, estão sempre dispostos a apoiar novos talentos, mas, infelizmente, estão terrivelmente ocupados.

    O leitor deste artigo pode razoavelmente esperar que Mansour tenha incluído uma das histórias que Enayat lhe contou, pelo menos para provar suas afirmações de que ela era talentosa e que usava frases novas, como ele alegou. Mas quem pode dizer que esse era seu objetivo ao escrever o artigo? A autora privou seus leitores, diz ele, e a seu modo está fazendo o mesmo, aumentando o seu arquivo não com a escrita da autora desconhecida, mas com uma história sobre ela. E devemos lembrar: este é o arquivo pessoal dele e ele é o homem que sabe o que os outros não sabem, que sabe das peças de Sartre e das cabras de Gandhi. Mansour não se preocupa em publicar os contos de Enayat, mas reconta três deles em sua própria língua. Mais estranho ainda, todos os três têm títulos, mesmo que a própria autora permaneça anônima: "Estavam aqui", "A gota d'água", "Algo não aconteceu". Onde estão esses contos? Se acreditarmos em Mansour, eles estavam em sua posse, mas ele não os publicou, não via razão para adicioná-los ao arquivo de contos egípcios nem para associá-los ao nome da sua autora. Se ele está mentindo, e apenas ouviu falar deles, ou os fabricou inteiramente, assim como ele iria posteriormente fabricar sua amizade com a autora, então isso seria um exemplo do que é conhecido como *falsificação de arquivo*.

Então, o que acontece com o arquivo pessoal após a morte do proprietário, a pessoa que reuniu sua coleção de histórias, diários, cartas, notas e rascunhos? Poderá ele, também, tornar-se um fardo para os que o herdam, ocupando espaço e apropriando-se de memórias? Por quais maneiras e meios ele pode ser destruído? O que toma seu lugar depois de descartado? As causas e métodos de sua destruição podem ser usados para ajudar a reconstruí-lo ou reimaginar seu conteúdo?

Aqui, devemos imaginar a autoridade da família sobre um de seus membros após sua morte; a família culta, conservadora, burguesa; a família ideológica; a família fragmentada. A primeira delas queima o arquivo, e foi o que aconteceu com o arquivo de Enayat, incluindo o rascunho de seu segundo romance; tudo o que restou foram algumas passagens sem contexto de seu diário e cartas, flutuantes e abstratamente existenciais, nada para perturbar a reputação de uma família estabelecida e tradicional. Seu pai deu permissão para que alguns deles fossem publicados em *Al-Musawwar* em 1967, e Nádia Lutfi permitiu que outros fossem anexados à sua entrevista com Foumil Labib no mesmo ano. E então tanto a irmã dela quanto a Nádia permitiram que eu levasse essas mesmas páginas para usar, como se fossem documentos oficiais, certificados pela passagem do tempo.

As poucas páginas que sobreviveram eram apenas a pontuação extraída do texto completo de sua vida. A raiva de Enayat por sua incapacidade de andar em sintonia com o mundo ao seu redor foi apagada, e tudo o que restou foi a história recatada que seus sobreviventes queriam ver. Aqui reinterpreto a história de vida de uma pessoa que cometeu suicídio há mais de cinquenta anos, e essa interpretação se torna a história real. Eles não estão mentindo quando escondem o que sabem; o que eles sabem é doloroso e deve ser descartado.

A família ideológica também exerce sua autoridade sobre o arquivo. O intelectual religioso, digamos, cortará as cenas de sexo e modificará sentimentos e frases antirreligiosos no romance de seu pai, enquanto o piedoso editor é conivente com isso. A professora universitária racionaliza o arquivo de seu pai político para correlacionar com suas próprias convicções políticas, permitindo que certos documentos apareçam em determinados momentos e consignando outros ao esquecimento.

A melhor chance, então, está no terceiro tipo: a família fragmentada, a família sem imagem ou causa pela qual lutar. Essa família é capaz de vender os papéis e livros do falecido a um livreiro e, se o comprador for inteligente, pode vendê-los aos arquivos nacionais de algum estado árabe emergente ou instituto de pesquisa estrangeiro, onde podem ser facilmente localizados e acessados futuramente.

Talvez a única solução real aqui resida em nossa própria interação pessoal com o arquivo, nossa disposição como indivíduos de oferecer nosso tempo para descobri-lo e protegê-lo tanto da destruição institucional quanto dos igualmente letais "desejos da família". A instituição não tem ideia do valor do que possui, dos papéis que estão calados em seus arquivos. Mas e se descobrisse? Então a hierarquia de valor intelectual que ela incorpora lhe permitiria destruir qualquer coisa que não se alinhasse estreitamente com seu próprio projeto. A própria instituição não deveria definir o que é e o que não é importante; ela simplesmente não adota nossas questões como suas. Da mesma forma, a família não é nosso guia de como entender a vida de um de seus membros de acordo com sua percepção de vida.

Nádia me contou muita coisa, e a história de Enayat está sempre entrelaçada com a dela. Provas constantes foram oferecidas de sua amizade. Ela me deu o que ela foi capaz de me dar, fotos delas juntas, o que Enayat havia escrito para ela e o que ela havia dito sobre Enayat após sua morte, e então as poucas páginas que ela tinha do diário de Enayat. Mas onde estavam os desenhos de Enayat? Onde estava a caixa ao lado da cama no quarto de hóspedes? Muito provavelmente nas mãos do filho de Nádia e de Reda, e da própria hesitação de Nádia. Tenho que aceitar a existência de uma autoridade que protege Nádia das intrusões de estranhos como eu, mas devo aceitar o retrato que me foi dado de uma amizade inabalável? Imaginar a jornada de Nádia Lutfi, esposa, mãe e filha de família conservadora, que ingressou no mundo do cinema em 1958, podendo acrescentar outros detalhes. Era uma negociação com tudo e todos para alcançar o seu sonho. Sua recriação como estrela do cinema egípcio não exigia apenas que ela acertasse seus textos e aprendesse a se posicionar na frente da câmera, ela tinha que assumir um novo nome, adotar uma nova história familiar, deixar um filho para ser criado pela avó, e até o desmoronamento do seu casamento. Os três anos que precederam o suicídio de Enayat foram anos de insônia, esforço e transformação para a jovem atriz. Só nesses três anos, ela fez dezessete filmes.

A verdade é que Nádia não sabia nada sobre o caso amoroso de Enayat, nem se lembrava de ter ouvido falar de um segundo romance.

Na memória dos mais próximos, o arquivo de Enayat não foi interpretado ou tratado com nenhum tipo de rigor sistemático. Eles não tiveram especialistas para aconselhá-los, como acontece nos jornais *Akhbar Al-Yom* e *Al-Helal*. A abordagem deles foi ditada pela necessidade de aqueles que a amavam serem capazes de conviver com a dor. Por mais de cinquenta anos eles tentaram aceitar a culpa que sentiam por essa irmã, essa amiga, que havia tirado a própria vida. O que eles me deram foi a narrativa de autoria da memória após esta reconciliação.

Não consigo decidir se é ético afirmar que os vestígios de todas essas coisas, a família, o relacionamento de Enayat com sua mãe, e sua amizade ameaçada com Nádia Lutfi especificamente, seus fragmentos devem ser imaginados em sua história. Não é nenhum respeito especial pela privacidade ou consideração ética que me leva a evitar esse tipo de narrativa, mas sim o fato de que seguir os rastros deixados por uma pessoa não é o mesmo que contar a história de sua vida. Rastrear alguém não significa preencher todas as lacunas ou buscar cada fato e documentá-lo. É fazer uma viagem ao encontro de alguém que não pode falar por si. É um diálogo obrigatoriamente unilateral.

O biógrafo habilidoso escolhe seu biografado com cuidado. Convencionalmente, ele começa com o nascimento e termina com a morte, preenchendo os detalhes da vida que decorre entre os dois, com pesquisa às vezes e, ocasionalmente, com ficção. Sabe sobre o que vai escrever e onde encontrar seu material, e sabe o significado de seu projeto para o leitor. Na verdade, ele conhece o leitor.

O biógrafo profissional escreve sobre três tipos de personalidade. Existe o líder, que tem autoridade e capacidade para liderar, categoria que abrange os fundadores de todos os matizes, sejam políticos, comandantes militares ou líderes de movimentos sociais. Depois, há aqueles que são autores de algum ato criativo inovador ou transformador, escritores, artistas, filósofos, músicos, etc.; o foco do biógrafo está no próprio processo criativo, em como surgiu, no que o torna diferente; por que é tão influente? Podemos denominar de espiritual o terceiro tipo de personalidade, cujo significado não é medido por conquistas materiais, mas por sua capacidade de efetuar mudanças reais no mundo, de nos conscientizar de sua corrupção ou de nos permitir fazer as pazes com ele.

Qual deles era Enayat?, eu me perguntei. Tinha quase certeza de que a resposta era nenhum deles. Talvez seja por isso que o arquivo institucional desconhecia sua existência, ou a conhecia apenas temporariamente durante aquele breve período em 1967, quando seu romance foi publicado e seu nome foi ouvido, apenas para ignorá-la novamente a partir de então. Talvez tenha sido por isso que comecei a segui-la, como se sua marginalidade no arquivo institucional fosse estruturalmente idêntica à busca de liberdade pessoal de Najla em *O Amor e o Silêncio*, ou à exclusão de Enayat da cena literária e política, ou mesmo ao seu suicídio. Rastrear uma pessoa que o arquivo institucional não reconhece ou permite que permaneça entre seus arquivos importantes significa entrar no labirinto de sombras do arquivos pessoais, equivalentes na sua escuridão, restrição e complexidade.

Às vezes, o rastreador e o pesquisador de arquivo têm experiências semelhantes, ambos encontram fatos irreconciliáveis e arbitrários que precisam ser contemplados e suas conexões, desvendadas; ambos estão procurando algo crível em que apoiar sua interpretação. Antes que Enayat passasse por sua transformação de uma escritora desconhecida a um pesadelo que me persegue, antes que eu tivesse visto uma foto dela ou ouvido algo sobre ela ou sentido essa estranha compulsão por conhecê-la... Eu estava procurando por um tesouro, pelo arquivo pessoal de Enayat, que devia estar em algum lugar, dividido entre apartamentos, espalhado pela topografia do Cairo e pelas memórias dos que ficaram.

À primeira vista, a destruição do arquivo de Enayat parecia uma catástrofe, mas sua ausência me levou a perseguir os vestígios de seu apagamento e me mostrou que minha verdadeira ambição não era ver a vida dela nas páginas de um livro. Mostrar a vida de alguém morto é participar do achatamento contínuo do passado, esvaziando-o perpetuamente de seu significado. Não devo falar em nome dela, disse a mim mesma, não devo apresentar uma versão esboçada de sua vida. Há um momento de interseção entre nós, usarei esse momento como um guia espiritual, porém, em todos os outros aspectos, seremos diferentes. Possivelmente ela só exista naquelas margens onde é poupada das intervenções autoritárias de instituições e familiares e amigos. Talvez eu tivesse que seguir os seus vestígios alhures, no que foi destruído: na geografia onde viveu e morreu, a rua, o túmulo, a Escola Alemã, o Instituto Alemão; na lei do Código Civil e no caso do divórcio; nos contextos em que seu romance foi rejeitado e depois foi publicado; em sonhos, amizades, amores, depressão e morte. Me parecia que todos aqueles cujas vidas se cruzaram com a dela faziam parte de sua história. Queria conhecê-los também, um a um, pois já haviam passado pela vida dela.

No livro *Subject to Biography: Psychoanalysis, Feminism, and Writing Women's Lives*, de Elisabeth Young-Bruehl, a autora analisa o que aprendeu ao escrever as biografias de Hannah Arendt e Anna Freud. Enquanto lia, senti uma onda dupla de alarme e alegria. Young-Bruehl diz o que eu não pude dizer, que narrar a vida de outra pessoa depende de "sentir os desejos dessa outra pessoa como meio de comparação". Mais precisamente, depende da consciência do biógrafo sobre o papel que o sujeito biografado desempenha na própria psicologia do biógrafo. Segundo Young-Bruehl, "o clichê de que você limita a sua empatia ao sujeito biografado, para se imaginar no lugar dele, parece-me bastante errado. Empatizar envolve, antes, colocar o outro em você, tornando-se o habitat de outra pessoa, por assim dizer, mas sem dissolver a pessoa dentro de você, sem digeri-lo. Você está mentalmente grávido, não de uma vida em potencial, mas de uma pessoa; na verdade, de uma vida inteira, uma pessoa que tem uma história. Então por isso, para o biografado viver em você, por assim dizer, você deve ser grato pelo papel dele em moldá-lo. Tal compreensão é a base para lhe dar a capacidade de distinguir entre o que você quer para si, o que você pode estar buscando no papel que ele desempenha e o que o sujeito queria para si. O que obviamente o sujeito não buscou em você, embora você possa fornecer parte do que ele procurava na biografia que você escreve".[50]

22

Boa noite, minhas lindas.
Saudações a todas e bem-vindas de volta ao meu refúgio etérico. Espero que tenham uma excelente noite e peço desculpas por abandoná-las aqui em circunstâncias estranhas, amontoadas e sozinhas. Me perdoem. Vocês devem estar exaustas. Também não consegui racionalizar o que ocupa vocês, o que fazem e o que aconteceu com vocês, e eu tinha que organizar a presença de todas conforme as datas da morte, como se eu fosse o coveiro.

    Certamente, as franzinas entre vocês devem estar pressionadas sob o peso das donas de livros, as filhas de família devem estar preocupadas em ficar no mesmo espaço que as ousadas, e as revolucionárias se cansaram das imprudentes, das retardatárias e das desesperadas, enquanto as feministas extremistas entre vocês devem odiar a todas. E como vocês não se conhecem, o que é pior, uma de vocês pode estar ao lado ou sob outra a quem odeia, ou de quem têm ciúmes. Vocês têm sorte de qualquer maneira, o aquecedor não faz vocês notarem o inverno lá fora. Devem agradecer àquela que foi a dona da casa antes de mim, ela era pintora e seu ateliê ficou nas minhas mãos, esta cabana, e vocês agora estão sentadas na mesa dela, que virou meu escritório, cujo comprimento é de três metros e pode acomodar todas vocês.

    Nos sete passos curtos da minha casa até vocês, o ar gelado colidiu com o meu nariz e virou líquido nos meus pulmões. São duas da manhã e tive que, por cima do pijama, colocar uma jaqueta de ganso do Canadá, botas, luvas e gorro de lã, só para ver como vocês estavam. Isso pode ser um pouco exagerado, mas vocês estão na minha mente. Suas palavras estavam saltando em meu cérebro. Claro, eu também queria um cigarro, mas isso não seria suficiente para me trazer aqui. Lembrei que hoje era 3 de janeiro, sabe. Como eu poderia não estar com vocês? E no espírito da revelação total, digo-lhes estou um pouco instável em meus pés, sob a influência do que as mais virtuosas entre vocês condenariam. Desculpem-me, mas não posso ficar usando este descuro no feminino até de manhã. Vamos começar. Deve haver algumas de vocês que não gostam dos fonemas desse pronome, mas não há saída.

    Aqui está a senhora Aisha Taymur, nossa antepassada turco-curda-circassiana, a quem celebramos em todas as nossas reuniões. Filha do escritor Ismail Paxá Taymour, ela nasceu quando quatro nações europeias estavam ocupadas cuidando das unhas de Mohammed Ali, o fundador do nosso país moderno. Alguns de nós podem conhecê-la por aquele poema ridículo que ela escreveu, algumas linhas:

Com mão castas defendo a honra do meu hijab
Com a minha modéstia me mantém acima dos meus pares
E da capa do caderno faço meu espelho
E do desenho de henna, minha maquiagem

Desculpe, minha bisavó querida, Aisha. Paciência e você verá aonde quero chegar. Como eu estava dizendo, nossa honrada antepassada escreveu versos verdadeiramente ridículos, poesia de louvor e hinos às virtudes. Mas também escreveu belos poemas sobre a natureza, incluindo estes versos escritos em farsi, que li na tradução árabe de Hussein Muguib Al-Masry: "Lua brilhante, meu buquê de rosas se desfez, embora estivesse sob seus cuidados, quem o desfez e espalhou? Ao ver meu buquê desarrumado, sinto dentro de mim uma dor tão forte, ó dor!". E há também anotações no seu caderno onde ela registrou suas experiências com o álcool celestial:

Os críticos desconhecem o que querem com a bebida
minha alma é que receberia da embriaguez
O abismo entre suas suspeitas obscuras e minha consciência
Somente Deus conhece as minhas verdadeiras intenções.[51]

Mas o desastre aconteceu, parece que toda grande escrita nasce do útero de uma catástrofe. Poucos dias antes de seu casamento, sua única filha, Tawhida, morreu, e foi então que a bisavó Aisha, começou a escrever sua maior poesia, entrando em um diálogo ricamente produtivo com a tradição elegíaca árabe da época da Jahiliyya, particularmente com Al-Khansa. Mesmo assim, seu nome nunca é mencionado ao lado do Mahmoud Sami Al-Baroudi, o suposto pioneiro da escola revivalista de poesia árabe moderna, um ano mais novo que ela.

Não saí de madrugada simplesmente para defender Aisha Taymur ou qualquer outra pessoa. Porém, por coincidência li um pouco do que Mervat Hatem escreveu sobre Aisha,[52] e me surpreendeu o quão pouco eu sabia sobre ela, o alcance absoluto de seu cosmopolitismo, as contradições e frustrações que ela sentia como uma mulher vivendo no século XIX. Que em 1887 ela pediu que as mulheres fossem educadas e defendeu a necessidade de alfabetização feminina, por exemplo, mas ao mesmo tempo em que também atacou o campeão progressista Qasim Amin por estar sob a influência estrangeira e, no final de sua vida, queimou muitos de seus poemas.

Aqui jaz, geração após geração, alinhadas diante de mim, Aisha Taymur, sozinha em uma ponta da mesa; depois, um grupo de escritoras que escreviam sob o pseudônimo de rosas e flores, seguidas pelas escritoras do Iluminismo árabe — estas últimas eram muitas vezes aristocratas, seus pais, irmãos e maridos proeminentes intelectuais do final do século XIX e início do século XX. E outra coisa que eu não havia notado antes: a maioria era imigrante, de Beirute para Alexandria, de Damasco para o Brasil, de Amshit para a Louisiana. Para resumir, mais de vinte romances escritos por mulheres publicados antes de 1904.

Importante: aqui está May Ziadeh, e ao lado de May um grupo de seus contemporâneos; depois, outro grupo que ganhou destaque durante a revolução de 1919. Desde o início dos anos 1950, há um grupo de ocidentalizadas sírias e egípcias que alarmaram a todos com seus títulos, *A Garota Indomável*, *A Noite Inquieta*, *A Maldição Carnal*, *Estou Viva*, *Memórias de uma Mulher Masculina*, *A Noite e Eu*, *Apenas Uma Noite*, até chegarmos à década de 1960 e às duas Al-Zayyats com suas abordagens diferentes, mas complementares. Duas propostas de escrita da mulher sobre o mundo. Lemos e nos influenciamos por uma e a outra é deixada de lado.

Mas já que estamos falando da escrita no sentido mais amplo, mais amplo que a poesia e o romance, então, ao lado das Al-Zayyats, vamos ter Anji Aflatoun e todas aquelas escritoras que tiveram sua entrada negada no paraíso fechado da Alta Literatura. Doriya Shafik é uma dessas mulheres, que em 1940 voltou com seu doutorado de Paris, convencida de que iria mudar a situação das mulheres no Egito. Aisha Abd Al--Rahman era outra, escrevia e publicava desde o início dos anos 1940, quando tinha apenas dezoito anos. E depois há Safinaz Kazem, que ainda é jovem e escreve até hoje. Eu recomendo a leitura do artigo dela na revista *Al-Jeel* de 1959 sobre suas aventuras na Europa.

Isso não é o fim da história, é claro, mas esta mesa só pode conter as contemporâneas e predecessoras de Enayat. Por favor, não me interpretem mal. Não estou aqui para provar que existem escritoras árabes, ou para argumentar que existem boas escritoras árabes. Eu sinto náuseas toda vez que leio um pesquisador fazendo isso.

Também não estou aqui para dizer algo sobre cada uma de vocês. Pois isso seria uma palestra acadêmica e não uma comemoração em memória. Eu tenho uma história que quero contar e, como li todas as suas histórias, parece justo que eu possa contá-la. Como eu estava dizendo, hoje é 3 de janeiro de 2019, quinquagésimo sexto aniversário do dia em que uma de vocês decidiu que *a vida é insuportável*. Deixe-me acender uma vela em memória.

Conta a história que, na noite em que Enayat decidiu que a vida era insuportável, ela deixou o filho com a mãe na rua Abdel Fattah Al-Zeini, n.º 16, em Doqqi, e saiu à noite sem saber o que iria fazer. Por um tempo, ela apenas caminhou. Ela parou no apartamento de Misyar, a mulher conhecida como Madame Al-Nahhas. Ela parecia calma, seu cabelo cortado tão curto que Misyar presumiu que ela viesse de um salão. Conversaram na soleira da porta. Ela não entrou. Disse que tinha um lugar para ir. Ela foi para casa e subiu na ponta dos pés as escadas para seu apartamento no segundo andar, como um ladrão. Ninguém estava com ela quando ela engoliu as vinte pílulas cor-de-rosa, então não podemos dizer com certeza quando foi que ela adormeceu, com a cabeça enfiada entre dois travesseiros, o cobertor esticado até quase escondê-la de vista. A janela da varanda estava aberta para o frio de janeiro? Ela fez o que fez à luz da lua? Ou havia uma lâmpada ao lado da cama, talvez, que ela apagou assim que se acomodou sob o cobertor?

Eu sei que todas vocês amam detalhes. Porque vocês devem pensar no absurdo da morte de uma mulher de 25 anos com um filho que deu sentido à sua vida e um pai tão terno e iluminado quanto Abbas Al-Zayyat. Tinha um trabalho que ela amava no Instituto Arqueológico Alemão e um segundo romance em andamento sobre um estudioso chamado Keimer. Foi até um salão de cabeleireiro e depois voltou para casa para se matar. Eu mesma pensei nisso muitas vezes, e com frequência. Perguntei à irmã dela, à Paula e à Misyar, e ninguém me deu uma resposta.

A meu ver, Enayat nunca chegou perto de um salão. Deve haver um momento faltando nesta noite. Depois de deixar o filho com a mãe, ela voltou para o apartamento e ficou em frente ao espelho. Um momento que ninguém vai entender melhor do que vocês: o momento em que uma mulher não sabe o que fazer consigo mesma. Ela não quer sair nem falar nem escrever nem gritar, nem mesmo para estilhaçar o espelho que lhe diz que ela está ali, que ela existe.

Então, no calor do momento, Enayat decidiu alterar sua aparência, trazer à tona a raiva e a dor dentro dela, o pânico que a consumia, e torná-lo visível para si mesma, para o seu rosto no espelho. Ela pegou uma tesoura e cortou o cabelo. Afinal, era o cabelo dela, uma parte de sua identidade.

Sua visita à porta de Misyar com o cabelo cortado foi como a última aventura da alma, como uma mulher correndo precipitadamente depois de se incendiar, como o cadáver que sorri e urina enquanto os músculos de seu rosto e bexiga relaxam. Ela foi até Misyar como se fosse sonâmbula, prestes a estender a mão e pedir ajuda. Talvez a visão de seu rosto no espelho a tivesse assustado. Mas na porta de Misyar ela decidiu que não queria ajuda. Ela decidiu que tinha outro lugar onde estar.

Algumas de vocês, eu imagino, já cortaram o próprio cabelo pelo menos uma vez. Vamos pensar. Nossa antepassada Aisha Taymur, que defendeu o hijab até o dia de sua morte, certamente o teria feito após a morte de sua filha Tawhida.

Warda Al-Yaziji cortou o dela quando ouviu o boato de que seu pai e irmãos escreveram seus poemas para ela.

Malak Hifni Nasif cortava o cabelo dela toda vez que seu orgulho caía, como na vez em que as mulheres dos beduínos de Riyah no Fayoum zombaram dela por ser estéril, ou quando seu marido, o grande beduíno Abdel Fattah Al-Basil, retomou as relação com a sua primeira esposa escondido, ou quando ela descobriu que, depois de tudo isso, era seu marido, e não ela, que era infértil.

May Ziadeh cortou o próprio cabelo incontáveis vezes. Quando sua mãe morreu, quando ela estava sendo tratada por insanidade no manicômio, e novamente quando ela teve alta e ninguém foi vê-la. O mais amargo de tudo foi quando ela percebeu que havia desperdiçado sua vida em salões literários com homens que a chamavam de "bela", e que ela deveria ter se trancado e escrito.

Galila Rida cortou o cabelo quando o médico a informou que a atrofia cerebral significava que seu filho Galal teria três anos para o resto da vida, e quando o poeta árabe-nacionalista sudanês a humilhou publicamente porque ela se recusou a se casar com ele.

Doriya Shafik cortou o cabelo depois que o grande Taha Hussein a envergonhou por liderar uma greve para agitar a inclusão dos direitos das mulheres na constituição revolucionária, descrevendo ela e suas colegas como irresponsáveis e sedentas por fama.

Alifa Rifaat fez o mesmo quando os ouviu sussurrar que ela promovia o lesbianismo.

E Latifa Al-Zayyat também o fez, quando estava sendo dilacerada pelo duplo fracasso da morte do sonho coletivista e de sua vida com o homem que havia despertado a mulher dentro dela.

No entanto, o estranho nisso é que nenhuma de vocês escreveu sobre isso. Se vocês tivessem escrito sobre, imaginem a antologia que teríamos sob o título *Cortar o Cabelo* para marcar os momentos de desespero, para ser colocada na prateleira de todas as bibliotecas ao lado da grande antologia de obras-primas femininas de Zaynab Fawwaz, *Scattered Pearls and Mistresses of Seclusion*. Além desses textos fundamentais, nossa antologia pode incluir a escrita de suas tentativas de rastrear os recortes daquelas que vieram antes de vocês e buscar os momentos do corte de cabelo. Por exemplo, poderia começar com uma cena de Aisha Taymur em pé com uma tesoura na mão, depois uma de Warda Al-Yaziji e Malak Nasif diante de seus espelhos e, em seguida, May Ziadeh escrevendo sobre as três. Então May escreveria sobre o corte de seu próprio cabelo, seguido por Widad Sakakaini e Safinaz Kazem e Salma Al-Haffar Kuzbari escrevendo sobre May cortando seu cabelo, e assim por diante, até chegarmos a Enayat Al-Zayyat.

Temos que ser claras: a inclusão nesta antologia não será baseada na gratidão. Como a gratidão que May Ziadeh sentiu ao escrever sobre as mulheres que vieram antes dela, "que abriram o caminho para nós".[53] Gostaria de pedir a todas aqui, conservadoras, ideológicas e reformistas, que respeitem esse fato. Esta antologia *Cortar o Cabelo* não será uma celebração das conquistas de nossas antepassadas, e não visa a fabricar uma árvore genealógica matriarcal esboçada para transmitir o sofrimento que suportaram e a força de espírito necessária para superar os terríveis obstáculos de sua época.

Também, essa antologia não é para a preservação de qualquer gênero literário em particular, mas um tipo geral que junta todas as formas e abordagens literárias e as faz coexistirem. O grande dicionário do século XIII *Lisan Al-Arab* diz o seguinte: "o *Jeens* 'gênero' significa 'classe' ou 'categoria' de todas as coisas e qualquer coisa, sejam pessoas ou pássaros ou partes do discurso ou prosódia ou substantivos coletivos [...]. Gênero é mais amplo em significado do que 'tipo' ou 'espécie', e dele é derivado *Almujanassa*, que significa 'reunir' ou 'hibridizar', e *tajnees*, que significa 'tornar semelhante'".

Vamos fazer algo extraordinário, algo como as biografias árabes clássicas, cujos autores se desviariam do assunto em questão, divagando como quisessem. Digamos que aparece um nome de uma pessoa, lembrando-os de uma determinada tribo; eles escrevem sobre essa tribo e, em seguida, oferecem algumas linhas de poesia famosa escrita em louvor às grandes figuras dessa tribo antes de retornarem ao seu assunto principal, quando são prontamente lembrados de um provérbio favorito, e vão então, para a história de como esse provérbio surgiu, e assim que voltam ao caminho certo, de volta à pessoa sobre a qual deveriam estar escrevendo, outro eco é tocado, outra lembrança, e assim por diante.

Todas essas mulheres aqui, das quais não sei o exato momento, quando e por que cortaram o cabelo, diante de seus espelhos estão além do alcance da minha imaginação. Todas elas reconhecem esse momento, mesmo que não nos digam. É o momento de confrontar o espelho e encarnar o vazio, de desejar mudar o eu, punindo-o e desfigurando-o, de tratar os seus traços com desprezo. Então o momento passa e a mulher sente a futilidade do que fez. Sua fúria cresce. Ela cai imóvel e entra em uma fase de tristeza monótona, a fase de que o cabelo precisa para crescer. Nada disso aconteceu com Enayat — nesta noite celebramos a sua memória.

23

Antes de 13 de dezembro de 2018, tudo o que eu sabia sobre Isolde era a breve biografia que acompanhava o artigo que ela escreveu sobre Keimer: "Isolde Lehnert, M.A., nascida em 1958, estudou Egiptologia, Arqueologia do Oriente e Etnologia na Universidade de Heidelberg, e desde 2003 é chefe da biblioteca e arquivo do Instituto Arqueológico Alemão do Cairo. Ela está atualmente preparando uma biografia de Ludwig Keimer". Na véspera, no dia 12, eu havia escrito, em inglês, para o e-mail do site do Instituto Arqueológico Alemão, apresentando-me e perguntando se havia algum arquivo da Enayat no Instituto. Isolde escreveu de volta para dizer que a secretária havia encaminhado meu e-mail para ela, que estava no momento responsável pela biblioteca, e que o arquivo era propriedade do Instituto. E ela acrescentou:

"No momento, tudo o que posso dizer com certeza é que Enayat Al-Zayyat trabalhava na biblioteca do Instituto. O relatório trimestral, ou

Vierteljahresbericht, datado de 1 de janeiro até 31 de março de 1963, observa que: "A assistente da biblioteca, Sra. Enayat El-Zayyat, faleceu repentinamente em 7 de janeiro daquele ano". Não sei dizer exatamente quando ela começou a trabalhar aqui, porque os arquivos de 1960 e anteriores não estão aqui. Vou perguntar na sede em Berlim para ver se eles guardam esses arquivos pessoais lá. A biblioteca onde ela trabalhava foi reaberta pela primeira vez desde a Segunda Guerra Mundial em 16 de novembro de 1957, e logo depois passou a ter o arquivo de Ludwig Keimer (1892-1957), que incluía cerca de 10.000 volumes não-árabes sobre Egito, antigo e moderno, e aproximadamente 1.200 livros em árabe e milhares de papéis e documentos. Demorou anos para catalogar e indexar essa coleção extraordinária. Entrarei em contato quando tiver novas informações".

    Procurei palavras para expressar minha gratidão para Isolde. Escrevi para ela que seu artigo sobre Keimer era de grande importância para mim. E eu mal podia acreditar na coincidência, pois ela estava escrevendo a biografia de Keimer, que Enayat queria escrever há mais de cinquenta anos. Notifiquei que qualquer detalhe que ela pudesse fornecer sobre o trabalho de Enayat com o arquivo de Keimer, quaisquer fotos da biblioteca no início dos anos 1960 ou dos escritórios onde a indexação teria ocorrido, qualquer coisa que ela pudesse imaginar, seria de grande ajuda para conhecer Enayat.

Em 18 de dezembro, Isolde me enviou uma série de artigos em alemão, publicados em 2007 para comemorar o centenário da fundação do Instituto Arqueológico Alemão no Egito, e ela prometeu me enviar fotos e algum material em inglês assim que voltasse das férias de Natal na Alemanha. E Isolda manteve sua promessa.

De todas as pessoas que conheci por causa de Enayat, Isolde levou isso mais a sério. Ela também achou extraordinário estar escrevendo um livro sobre o arquivo de um homem que também fascinou e inspirou uma mulher cujo nome ela nunca tinha ouvido antes. Ela começou a me enviar material sobre o Instituto e o Arquivo Keimer, os documentos de registro de Enayat, fotos dos móveis da sala entre cujas paredes Enayat passava seu dia de trabalho. O Instituto mantinha registros de tudo. Isso me aterrorizou. Os registros são tão abrangentes que, se eu visitasse a biblioteca, seria capaz de ver exatamente o que Enayat havia indexado e catalogado, inclusive sob Keimer.

O Instituto Arqueológico Alemão está localizado na Rua Aboul-Feda, n.º 31, em Zamalek, num prédio que os alemães alugaram pela primeira vez de uma princesa da dinastia Alawiyya antes de ser comprado na década de 1930 por um empresário judeu-alemão que concordou em estender seu aluguel. Os britânicos tomaram o prédio no início da Segunda Guerra Mundial e expulsaram o diretor e a equipe alemã. Quando as relações entre o Egito e a Alemanha foram restabelecidas, em 1951, membros da equipe retornaram ao Cairo para descobrir que o equipamento do Instituto e sua biblioteca de livros raros, estabelecida em 1897, haviam sido divididos entre a Universidade de Alexandria e a Universidade do rei Fouad I, o Ministério da Educação e vários livreiros e antiquários.

O presidente do Instituto, um homem chamado Carl Weickert (1885-1975), escreveu para seus chefes na Alemanha e determinou que seria impossível reabrir os escritórios do Cairo sem sua biblioteca, pinturas ou equipamento de escavação. Eles escreveram para ele e a equipe no Cairo, instruindo-os a irem à Casa Arqueológica Alemã em Luxor até que a biblioteca e outros pertences pudessem ser recuperados.

Em 1955, Hans Stock chegou ao Cairo com um objetivo claro: restabelecer o Instituto Alemão no Cairo. O edifício na rua Aboul-Feda continha quatro salas principais, seis camas e um escritório, grande o suficiente para Stock e os funcionários. E eles moravam lá, Stock e sua esposa, um responsável financeiro, uma secretária e dois arqueólogos assistentes, Franz Kaiser e Rainer Stadelmann. Em 1956, Stock assinou um contrato com a editora Harrassowitz para retomar a impressão do periódico do Instituto após um hiato de doze anos e, em maio do ano seguinte, foi oficialmente credenciado como administrador pelos escritórios de Berlim. Essa era declaração oficial de que o Instituto e o trabalho haviam recomeçado.

A biblioteca teve que ser reconstituída por todos e quaisquer meios. Stock teve de enfrentar um fato deprimente: em outubro de 1956, a biblioteca contava com apenas duzentos e cinquenta volumes, todos eles doações de outros institutos. Além disso, os livros perdidos eram incalculavelmente valiosos. Sua primeira edição de *Denkmaler aus Agypten und Athiopien*, de Richard Lepsius, foi uma obra de doze volumes publicada em 1849, contendo cerca de novecentas ilustrações de relevos e inscrições egípcias antigas, mapas e desenhos, todos com comentários e descrições, que eram em sua maior parte o único registro sobrevivente de templos e túmulos que foram posteriormente destruídos ou enterrados sob as areias. Como a recuperação dos antigos acervos da biblioteca estava completamente fora de questão, Stock começou a comprá-los de volta, comprando propriedades do Instituto sempre que as encontrava em catálogos de leilão.

Neste tempo, o cientista independente Ludwig Keimer vivia sozinho no Egito, desde 1928. Ele estava doente, sem meios para pagar o tratamento e queria preservar sua própria biblioteca do esquecimento. Houve ofertas generosas do Vaticano e da Universidade Americana de Beirute, mas Keimer queria que a coleção permanecesse no Egito. As propostas de Stock foram bem-sucedidas e, no final de maio de 1957, o Instituto comprou o conteúdo do apartamento de Keimer na rua Youssef Al-Guindy, n.º 17, em Bab Al-Louq, por uma taxa fixa de seis mil libras egípcias, que na época equivalia a setenta e dois mil marcos, mais uma pensão mensal pelo resto da vida de duzentas libras. Com o tesouro de Keimer garantido, o Instituto agora tinha uma biblioteca com milhares de fólios, periódicos e impressões raras.

Mais que isso, Keimer também deixou suas anotações manuscritas e uma vasta coleção de fotografias e ilustrações. As coleções de sua biblioteca também não se limitavam a obras egiptológicas, com volumes sobre antiguidades do Oriente Médio, cultura copta, islâmica e árabe, bem como cópias raras de antigos relatos de viagem de europeus ao Egito e outra coleção, igualmente rara, de tratados científicos sobre Botânica, Biologia, Medicina, Farmacologia e Antropologia.

A reabertura formal do Instituto ocorreu em 16 de novembro de 1957, na presença do ministro da Educação Kamal Al Din Hussein, uma variedade de professores da Universidade do Cairo, o ministro de Estado dr. Georg Anders, que compareceu como representante da República Federal da Alemanha, o embaixador da Alemanha no Cairo, Walther Becker, e o presidente do Instituto Arqueológico Alemão, dr. Erich Boehringer. O evento teve ampla cobertura da imprensa egípcia, com o Al-Ahram fazendo uma longa reportagem sobre a importância dada à arqueologia sob a liderança de Gamal Abdel Nasser. Keimer não testemunhou este momento, pois ele havia falecido em 6 de agosto de 1957, apenas três meses depois de vender sua biblioteca.

O Goethe Institute comprou a casa alugada de um empresário que havia decidido deixar o Egito, e a venda foi concretizada em 7 de janeiro de 1958. A casa foi reformada e feitas alterações, como a adição de um terceiro andar com uma sala, sete quartos de hóspedes, três banheiros, uma cozinha e uma ampla varanda. Não era fácil com as novas leis promulgadas após a revolução que complicaram essas medidas, embora as coisas tenham melhorado com a assinatura de um tratado de cooperação cultural entre a Alemanha e o Egito em 1958. No entanto, os alemães ainda estavam em negociações com a UNESCO e o governo egípcio para garantir a devolução de sua biblioteca e outras posses, ou pelo menos para obter acesso ao antigo catálogo que permitiria verificar o que havia sido perdido. Seus pedidos não receberam resposta.

Enayat começou a trabalhar no Instituto em 1959, três meses depois de deixar o marido. Claro, ela se inscreveu antes de deixá-lo, anexando o endereço de sua irmã ao formulário para dar-lhe espaço antes de dar o próximo passo. A recusa de seu marido em deixá-la trabalhar como ela queria foi a gota d'água, ou talvez a palha que a mulher que se afogava agarrou apenas para se salvar. Ela passou por um período de treinamento, que incluiu palestras sobre Keimer e seu arquivo, depois começaram os trabalhos.

No começo, o trabalho não foi particularmente emocionante. Enayat considerou isso uma medida temporária, um tapa-buraco até que ela terminasse *O Amor e o Silêncio*, que seu divórcio tivesse acontecido e ela estivesse livre para procurar outra coisa. Ela se referia a si mesma, depreciativamente, como uma "incomodadora de prateleiras". Mas em 1961 o inesperado aconteceu, e ela se sentiu cada vez mais atraída por Keimer, sua solidão e dedicação obstinada ao seu trabalho. Enquanto trabalhava, ela fazia anotações sobre os lugares que ele frequentava para que ela mesma pudesse visitá-los, dos nomes de amigos para que ela pudesse procurá-los; ela passava minutos a fio contemplando um retrato dele ou se debruçando sobre uma amostra de sua caligrafia. E foi no Instituto que Enayat conheceu Saad e o perdeu. Foi o Instituto que aumentou seu salário em sete por cento, a partir do janeiro em que ela se suicidou.

Em janeiro de 2019, fui ao Cairo por nove dias depois que a Universidade Americana me convidou para dar uma palestra pública na noite do dia 19 e depois participar de uma conferência no dia 23. Meu plano era fazer uma visita a Madame Al-Nahhas no dia dezessete, conhecer Isolde e visitar o Arquivo Keimer no dia vinte, depois ir a Maadi no dia vinte e dois para ver o asilo transformado em jardim de infância. Na noite da palestra saí com amigos para comemorar e voltei para casa para saber que meu tio havia falecido. Eu teria que viajar até minha aldeia em Mansoura na manhã seguinte. No caminho, liguei para Isolde para me desculpar, e ela generosamente se ofereceu para mudar nosso encontro para o dia seguinte. A última coisa que eu esperava durante uma visita tão curta era me encontrar em um funeral com todas as minhas parentes vestidas de preto, a maioria das quais eu não via desde a última morte. Portanto, exausta e de mau humor, apresentei-me à Isolde.

Isolde claramente amava Keimer. Seus olhos brilhavam enquanto ela falava sobre a biografia que estava escrevendo, sobre seus livros e notas de campo e sua bolsa de estudos e diários, sobre sua solidão e seus amigos. Tudo nele parecia dar sentido à vida dela e, enquanto tomávamos café em seu escritório, senti sua energia se transferir para mim e meu humor clarear e melhorar. Em seguida, ela me levou para conhecer o instituto, começando pelo terceiro andar, que antes era a residência do diretor, mas agora é usado para acomodar pesquisadores visitantes. O segundo andar é composto por um grande hall, várias salas de leitura e seu escritório. Em 1962, a biblioteca empregava dez funcionários, todos alemães, com exceção de Enayat e uma outra mulher, ambas com educação alemã. Naquele inverno, seu número aumentou para dezesseis, quando se juntaram a eles especialistas que vieram supervisionar seu trabalho e conduzir pesquisas. Entramos na sala onde Enayat havia trabalhado com Hilda e um outro colega. Era de formato retangular e espaçoso, com prateleiras que iam do chão ao teto em três lados, e um lance de degraus de madeira que podia ser movido ao longo dos trilhos de metal na frente de cada pilha. A única varanda dava para o jardim nas traseiras do edifício. Enayat estava aqui, pensei.

Isolde disse, "todos os móveis de madeira desta sala são obra de um carpinteiro chamado Ezzat, que as instalou antes da inauguração em 1959. Veja que lindo. Preservamos tudo exatamente como estava e tivemos muita sorte em ter Ezzat de volta em 2005, com quase 70 anos, para restaurar os acabamentos originais. Tiramos algumas fotos dele trabalhando e as guardamos no arquivo. Infelizmente, ele morreu dois anos depois". "A oficina de Ezzat costumava ser na entrada à esquerda, logo atrás da Livraria Diwan", eu disse a ela. O que não contei a ela foi que o autor Baha Taher havia me apresentado a Ezzat em 1997, quando eu morava ao lado dele em Zamalek, e que foi Ezzat quem construiu minhas estantes com as próprias mãos, prateleiras que ainda estão firmes. Certamente, entre quaisquer duas pessoas neste mundo em que vivemos, por mais que a história e a geografia as separem, há uma terceira pessoa entre elas, conhecida por ambas.

Ficamos na varanda, fumando. Isolde me disse que adorava trabalhar no prédio, loucamente. Ela ficou no terceiro andar por seis meses antes de receber a oferta do cargo em 2003 e se mudar para um apartamento próprio. "Estudei Diplomacia e Biblioteconomia, bem como Egiptologia", disse ela. "Trabalhei em Heidelberg por vinte anos, mas sempre achei que um dia faria algo diferente. Após um acontecimento trágico em minha vida, decidi recomeçar em um continente diferente. Candidatei-me a dois empregos, um em Nova Iorque e outro em Abidjan. Fui aceita em um deles, mas eles queriam que eu desse minha resposta em um dia e entrei em pânico. Eu tinha quarenta e poucos anos e me sentia uma idiota. Talvez eu nunca mais tivesse outra chance! Enfim, alguns meses depois eu tive uma oportunidade aqui e sabia que era para mim. Eu queimei minhas pontes. E sinto que tenho sorte por trabalhar no arquivo Keimer e por ter estado aqui durante a revolução."

Ela me levou até o andar térreo, onde os baús de armazenamento de metal são mantidos frescos e secos durante todo o ano, e me mostrou alguns fólios raros do arquivo de Keimer: a primeira tradução árabe dos Evangelho; uma tentativa de decifrar hieróglifos impressos em Paris em 1583; as aventuras de Ludwig Lochner, sequestrado pelos turcos em 1604 e vendido a um mercador persa que o libertou como gesto de piedade durante sua peregrinação a Meca; um manuscrito de um estudioso copta em Roma datado de 1636; uma edição original de *Viagem para a Terra Prometida*, um guia ilustrado escrito por Hans Tucher após sua peregrinação a Jerusalém e visitas ao Cairo e Alexandria em 1482. Ela explicou que, consternado com o tamanho da biblioteca que foi forçado a trazer consigo, Tucher procurou criar um único volume que um viajante pudesse transportar facilmente, e este guia compacto de dois quilos foi o resultado.

Eu podia sentir a respiração de Enayat em meu ombro, sua sombra passando por mim. Um arrepio percorreu meu corpo, então ouvi Isolde dizer, "eles convidaram especialistas que pudessem analisar e verificar os manuscritos com base no tipo de papel e tinta usados e nas margens, e conseguiram traçar uma cadeia de transmissão que traçou a origem de cada livro, o histórico de propriedade de volta ao autor. Foi adquirido por Kaimer em uma viagem de pesquisa em Londres, em 1955. Keimer costumava colocar os livros que considerava raros e importantes próximos um do outro, mas durante o processo de indexação outros livros raros foram descobertos em meio ao restante da coleção. Entre 1959 e 1965, eles foram gradualmente identificados e removidos da biblioteca principal, depois enviados para a Alemanha para o tratamento químico que preservou as páginas da deterioração e, em seguida, receberam capas especialmente feitas para eles".

Isolde me deixou ver, sem tocar, algumas páginas do diário de Keimer e seus desenhos, incluindo um exemplo da entrada que ele fazia toda vez que um livro raro surgia: uma lista de nomes de todos que possuíam o livro antes dele, com a data e outros detalhes de sua aquisição, mais o número de remessa, se tivesse sido enviado a ele, seguido de uma descrição do que ele estava fazendo naquele dia, esboços adicionais e, em seguida, as erratas do livro, se houvesse. Isso é o que Isolde amava em Keimer, e não é improvável que isso fosse o que Enayat também amava nele.

24

Uma noite, em 1933, Ludwig Keimer voltou para casa em seu apartamento na rua Howeyati em Bab Al-Louq. Foi um dia longo, encerrado em uma reunião com a comissão encarregada de elaborar o catálogo do Museu Egípcio, que se reunia todos os sábados e segundas-feiras, seguida de um jantar no Ghosht, um restaurante em Ezbekiya muito frequentado por estrangeiros no Cairo, onde ele se juntou a seu amigo, o oftalmologista Max Meyerhof.

Enayat queria escrever sua versão daquela noite, baseando seu relato em seu registro sobre onde, quando e de quem ele comprou a edição veneziana do livro *Lei da Medicina* de Ibn Sina, publicada em 1562. Mas ela nunca tinha ouvido falar de Max Meyerhof, então ela pesquisou. Não sei o que Enayat descobriu sobre ele, mas eu também queria descobrir.

Max Meyerhof havia se estabelecido no Egito cerca de trinta anos antes da noite que Enayat estava tão empenhada em descrever, e isso é uma história em si: Max veio ao Egito pela primeira vez em 1900, acompanhando seu primo Otto Meyerhof, que esperava receber alívio das dores renais no ar seco de Helwan. Após o tratamento, os primos visitaram Aswan e Alexandria, levando consigo um conjunto de livros de autoria de seu tio Wilhelm, professor de Egiptologia, que morreria em 1930.

Então eles voltaram para a Alemanha. Otto completou suas qualificações médicas e ganharia um prêmio Nobel em 1922. Em 1938, fugindo dos nazistas, ele foi primeiro para Paris e de lá para a América em 1940. Mas Max, já um célebre oftalmologista na época de sua primeira viagem, ficou incomodado com a visão de tantos egípcios sofrendo de doenças oculares e, em 1903, voltou ao Egito e abriu uma clínica para os pobres.

Max começou a estudar árabe e, em 1909, foi eleito presidente da Sociedade Oftalmológica do Egito, tornando-se vice-presidente do Institut d'Égypte e da Royal Medical Society. Ele estava visitando a Alemanha quando a Primeira Guerra foi declarada e não pôde retornar ao Egito até 1922, quando abriu uma clínica no Edifício Immobilia, cobrando altas taxas dos estrangeiros e tratando os pobres de graça.

O filósofo Abdel Rahman Badawi lembrou que Meyerhof tinha excelentes vínculos com intelectuais socialmente bem relacionados e influentes no Egito, em especial com o sheikh Mustafa Abd Al-Raziq. Quando ele renunciou à cidadania alemã em 1933, sheikh Abd Al-Raziq o ajudou a se naturalizar egípcio. Ele foi o autor de *Da Alexandria para Baghdad*, um estudo publicado em 1930 que discutia as tradições médicas gregas e árabes. Abdel Rahman Badawi anexou uma tradução árabe desse estudo em *O Legado Helenístico na Civilização Islâmica*, que ele publicou em 1940.[54] Meyerhof publicou extensivamente sobre a medicina árabe em geral, sobre o tracoma no Egito e sobre a história de Khol[u] em pó como tratamento para doença ocular no Egito.[55] Ele foi enterrado no Cemitério Judaico no Cairo Antigo e sua lápide trazia a seguinte inscrição em hebraico: "Aos cegos ele deu luz e sua sabedoria iluminou o caminho para os estudiosos".[56]

Naquela noite em Ghosht, quando Keimer e Meyerhof estavam sentados bebendo uma última taça de vinho antes de voltar para casa, eles foram abordados por um livreiro que costumava ir aos restaurantes frequentados por estrangeiros. Os dois eram alguns de seus melhores clientes e ele os conhecia bem. Keimer comprou um livro que pesava seis quilos e duzentos gramas e declarou ao piedoso vendedor — que nunca cumprimentava o alemão sem implorar que ele se convertesse ao Islã — que com isso em suas mãos ele estava mais do que pronto para abraçar a Fé Islâmica. O livro, a edição veneziana de

---

[u] *Kohl* é um antigo cosmético para os olhos, tradicionalmente feito moendo estibina para o uso, semelhante ao carvão. É amplamente utilizado no Oriente Médio, Cáucaso e Norte da África, Sul da Ásia, África Ocidental e Chifre da África como delineador para contornar e/ou escurecer as pálpebras e como máscara para os cílios.

1562 de *Lei da Medicina,* de Ibn Sina, se tornaria a mais querida de todas as suas aquisições. Ao chegar em casa, Keimer sentou-se e, como de costume, registrou suas observações, de onde e por quanto o havia comprado, quem estava com ele para testemunhar a transação e quem o possuía antes dele, de sua gênese em Veneza ao seu aparecimento nas prateleiras de Antoine Brathelemy Clot, conhecido como Clot Beik, médico de Mohammed Ali, daí para outro médico, o grande Ahmed Al-Rashidi, que acrescentou seu próprio comentário nas margens, e depois para o austríaco Hans von Becker, médico de Quediva Abbas Hilmi II, que pagou dez piastras por ele.

Detalhes como esses enfeitiçaram Enayat, que procurava uma saída para sua terrível sensação de vazio. Ela sonhava em escrever um livro sobre a vida de Keimer e sobre a dela também. Ela visitou lugares que ele frequentou e se encontrou com alguns de seus conhecidos alemães. Ela descobriu, por exemplo, que o endereço da rua Howeyati, que ele havia dado como seu nas notas sobre a compra do livro de Ibn Sina, era na verdade uma forma alternativa de transcrever a rua Youssef Al-Guindy, n.º 17, ou seja, o apartamento onde viveu durante toda a sua vida no Egito.

Enayat investigou a amizade que ligava Keimer a Meyerhof e a um terceiro homem, Paul Kraus. A partir das anotações de Keimer e do diário, ela foi capaz de imaginar os momentos que passaram juntos e começou a esboçar um mapa que mostrava a geografia de seu Cairo nas décadas de 1930 e 1940, com seus endereços residenciais, locais de trabalho e os locais onde se encontrariam.

Ela soube que Max havia doado sua biblioteca para Paul Kraus em 1936, o mesmo ano em que Kraus chegou ao Egito para trabalhar no Departamento de Literatura da Universidade Rei Fouad I, ano em que ela nasceu. Paul Kraus morava na rua Hishmet Pasha, n.º 7, em Zamalek, e se suicidou em 1944. A biblioteca foi devolvida a Max e, quando ele morreu no ano seguinte, todos os livros foram para Keimer.

Enayat deve ter parado para pensar mais de uma vez enquanto transcrevia esses fragmentos dispersos da vida do alemão. Talvez a surpreendesse que as vidas de Max, Paul e outros fossem parte da história que ela estava tentando entender. Porém, mais do que isso, teria sido difícil para ela olhar profundamente para a vida de outra pessoa sem olhar para a sua própria.

Enayat, ao que parece, planejou começar com uma visita aos três homens. Ou pelo menos foi assim que interpretei aquela estranha frase, cujo significado me iludiu por anos: "a jornada deve começar a partir dos túmulos".

25

Minha história com Enayat acabou, presumi. Enayat não era mais uma vítima. Afinal, vítima não escreve; o desastre é descrito por aqueles que sobrevivem a ele. Em minha mente, Enayat continuaria a escrever a história de Keimer e essa, por assim dizer, seria minha página final. Mas vários finais podem ficar lado a lado em uma única história.

Em 23 de abril de 2019, eu estava tomando café no aeroporto de Toronto, esperando meu voo para Boston e verificando meu telefone, quando vi que havia recebido dois e-mails, um de Hani Rashid e outro de Hassan Rashid, ambos narrando, cada um de seu próprio ponto de vista, um relato de sua expedição conjunta para visitar o túmulo da família Rashid em Al-Afifi apenas dois dias antes.

No inglês educado que eu esperava dele, Hani Rachid disse que eles encontraram o guarda, Hamdan, e que as principais câmaras mortuárias precisavam de um novo telhado, mas que levaram um choque ao entrar na sala lateral em que Enayat foi enterrada. Eles encontraram sua lápide de mármore quebrada e jogada no chão, enquanto as outras sepulturas na sala haviam sido completamente destruídas. Ele escreveu que o guarda estava limpando o quarto de seus mortos para morar nele, e que ele, Hani, pretendia ir aos arquivos do Ministério de Doações Religiosas, e a seu advogado, e usaria as fotos que eu havia enviado a ele antes para provar a existência dessas sepulturas na sala. O e-mail de Hassan Rashid foi breve: uma nota curta e imagens da lápide de Enayat caída no chão. Ele disse que estava voltando para casa em Oregon e que se sentia chateado, mas que consertaria as coisas e acrescentaria o nome de Enayat Al--Zayyat à árvore genealógica.

Eu não conseguia pensar em como responder. Era como um nó na garganta. Olhei novamente para a fotografia da lápide que trazia o nome dela: arrancada e rachada. Seria preciso muitos homens e muitos martelos para quebrar aquele mármore.

A vandalização de seu túmulo deveria ser o fim da minha jornada com Enayat?

Ao meu lado, no aeroporto, uma garotinha brincava com os óculos, fazendo-os se levantarem no ar como um avião do encosto de sua cadeira. Sua mãe tinha que continuar dizendo a ela que eles não eram um brinquedo. "Coloque-os, por favor." Minutos depois, para afastar o tédio, o jogo recomeçava.

"Jeanie, eu já disse a você, os óculos não são um brinquedo. Você vai quebrá-los e então ficará chateada. A melhor maneira de manter seus óculos seguros é mantê-los no lugar."

"O tempo todo?"

"Sim."

"Mesmo quando estou dormindo?"

"Exceto quando você está dormindo."

"Então como vou ver as coisas em meus sonhos?"

Olhei para a mãe de Jeanie e nossos olhares se encontraram. Rimos no mesmo instante.

Jeanie tinha mais imaginação do que a mãe; ela havia desprezado sua lógica aristotélica e com uma pergunta virou-a de cabeça para baixo.

Enayat foi uma escritora única e sua imaginação ultrapassou minha capacidade de seguir onde ela me levava. Eu havia prometido visitá-la toda vez que voltasse ao Egito — túmulos não se mexem, afinal — mas na verdade eu estava fazendo uma declaração sobre mim mesma. Você sempre fará parte da minha jornada, eu dizia a ela, um passo nas estradas desta cidade que amamos e odiamos, desta expatriação que ambas vivemos, cada uma em seu tempo, e do sentido da escrita, que deu nós e levou parte de nós embora.

Assim como Enayat havia deixado para trás primeiro a Escola Alemã, depois seu casamento, depois Saad e seu filho, depois a própria vida, agora ela tinha abandonado seu túmulo. Cortada do arquivo oficial, guardada em uma sala ao lado do túmulo da família, ela sabe o que quer. Ela quer permanecer livre e sem peso, sem o fardo de arquivos pessoais, árvores genealógicas ou lápides de mármore. Por muito tempo fui eu quem caminhou em direção a ela, mas, daqui em diante, é Enayat quem vai decidir para quem e para onde ela caminha.

Bibliografia

1 Elias Alayubi. *História do Egito Durante o Reinado de Quediva Ismail, de 1863 a 1879: parte 1*, Fundação Al-Hindawi para Educação e Cultura, Cairo, 2013, p. 509.

2 Elias Alayubi. Vol. 1, p. 512.

3 Elias Alayubi. Vol. 1, p. 513.

4 Abdul Rahman Al-Rafaei. *A era de Ismail*, vol. 2, 4ª edição, p. 111.

5 Elias Alayubi. Vol. 1, p. 579.

6 Al-Rafaei. vol. 2, p. 177.

7 Al-Rafaei. vol. 2, p. 246.

8 Said, Edward W. 1978. *Orientalism*. New York: Pantheon Books. p.14.

9 Nádia Anjuman (1980-2005) foi uma poetisa afegã, educada em uma escola secreta durante o controle do movimento talibã na província de Herat, de 1995 a 2001. Ela se formou no Departamento de Língua e Literatura Persa da Universidade de Herat em 2005. No mesmo ano, ela publicou sua primeira coleção de poesia, *A Flor Escarlate*. Anjuman aguardava o lançamento de sua segunda coleção, *Muita Ansiedade*, quando foi assassinada pelo marido em 4 de novembro de 2005. Anjuman tornou-se um símbolo global do sofrimento das mulheres afegãs e da questão da violência doméstica em geral.

10 Foumil Labib, "Nádia Lutfi conta o segredo do suicídio de Enayat Ál-Zayyat," Revista *Al-Musawwar*, Cairo, 16 de maio de 1967, p. 34.

11 Tharwat Okasha. *Minhas notas sobre política e cultura*, Dar Al-Shorouk, Cairo, 3ª edição, 2000, p. 414.

12 Tharwat Okasha. *Minhas notas sobre política e cultura*, Dar Al-Shorouk, Cairo, 3ª edição, 2000, p. 429.

13 Esta passagem, dos diários de Enayat, foi publicada em 1967, como parte do diálogo de Nádia Lutfi com o já citado Foumil Labib. A passagem também estava entre as nove páginas dos diários de Enayat que eu obtive de Nádia Lutfi em julho de 2015, no texto publicado. "O universo corre para

mim", enquanto no texto original "O universo corre menos eu".

14 O filme *O Amor e o Silêncio*, 1973. Produzido por: Nahdat Masr Films, "Wali El Sayed". Direção: Abdul Rahman Sharif. Roteiro: Masoud Ahmed. Elenco: Nelly, Ahmed Abdel Halim, Nour El Sherif, Madiha Hamdy, Ashraf Abdel Ghafour.

15 Hasan Shah, "Nunca vou morrer", *A Última Hora*, Cairo, 24 de maio de 1967. Este parágrafo foi publicado como parte dos seis parágrafos intitulados do diário de Enayat.

16 McKemmish, Sue. 1996. "Evidence of me," *The Australian Library Journal*, 45:3, p. 174-187.

17 "O Amor e O Silêncio", um drama de rádio produzido em 1973. Transmissão de programas públicos. Escrito por: Azza El-Sherbiny. Direção: Hussein Othman. Estrelando: Mahmoud Morsi, Salah Al-Saadani, Farouk Naguib, Farouq Suleiman e Nádia Al-Shennawy. Gravação e edição: Qutb Mahmoud, Ali Hamed e Mustafa Abdel Halim. O nome de Enayat Al-Zayyat aparece no início da série, mas ao pesquisar o arquivo da série de rádio no *Arquivo de Rádio e Televisão*, o nome de Enayat al-Zayyat foi retirado do cartão de informações da série.

18 Hanan Hajjaj. "O sonho de um copo de leite que virou sucata", Al-Ahram, Cairo, nº 46563. 5 de maio de 2014.

19 Elias Alayubi. Vol. 1, p. 178.

20 Elias Alayubi. Vol. 1, p. 793.

21 Essam El-Sayyed. "Depois de ser homenageado no Festival Nacional de Cinema, Hosn Shah disse: fui a razão da mudança na Lei de Estado Civil", Jornal *Al-Hayat*, Londres, 2 de dezembro de 2010.

22 Jornal *Oficial Egípcio*, edição 27, datada de 25 de março de 1929, p. 2-7.

23 A Lei do Código Civil 25 de 1929 não foi cancelada por causa do filme *Quero uma Solução*. O que Sadat fez foi apenas legalizar seus artigos através da Lei 4 de 1979, pois ele aboliu a força coercitiva na implementação da regra de obediência, mas se a esposa não retorna à casa de obediência, ela é considerada desafiadora. Consequentemente, seus direitos materiais, como pensão alimentícia, são perdidos, o que significa que as beneficiárias desse racionamento são aquelas que podem renunciar a seus direitos materiais. Além disso, as reformas de Sadat foram questionadas por inconstitucionalidade perante o Tribunal Constitucional, e a Lei 100 de 1985 foi promulgada para evitar o que é chamado de desonestidade constitucional.

24 Hosn Shah. "O que quer a Lei do Código Civil? Que a tragédia de Enayat al-Zayyat se repita!" *Akher Saa'a*, Cairo, Edição 1699. 17 de maio de 1967, p. 20 e 21.

25 A mesma referência anterior.

26 Obtive cópias dos arquivos do caso de Enayat Al Zayyat perante os vários tribunais com a condição de não revelar minha fonte.

27 Shah, Hosn. "Nunca morrerei, O diário de Enayat Al Zayyat" em 1967, em *Akher Saa'a*, Shah intitulou este parágrafo, "A chave da libertação".

28 Shah, Hosn. "Nunca morrerei, O diário de Enayat Al Zayyat" em 1967, em *Akher Saa'a*, Shah intitulou este parágrafo, "Sou a Existência da Libertação", mas no original essa parte é separada, foi escrita em 1961.

29 LEHNERT, Isolda. "Gigantes da Egiptologia: Ludwig Keimer", em *KMT* 23:1, 2012. p.74-77.

30 Mayers, Marilyn A. *A Century of Psychiatry: The Egyptian Mental Hospitals*, uma dissertação de doutorado para a Universidade de Princeton, 1984, publicada pela University Microfilms International, Ann Arbor, 1987. p. 56.

31 Referência anterior, p. 91-92.

32 Referência anterior, p. 93.

33 Referência anterior, p. 101.

34 Brain: *A Journal of Neurology*. "Annual Report of Council, and Balance Sheet for the Year 1904." Vol. XXVIII. 1905.

35 Entre a coleção de papéis de Enayat Al Zayyat de Nádia Lutfi consta este documento, datado de 23 de setembro de 1962.

36 Sidqui, Jadibiyah. *América e eu*. (1ª Edição) Maktabat Al Nahda Al Misriya, Cairo, 1962.

37 Veja: Kazem, Safinaz. "Jadhibiya Sidqi é uma escritora bem-nascida cujas histórias ardem com paixão e ao mesmo tempo reza as cinco vezes ao dia na hora certa", em *Al-Jeel*, edição 383, 27 de abril de 1959. P.18-19. Nesta entrevista, Sidqui apresenta-se num retrato abrangente de uma escritora que é ousada em sua escrita e conservadora na vida real. A certa altura, quando Kazem pergunta a ela sobre a intensidade do amor em sua escrita, Sidqui diz: "escrevo sobre o amor como o imagino – tempestuoso, poderoso – e vivo por meio da minha expressão dessa emoção".

38 Não encontrei nada definitivo sobre Taha Fouzi. Um tradutor do italiano com o mesmo nome esteve ativo entre 1947 e 1976, suas traduções incluem *Cuore* (1957), de Edmondo De Amicis, L'innocente, de Gabriele D'Annnunzio e seleções de *Dante* (1965).

39 Shah, Hosn. "Nunca morrerei: o diário de Enayat Al Zayyat", 1967. Curiosamente, o sonho de

fugir e viajar para uma terra distante, como retratado aqui, também está presente em *O Amor e o Silêncio*.

40   Al-Alem, Mahmoud Amin. "Ela morreu enquanto anunciava o triunfo da vida", em *Al Musawwar*, edição 2219, 21 de abril de 1967. Este artigo foi publicado sem mencionar que havia aparecido anteriormente em seu livro *Quarenta anos de crítica aplicada: estrutura e semântica no romance e conto árabe contemporâneo* (1ª edição), Dar Al Mustaqbal Al Arabi, Cairo, 1994. p.456-458.

41   Al-Zayyat, Latifa. "Ela morreu e não morreu", em *Al Hiwar*, 2 de dezembro de 1967.

42   Al-Zayyat, Latifa. "Campanha de Inspeção, Papéis Pessoais." *Kitab Al-Hilal*, n.º 502, Cairo, outubro de 1992. p.71.

43   Al-Alem, Mahmoud Amin. "Testemunhos e Perspectivas: Volume cinco da história do movimento comunista no Egito." (1ª Edição) *O Centro de Estudos Árabes e Africanos em cooperação com o Comitê para Documentar a História Pré-1965 do Movimento Comunista Egípcio*, Cairo. p.147-174.

44   Okasha, Tharwat. *Minha vida na política e na cultura: um livro de memórias.* p.720.

45   Okasha, Tharwat. *Minha vida na política e na cultura: um livro de memórias.* p.722-723.

46 Labib, Foumil. Nádia Lutfi revela o segredo do suicídio de Enayat Al Zayyat, em *Al Musawwar*, p.34.

47 Como nas edições *Dar Al Shurouq* dos romances de Naguib Mahfouz, a editora não faz referência às datas ou editoras das edições anteriores.

48 Shaaban, Bothaina. *100 Anos de Romances de Mulheres Árabes 1898-2000*. (2ª Edição) Dar Al--Adaab, Beirute, 2002. p.18.

49 Ver, por exemplo: Bakr, Salwa. *Enayat Al--Zayyat: Seu amor e seu silêncio*, para Al Badil, republicado por copts-united.com em 9 de março de 2009 (visto na internet). Abou Al Naga, Shereen. Ela morreu enquanto anunciava o triunfo da vida, em Al Hayat (Londres), janeiro de 2015. Mansour, Anis. A autora desconhecida morreu, em Al Musawwar, 23 de julho de 1963.

50 Young-Bruehl, Elisabeth. *Assunto para Biografia: Psicanálise, Feminismo e Escrevendo Vidas de Mulheres*. Harvard University Press, Cambridge, 2000. p.22.

51 Al Masry, Hussein Muguib. "Ligações entre os árabes, os persas e os turcos." (1ª Edição) *Dar Al Thaqafa*, Cairo, 2001. p.268-269.

52 Hatem, Mervat F. *Literatura, gênero e construção da nação no Egito do século XIX: a vida*

e as obras de Aisha Taymur. *Palgrave Macmillan*, Nova York, 2013.

53 Ziadeh, May. *Warda Al Yaziji*. Al Hindawi, Cairo, 2012. p.7.

54 Badawi, Abdel Rahman. "O Legado Helenístico na Civilização Islâmica." (1ª Edição) *Maktabat Al Nahda, Al Misriya*, Cairo, 1940. p.37-100.

55 Para saber mais sobre Meyerhof, consulte: BADAWI, Abdel Rahman. *A Enciclopédia dos Orientalistas*. (3ª Edição) *Dar Al Ilm lil Millayeen*, Beirute, 1993. p.540-543.

56 Badawi, Abdel Rahman. *A Enciclopédia dos Orientalistas*. p.542.

Fonte:
Georgia
Papel:
Cartão LD 250g/m2 e pólen Soft LD 80g/m2
da Suzano Papel e Celulose